Inmarcesible

Inmarcesible

RAISA MARTÍN ESPINOSA

SIREN  BOOKS

Primera edición: abril 2026

© del texto: Raisa Martín Espinosa, 2026
© de la edición del texto: Patricia Sevillano Mateo
© de la corrección de estilo: Ana Muinelo Monteagudo
© de la corrección ortotipográfica: Ligia Boga
© de la cubierta: Luciana Bertot (@lulybot)
© de la presente edición: Editorial Siren Books, S.L., 2026
info@sirenbooks.es
https://sirenbooks.es/

ISBN: 979-13-87864-20-0
Depósito legal: M-7029-2026
THEMA: FMR
Impreso en España

Para aquellas personas que no saben qué hacer cuando alguien les da su amor, así que lo rompen.

«¿Qué es el infierno? Yo sostengo que es el sufrimiento de ser incapaz de amar».

—Fiódor Dostoievski

NOTA DE LA AUTORA

Este libro pertenece al universo de la bilogía Rubí de sangre y, aunque se puede leer de forma independiente, la lectura será mucho más rica si se hace después de la bilogía. Algunos de los acontecimientos que se mencionan han tenido lugar en otros libros. Aun así, puedes seguir con la lectura de Inmarcesible y disfrutarla igualmente. Espero que la historia de Evanora y Drystan te conmueva el corazón. Y, por favor, cuida de tu salud mental y lee los avisos de contenido con atención.

Aviso de contenido:
Violencia explícita, desmembramientos, tortura, muerte, muerte infantil y mención de violación.

PARTE I

LA NIÑA

1

Evanora

Hay cosas peores que jugar con fuego y quemarse. Tal vez saber que muchas de las mujeres a las que llaman brujas han muerto en la hoguera me ha hecho perderle el miedo a esa fuerza de la naturaleza. Me da más miedo ahogarme. Ahogarme en mi cabeza, en mis pensamientos oscuros o en algo más potente, como la siniestra obsesión que ha despertado en mí quien considero mi enemigo natural.

Sé que está ahí, vigilando.

Más veces de las que me gustaría, me descubro pensando en qué podría haber cambiado para evitar esta situación. Sin duda, debería haberme quedado al margen. Ayudar a una de las prisioneras —o como ellos prefieren llamarlas, saciadoras— a escapar de las garras del vampiro más poderoso del continente no ha sido mi idea más brillante. Sin embargo, no pude negarme cuando vi el dolor y la desesperación en su mirada. Ahora me toca pagar el precio: que la mano derecha, el sabueso fiel de Viktor, me dé caza. No sé qué pasará si me pone las manos encima. La última vez que caí presa de uno de ellos, las cosas no me fueron demasiado bien. Inconscientemente, mis dedos rozan las cicatrices rugosas que decoran los bordes de mi boca.

Me encantaría decir que lo he dejado atrás, pero si soy sincera conmigo misma, creo que nunca podré superar lo que me pasó. Vivo con una eterna sed de venganza en el estómago que me consume y me quema las entrañas.

Me agacho para esquivar una rama baja y, aunque el bosque está en completo silencio, puedo sentirlo. A pesar de que no haga ningún ruido, sé que me está observando desde alguna parte. A partir de ese fatídico día, en el que nos conocimos en el campamento al que llamo hogar, he sentido su mirada sobre mí, aunque parezca no prestarle atención. No logro comprender a qué se debe este interés enfermizo en mí, pero si cree que cederé a sus deseos, se equivoca. Drystan, cuyo apellido no he escuchado a nadie mencionar, es tan hermoso como cualquiera de su raza; sin embargo, es mucho más peligroso porque consigue engañar a todo el mundo con su fachada divertida y encantadora.

Yo sé la verdad de lo que se esconde detrás. No es diferente de los demás. Es un ser despiadado y cruel, y no pienso cambiar de opinión por mucho que su mirada oscura me erice la piel.

No parece que esta noche vaya a tener la suerte de llegar a un pueblo en el que alojarme. El suelo frío y húmedo no me parece apetecible, pero tendrá que servirme, al menos por hoy. No es como si nunca hubiese tenido que pasar la noche en un sitio como este, aunque prefiero no tener que pensar en ello. Busco el lugar más resguardado y uso una alfombra de hojas secas para no posarme directamente sobre el suelo duro. Me aferro a mi capa, sin molestarme en deshacerme de la capucha sobre mi cabeza. Me tumbo, cierro los ojos y empiezo a susurrar frases en un idioma que es intrínseco a la capacidad de hacer magia. No supe hablarlo hasta que hice un trato a un alto precio. Aun así, siempre fui una criatura diferente a los humanos.

A simple vista no hay nada que me delate: mis dientes no son afilados, mis ojos son de un azul corriente, mis sentidos no están más desarrollados ni tampoco tengo la habilidad de cambiar de forma. Ni siquiera era capaz de hacer magia hasta después de una serie de sucesos que me llevaron a tomar decisiones desesperadas. No, lo que yo soy pasa mucho más desapercibido. Al menos hasta que abra la boca y mi grito rasgue los oídos de aquellos que estén cerca. Soy una mensajera de la muerte, una banshee, y puedo sentir cuándo la parca se acerca a reclamar una vida. No tenía ni idea de que esa condición acarrearía tanto dolor después.

Las palabras murmuradas en un idioma arcaico comienzan a cumplir su función. Por mi cuerpo se extiende una sensación cálida que libera a mis huesos de ese frío perenne que me lleva acompañando días. Este bosque no parece tener fin, y cada vez se hace más apremiante que salga de aquí. Los brazos del sueño ya han comenzado a acunarme y creo que por fin podré dejar que mi mente desconecte un rato. Un pensamiento estúpido, pues mi cuerpo está en un constante estado de alerta sabiendo que él está ahí, en algún lugar que mis simples ojos no alcanzan a ver.

Y como si pensar en Drystan lo invocara, una suave brisa roza mis mejillas y la punta de mi nariz. Me digo a mí misma que lo mejor es ignorarlo; si no doy señales de reconocer su presencia, me dejará en paz. Tiene que llegar el día en que se aburra de esto. Sin embargo, se hace difícil hacerlo cuando su intenso olor a violetas no deja de azotarme la nariz y el calor de sus ojos sobre mí es más fuerte que cualquier hechizo que pudiese conjurar yo misma.

—Pensaba que a estas alturas te habrías dado cuenta de que todo esto es inútil.

Me quedo en silencio, negándome a responder y a darle esa satisfacción.

—Oh, vaya, así que vas a seguir torturándome con la ley del hielo. Tal vez debería avisarte de que tu cabezonería me resulta increíblemente excitante.

Me doy la vuelta, arrebujándome aún más en mi capa. A lo mejor si le doy la espalda, capte el mensaje, aunque debería haberlo sabido mejor. Desde que sus ojos repararon en mí, ha sido incapaz de dejarme en paz. Da igual cuántas veces le comunique mi odio hacia él y hacia todo lo que representa. No cesa en su empeño y no puedo entenderlo.

—Puedo seguir haciendo esto durante años, brujita. Tengo todo el tiempo del mundo.

Sí, de eso soy consciente; en cambio, yo no poseo tanto tiempo como para desperdiciarlo jugando a este extraño juego del gato y el ratón con él. Es posible que me queden unos doscientos o trescientos años, cuatrocientos si tengo mala suerte, y lo que menos me apetece es tener que pasarlos huyendo de este vampiro.

—Si dejaras de ser tan testaruda, no tendrías que estar durmiendo en el suelo.

En contra de todo lo que me he prometido no hacer hoy, abro los labios y le doy lo que quiere.

—Prefiero dormir aquí que volver contigo para que tu amiguito pueda asesinarme.

Su risa es grave y deliciosa. Ni confirma ni desmiente nada de lo que he dicho, y eso ya me parece lo suficientemente malo. Ni él es capaz de negar la furia de su amigo. Si algún día caigo en las manos de Viktor, hará conmigo lo que tanta gente teme, a lo que debe su fama despiadada. Romperá mi mente y dejará solo un cascarón vacío de lo que una vez fui. Si soy completamente sincera, a veces la idea me parece atractiva. Olvidar toda mi vida, quedarme flotando en la nada, sin dolor, sin pesadillas, sin recuerdos. Lo único que me frena es una cara en concreto, un par de ojos que no quiero olvidar, aunque saber de su existencia y no poder estar cerca es igual de doloroso.

—¿Por qué no lo haces ya? Estoy aquí tumbada, cansada. No opondría mucha resistencia.

—Solo un iluso se creería tus palabras. Sé que todavía puedes gritar y no por los motivos que a mí me encantaría.

Dioses, este hombre. Dan igual mis negativas o mis comentarios ponzoñosos, no desiste en sus intentos de llevarme a la cama. Aun así, tiene razón. Todavía puedo gritar, y no sería agradable ni para él ni para nadie que se encuentre cerca. Antes oía la llamada de la muerte constantemente, y gritar era tan fácil como respirar; sin embargo, desde hace varias décadas, ya no la siento. Jamás pensé que extrañaría el susurro frío de la parca en mi oído ni el tirón en mis entrañas, pero lo hago. Perdí mucho más que la belleza de mi rostro aquella noche, perdí mi esencia, mi naturaleza. Mi único consuelo es que al menos puedo utilizar el grito a placer. Y ahora no me parece mal momento para usarlo y que este molesto ser desaparezca.

—O sea, que me tienes miedo —apostillo.

—Solo un idiota no lo tendría.

Siento el impulso de sonreír y oculto el ligero temblor de mis labios con la capa. Estoy prácticamente segura de que no he tenido tanto éxito como me gustaría. El calor de su mirada sobre mí se hace tan insoportable que no puedo evitarlo más y alzo la vista. Ahí está, recortado por la leve luz que proyecta la luna. No puedo distinguir bien su rostro. No hace falta. Por mucho que me pese, no podría olvidar unos rasgos tan atractivos como los suyos.

Tiene un rostro perfecto; no hay ni una sola marca que lo manche. Parece haber sido cincelado por manos divinas, otorgándole proporciones perfectas y masculinas. Pómulos altos, mentón fuerte, nariz recta, labios gruesos y ojos oscuros e intensos. Unos de los que no puedes escapar por mucho que quieras. Una vez caen sobre ti, sientes que están explorando las profundidades de tu alma. Suerte que yo no tengo.

Ha quedado más que claro que Drystan es una criatura tan perfecta como lo son el resto de seres que componen su raza. Entonces, ¿por qué este interés en mí? Mi rostro nunca ha sido perfecto, y mucho menos ahora. Las cicatrices de mi boca y la pequeña marca en forma de luna en la zona superior de mi pómulo son una prueba de ello.

—¿Por qué no regresaste al campamento?

Oh, el campamento. Aquel lugar en el que fui acogida con los brazos abiertos dos veces. La primera fue en cuanto tomé mi primera bocanada de aire y, la segunda, cuando volví a nacer. Mi gratitud hacia todas las mujeres que allí viven es enorme, así que no podía regresar cuando tenía tras de mí no a uno, sino a dos vampiros furiosos. Su presencia en el campamento o en los alrededores crisparía los nervios de las banshees. No todas han aprendido a controlar sus impulsos más básicos cerca de unas criaturas que deberían estar muertas, pues su corazón no late. Hubo un tiempo en que yo tampoco podía hacerlo, aunque eso era antes. Antes de volver a nacer.

—No voy a ponerlas en peligro por mi estupidez.

—¿Por qué crees que estarían en peligro? ¿Tan bárbaro me crees?

Arqueo una ceja y pongo cara de incredulidad. Confío en que pueda verla. Hace un sonido con la boca, como si le ofendiera que no confiara en él o que lo creyese un desalmado. La experiencia me dice que no debo fiarme de ninguno de ellos.

—Algún día me convertiré en la persona en la que más confíes. Recuerda mis palabras, brujita.

No puedo refrenar la carcajada que sube por mi garganta. De hecho, es tan fuerte que tengo que sujetarme el estómago y limpiarme las esquinas de los ojos con el dorso de la mano.

—Ese es el mejor chiste que he escuchado en mucho tiempo —digo casi sin aliento.

Me sorprende cuando dejo de ver su silueta frente a mí y puedo sentir su aliento acariciando mi oído. Debería encogerme sobre mí misma, presa del pánico, al tener a un depredador como él tan cerca cuando estoy tumbada en el suelo, vulnerable. El potente aroma a violetas es imposible de ignorar ahora; me embriaga, es todo lo que puedo respirar.

—No te reirás tanto cuando sea una realidad.

Me acaricia el lóbulo con los labios al hablar. Por un segundo me falta el aire. Tengo que recordarle a mi cuerpo cómo respirar de nuevo. Su cercanía desaparece tan pronto como llegó, pero la sensación de su contacto con mi piel, por fugaz y nimia que haya sido, persiste dentro de mí.

Estoy más que dispuesta a soltar un comentario suspicaz, pero cuando dirijo la vista al frente, ya no está. Miro a mis espaldas por si siguiese detrás de mí, sin éxito tampoco. Permanezco alerta, esperando su asalto en cualquier momento; en cambio, los minutos pasan y solo hay calma. Las aves nocturnas ululan y por ahí algún animal hace ruido al caminar sobre las hojas secas que cubren el suelo. Más allá de todo eso, se extiende una paz inquietante.

Por muchos minutos que pasen, sé que no está lejos y que no ha desaparecido del todo. El nerviosismo en la boca de mi estómago no deja lugar a otra cosa. Me cuesta encontrar la capacidad de cerrar los ojos y dejarme llevar por el sueño cuando todo mi cuerpo permanece en tensión, pero finalmente cedo.

Mañana, cuando se alce el sol, volveré a correr.

Y él seguirá persiguiéndome.

2

Evanora

Por supuesto, tenía que soñar con él.

En concreto, mi cabeza tenía que recordarme nuestro primer encuentro. Sin duda, jamás debería haberse producido, al menos por mi bien; pero el destino es caprichoso y que ellos llegasen al campamento de las banshees era algo que parecía estar escrito. Al principio pensaba que su interés se debía a las marcas de mi cara; sin embargo, no tardé en comprobar que la cosa iba un poco más allá.

A cada sitio al que miraba, mis ojos recaían en él. Una presencia silenciosa y constante que no pensaba abandonarme. Incluso después de conocer mis motivos para odiarlo, parecía más que dispuesto a demostrarme que estaba equivocada. Tampoco soy idiota; sé de qué va todo esto. Soy un reto. Algo difícil después de una existencia muy fácil. Es posible que solo tenga que sonreír para ganarse la atención de cualquiera. Lo he visto con mis propios ojos. Las últimas semanas, antes de huir y adentrarme en estos bosques, conviví con él y su amigo Viktor en el gran castillo de los Vitalle. Fingí serles de ayuda y, durante mi estancia, observé en más de una ocasión la mirada enamorada de una de las doncellas más cercanas a Sierra, Naida. Cada vez que Drystan estaba cerca, la chica se ponía nerviosa, sus mejillas se sonrojaban y tenía en los ojos un aire soñador.

Todas esas veces sentía el impulso de disuadirla de lo que fuese que estaba sintiendo. Acercarse a una de esas criaturas nunca acababa bien.

¿Seguro que esos eran tus únicos motivos?

Me levanto del suelo y sacudo la cabeza para acallar esa maliciosa voz dentro de mí y alejar todos los pensamientos que tengan que ver con él.

Miro a mi alrededor sabiendo que no habrá nada que delate su presencia entre las sombras. Tal vez, si tengo suerte, esté distraído y pueda alejarme de él lo suficiente como para que no me encuentre. A pesar de los conjuros que camuflan mi olor, tanto para él como para otros depredadores, Drystan siempre es capaz de encontrarme. Cada maldita vez. Echo un último vistazo atrás y comienzo a caminar con paso apresurado.

Espero que hoy sea el día en el que al fin encuentre un sitio donde dormir que no sea el suelo. Me pregunto si Sierra estará en una situación mejor que la mía. Sierra, la chica a la que ayudé a escapar y el motivo por el que ahora Viktor Vitalle quiere mi cabeza. Hubiese dado igual que interfiriese o no, Sierra estaba decidida a huir de sus garras. Una parte de mí me dice que ya era tarde para eso. Vi sus ojos. Se había enamorado de la bestia y ahora no habría distancia que borrara esos sentimientos.

Una lástima. Es una chica maravillosa que me brindó su amistad desinteresadamente, pero sé que todo lo que le espera la cambiará. Empezando por ese amor tan peligroso.

Nadie camina por Drystia sin ser tocado por la tragedia.

Perdida en estos pensamientos, sigo avanzando durante horas. Mis pies piden alivio a gritos, y mi cuerpo, un baño caliente después de días malviviendo y aseándome en riachuelos helados. No quiero ni imaginarme el aspecto de mi pelo. Como si ella también estuviese de acuerdo, la serpiente albina que lleva años siendo mi compañera asoma la cabeza con un mechón de mi cabello sobre la nariz. Sisea y asiento, compartiendo un lenguaje que solo ella y yo entendemos. Es muy posible que mi superiora, Naja, ya sepa de mis circunstancias. Es capaz de meterse dentro de la mente de los reptiles, por eso me regaló a mi fiel compañera.

Casi comienzo a reír como una desquiciada cuando escucho las voces de unos niños. Por fin, después de días, voy a ver a otra gente. Espero que eso signifique que cerca de aquí hay un pueblo en el que descansar. El peso de los rubíes robados que llevo guardados en un saquito, a la altura de mi cadera, se hace más presente.

Supongo que Viktor tiene más de un motivo para querer mi cabeza.

No es mi culpa que sea tan estúpidamente rico y deje sus cosas desprotegidas.

Las voces se vuelven más fuertes con cada paso que doy y al fin la vegetación se hace más baja hasta dar a un camino de tierra. Allí, congregados alrededor de alguien, hay varios niños. Se miran entre ellos como si no supiesen qué hacer. Dudo un par de segundos si acercarme o no, con temor de asustarles con mi presencia. No obstante, al darme cuenta de que miran a un niño pequeño y que parece necesitar ayuda, no dudo en hacerme notar.

—¿Necesitáis ayuda?

Al instante, todos alzan la cabeza y me miran con los ojos muy abiertos. No me pasa inadvertido el escrutinio de mi cara. Ya estoy acostumbrada, ya casi no me molesta. *Casi*. Avanzo hacia ellos intentando no intimidarlos. Se miran entre sí antes de que el que parece ser el mayor dé un paso al frente. No puede tener más de cinco años.

—Se ha caído y se ha doblado el tobillo.

Se hacen a un lado para dejarme ver al fin al niño, de unos dos años, con la cara empapada de lágrimas, mordiéndose el labio para contener el llanto sin mucho éxito. Efectivamente, todo indica que se ha torcido el tobillo. Tiene un aspecto bastante feo. Me agacho para estar más o menos a su nivel y le dedico una sonrisa que espero que lo calme un poco.

—¿Cómo te llamas?

—Peter.

—Encantada, Peter. Yo soy Evanora. Necesito comprobar que solo te lo has torcido y que no hay nada roto, ¿me dejas?

Lanza una mirada a sus compañeros, los cuales observan todo con claro interés. Lo que sea que ve en ellos lo convence de asentir. Sujeto con delicadeza su pie, lo apoyo en mi regazo y lo muevo un poco. La molestia se refleja en su rostro. Palpo con los dedos la zona y, aunque está hinchada, no parece que haya nada roto.

—Chicos, ¿estamos lejos de donde vivís?

Estoy demasiado concentrada en examinar la hinchazón como para darme cuenta al principio de que nadie responde. No es hasta que repito la pregunta, sin resultado, que me doy cuenta de que todos ellos están concentrados en mí y en mis cicatrices. Son niños pequeños, fácilmente impresionables y todavía demasiado inocentes como para entender que sus miradas pueden incomodar a una persona. No se lo tengo en cuenta.

—Si no dejáis de mirarla así, os saco los ojos.

Aunque parece que no puedo decir lo mismo de cierto vampiro.

Automáticamente mi espalda se yergue y un escalofrío baja de puntillas por ella. Giro la cabeza hacia Drystan con la fuerza de un latigazo y lo veo allí plantado, con la cara oculta entre las sombras de su propia capucha. Al menos ha tenido la sabiduría de no mostrar su rostro. Solo un tonto no se percataría de su condición vampírica con solo verlo, y seguro que los humanos no se mostrarían muy hospitalarios. Suficiente miedo ha infundido en estos niños con sus estúpidas palabras. Esbozo una sonrisa tranquilizadora.

—No le hagáis caso. No os hará daño.

—Sí, sí lo haré si no dejáis de mirarla.

Todos los niños apuntan los ojos al suelo y se muerden el interior de la mejilla, avergonzados, pero también asustados. Le lanzo una mirada recriminatoria al vampiro y vuelvo a centrar mi atención en el pequeño que tengo delante.

—Vamos a llevarte a casa, ¿vale? Allí haremos que se te pase el dolor.

A no ser que su madre se niegue en rotundo a que lo trate. Al fin y al cabo, soy una desconocida. Aun así, no estoy dispuesta a rendirme a la primera de cambio si puedo ahorrarle dolor a este pequeño. Paso mi brazo por debajo de sus rodillas y él enreda las manos en mi cuello.

Lanzo una oración silenciosa para que mi peculiar mascota no escoja este momento para mostrarse.

Los niños comienzan a caminar mientras que yo, y por desgracia Drystan, los seguimos muy de cerca. El niño que cargo en brazos apoya la cabeza en mi hombro y, en ese momento, siento un pequeño tirón en el pecho. No me permito darle más vueltas a ese sentimiento. Lo almaceno en un bote como llevo haciendo todos estos años y lo abandono en algún lugar recóndito dentro de mí. No puedo evitar echar un vistazo por el rabillo del ojo. Rápidamente vuelvo la vista al frente porque Drystan me está mirando. El calor acude a mis mejillas sin permiso.

Carraspeo y me concentro en observar mis alrededores. Creo que caminamos unos veinte minutos hasta que llegamos a un pequeño poblado. No hay comercios y toda la gente que nos cruzamos parece estar volviendo de una jornada intensa en los cultivos. Algunos abren mucho los ojos cuando ven a quién llevo en brazos, y no es hasta que una mujer viene hasta nosotros corriendo que me detengo. Lleva el cabello del color de la paja, parcialmente cubierto por un pañuelo azul, y su vestido está sucio y raído por los bajos. Tiene apariencia de ser bastante joven.

De nuevo siento algo extraño en el pecho, pero decido ignorarlo.

—¡Peter!

—Se ha torcido el tobillo —explico, como si quisiera defenderme de una recriminación que nadie ha hecho.

Por suerte, no veo ni una pizca de acusación en el rostro de la muchacha, solo preocupación.

—¿Qué te dije de salir a jugar al bosque? ¡Es peligroso, Peter!

El niño retiene un puchero mordiéndose el labio.

—Lo siento, mamá.

—Puedo intentar bajar la hinchazón, si me dejas —digo.

La madre asiente y se dirige hacia la que supongo que es su casa. Es tan sencilla como las demás del pueblo. De hecho, da la sensación de que un poco de viento podría arrancarla de sus cimientos. Abre la puerta y se hace a un lado para dejarnos entrar. El interior es tan pequeño como imaginaba. Hay dos camas, una a cada lado del fuego, y una mesa para comer. Me acerco a la más pequeña y tiendo al niño sobre ella. Le levanto el bajo del pantalón y coloco el pie sobre un cojín.

—Necesito árnica, cúrcuma, enebro y espino.

No se lo digo a la mujer, sino que miro fijamente a Drystan, quien asiente y desaparece sin decir nada. Ya que se empeña en ser mi sombra, que sea de utilidad. Nos quedamos a solas ella y yo, y no puedo evitar sonreír al ver cómo el pequeño se relaja y mira con una adoración infinita a su madre. Se dicen algo entre susurros y él ríe a carcajadas. Qué rápido se olvida el dolor cuando se está con quien se quiere. El vampiro es rápido, no tarda mucho en entrar de nuevo por la puerta con todo lo que le he pedido y, para mi sorpresa, no se ha equivocado en nada.

Debe darse cuenta de mi asombro, pues arquea una ceja con chulería.

—¿Qué te pensabas? Tengo buen olfato y sé algo sobre plantas.

Me encojo de hombros y rápidamente empiezo a molerlo todo en un mortero, formando una plasta que coloco sobre la piel del niño una vez que me aseguro de que está limpia.

—Con esto no debería tardar mucho en bajar la hinchazón. En un par de días estará como nuevo.

Ella no sabe que me he encargado de murmurar unas cuantas palabras para que eso sea cierto. Asiente, apartando el pelo de la frente de su hijo, y me sonríe con gratitud una vez que he acabado.

—Por favor, sentaos. Dejadme que os prepare algo. ¿Un té?

Tengo la negación en la punta de la lengua; sin embargo, Drystan asiente y se sienta en una de las pocas sillas que hay en la habitación. Le lanzo una mirada mortal y él me ignora con soltura. Estamos frente a frente y, durante el tiempo que la mujer tarda en preparar el té, ninguno dice nada. Nos limitamos a ignorar al otro, aunque no con mucho resultado. Puedo sentirlo mirándome por el rabillo del ojo y, en consecuencia, yo hago lo mismo. El pequeño Peter parece haber caído rendido.

—Espero que os guste.

La mujer deja una taza frente a mí y hace lo mismo con Drystan antes de ocupar la silla restante. Me pregunto si el vampiro tomará un sorbo para guardar las apariencias. Se hace un silencio incómodo donde no se puede disimular la curiosidad que la mujer siente por él. Todavía tiene la capucha sobre la cabeza, pero supongo que hasta ella es capaz de sentir el aura oscura que irradia. No va a ser tan valiente como para pedirle que muestre el rostro.

—Gracias —musito antes de dar un sorbo.

—Si no es mucho preguntar, ¿qué os trae por aquí?

—Estamos de paso —respondo.

—¿Viajáis juntos?

—No.

—Sí.

Los dos hablamos a la vez, confundiendo a la mujer. Se queda callada hasta que rompe en una risa suave y agradable.

—Ya veo. Así que habéis tenido una pelea de pareja. —La mirada que me dirige es dulce, aunque parece encerrar un dolor que todavía es reciente—. El padre de Peter y yo éramos iguales. Cuando discutíamos siempre era yo la que permanecía enfadada y él simplemente lo ignoraba y se las ingeniaba para hacerme reír con alguna tontería.

—Buena suerte intentando hacer reír a esta mujer —murmulla Drystan.

—A lo mejor es porque no eres tan gracioso como te crees.

—Nadie se ha quejado nunca de ninguna de mis cualidades, querida.

A pesar de no poder verlo con claridad, estoy segura de que me ha guiñado un ojo con esa fanfarronería que lo caracteriza.

—¿Tenéis dónde pasar la noche?

—Aún no.

—Hay una pequeña posada no muy lejos de aquí. No es gran cosa; las habitaciones no son para nada lujosas, pero conozco a la cocinera y hace un estofado riquísimo. Si le decís que vais de mi parte seguro que os hace un hueco. Siempre está llena de viajeros de paso.

—Muchas gracias… —Drystan deja la frase en el aire.

—Marie.

—Muchas gracias, Marie. Iremos a la posada de tu parte, ¿no es así, Evanora?

Dios, qué insufrible es este hombre.

Asiento con los labios apretados, sin emitir palabra.

—Esperamos que tu pequeño se recupere lo antes posible.

Drystan se levanta y yo doy un último trago a mi taza para vaciarla y no dejar nada. Marie lo imita, poniéndose de pie. Ni siquiera le ha visto la cara y ya actúa como si estuviese bajo su hechizo. Así de peligroso es. Una criatura diseñada para atraer a sus víctimas hasta que es demasiado tarde. Carraspeo para llamar su atención. Solo alcanzo a ver la forma de su nariz y la sombra de sus labios, que se curvan en una sonrisa arrogante.

—Muchas gracias por haber traído a mi hijo y por tratarle el tobillo. Seguro que en poco tiempo está de nuevo haciendo de las suyas.

—No lo dudo.

Sonrío y echo un último vistazo a la figura dormida plácidamente sobre la cama. Tiene una expresión agradable en el rostro, así que supongo que lo que sea que está soñando no puede ser malo y que el dolor de su pie es mínimo. Nos despedimos de Marie y echamos a caminar por el pueblo. El vampiro se me adelanta y tengo que apresurar el paso para alcanzarlo. Aprieto los puños, cabreada.

—Olvida cualquier idea que tengas en tu cabeza. No pienso compartir habitación contigo en la posada.

—No tengo ninguna idea.

—Venga ya.

—Llevas días vagando por el bosque. Pensaba que querrías dormir sobre algo que no sean hojas secas y bañarte con agua caliente. Perdona si no es así; podemos volver al bosque y seguir sacándonos de quicio el uno al otro. Disfruto enormemente de ello.

Aprieto los labios y me niego a responder. Sospecho que, diga lo que diga, encontrará la manera de llevarlo a su terreno. Sigo el camino fingiendo que no lo tengo al lado. Cumplo con las indicaciones que Marie nos ha dado para llegar a la posada, aunque esta no podría confundirse. Es el edificio más grande que he visto hasta el momento y a su lado hay un pequeño establo atestado de caballos. Se escucha un vocerío saliendo del interior. Hago el amago de entrar, pero Drystan me detiene colocando el brazo frente a mí.

—¿Qué haces?

—Este sitio está lleno de borrachos.

—¿Y?

—No voy a dejarte entrar sola.

—No necesito que me cuides. Llevo haciéndolo yo solita mucho tiempo.

Lo aparto de un manotazo y abro con el hombro la puerta. Automáticamente el olor de la cerveza y el sudor me golpea el rostro. Algunos levantan la mirada al notar que hay una nueva incorporación a la velada. No negaré que los hay que me miran con una lascivia pegajosa; sin embargo, no me resultan intimidantes. Me he enfrentado a demonios mucho más aterradores.

Camino hacia la barra de la posada, donde una mujer con las mejillas regordetas y rosadas no para de moverse de un lado a otro. A su lado, más tranquilo y con cara de pocos amigos, hay un hombre robusto y con una barba rojiza. Tiene una cicatriz que le cruza todo el rostro y no duda en clavar sus ojos en mí en cuanto me ve aproximarme.

—¿Eres el dueño de la posada? —pregunto.

—Depende de quién pregunte y para qué.

Deja de mirarme a mí para fijarse en Drystan, cuyo aspecto lo hace parecer bastante sospechoso… o el hombre tiene un instinto afilado que le avisa del depredador que tiene delante. Tengo que controlarme para no soltar un gemido frustrado.

—Venimos de parte de Marie. Me ha dicho que tal vez podría tener una habitación esta noche. —Pongo mi tono de voz más dulce y agradable. Ya que mi compañía no me está haciendo ningún favor, tendré que jugar con el poco encanto que he heredado—. Puedo pagar.

Saco entonces un par de rubíes, un precio más que generoso, y los coloco encima de la mesa. El hombre agarra uno de ellos entre sus dedos y lo examina bajo la luz. La mujer, que no paraba de moverse de un lado a otro, parece quedarse congelada en el sitio al ver lo que sostiene en las manos. No sé qué relación guardan, pero me decantaría por pensar que son pareja.

—Solo nos queda una habitación.

—Suficiente, vengo sola.

Arquea una ceja y mira a la figura detrás de mí.

—¿Segura?

—No lo conozco.

Escucho a mis espaldas cómo Drystan contiene una risa. Pongo los ojos en blanco y, a pesar de que el posadero no se cree ni una palabra, lo deja estar. Va hacia la pared, de la que cuelga un solo par de llaves, y me lo tiende.

—Nada de tonterías. Quiero la habitación tal cual la encuentres.

—Eso está hecho.

—Segunda planta, el pasillo de la izquierda. Tercera puerta.

Asiento y me dirijo hacia las escaleras, no sin levantar alguna que otra mirada a mi paso. A pesar de los años y de todo lo que he vivido, sigue siendo difícil recibir esta clase de atención. Aun así, no voy a dejarles sentir la incomodidad que despiertan en mí. Evito mirarlos a los ojos y subo las escaleras con prisa. Estoy demasiado concentrada en desaparecer del campo visual de todos estos hombres como para darme cuenta de quién me sigue. No es hasta que estoy encajando la llave en la cerradura que Drystan se digna a hablar.

—Vaya, sí que tienes prisa por desvestirme.

Miro por encima del hombro y lanzo un gruñido. La puerta chirría al abrirse y no dudo en entrar a la habitación de inmediato. Agarro la puerta y le bloqueo la entrada con el cuerpo. Alzo el mentón con desafío.

—Le he dicho al posadero que vengo sola y es cierto.

—¿Eres tan cruel como para dejar a un hombre durmiendo a la intemperie, muriéndose de frío?

—Te recuerdo que no tienes calor corporal. Dudo que sientas demasiado el frío.

Justo en ese momento, dos damas salen de una de las habitaciones y no tardan en reparar en él. Todavía no se ha descubierto el rostro y ya las tiene comiendo de la palma de su mano. Me dan ganas de gritarles que se trata de un chupasangre. Si siguen batiendo sus pestañas de esa forma, captarán su atención de verdad y, para cuando quieran darse cuenta, las habrá dejado secas.

—Aun así, estoy seguro de que dormiría mucho mejor contigo en la cama a mi lado.

—Una pena que no vayas a descubrirlo. No me cabe la menor duda de que habrá por ahí quien te deje dormir esta noche en su cama, pero no seré yo.

Cierro la puerta en sus narices y lo escucho reír profundamente al otro lado.

—Brujita, un día me dejarás entrar en tu cama y no querrás que salga de ella.

—¡Desaparece, Drystan!

Esa noche consigo dormir, aunque cuando escucho el sonido de gemidos y el golpeteo de un cabecero contra la pared me pregunto si se tratará de él. Si, en efecto, alguien le ha ofrecido un hueco en su cama. No me quedo para descubrirlo, pues en cuanto amanece, dejo la habitación, dispuesta a correr de nuevo.

3

Evanora

Hoy es el aniversario de la desaparición de mamá y, aunque nadie es capaz de decirlo en voz alta, creo que es correcto suponer que ella ya no está en este mundo. Si no fuera así, ¿por qué no ha vuelto? Una mañana dijo que se marchaba a recolectar algunas plantas que no nacen por nuestra zona debido al frío casi permanente y al salitre que llena el aire. Nunca regresó. Los primeros días no me inquieté; mi madre solía perder la noción del tiempo cuando salía del campamento. No era algo que nos atreviéramos a hacer con frecuencia, de hecho, algunas de nosotras nunca hemos puesto un pie fuera de este sitio. Me incluyo. Sabemos de los horrores que se esconden tras las barreras que, con tanto esfuerzo, levantó Naja, la última bruja que se conoce en el continente, para mantenernos a salvo de lo que hay ahí fuera. Cuando los días dieron paso a una semana, empecé a inquietarme. Quise salir en su búsqueda, pero no me lo permitieron. Somos un blanco fácil ahí afuera; nuestra única arma es el grito, y hay muchas que no consiguen dominarlo a voluntad. Nuestro instinto es gritar cuando la parca nos lo ordena, señalando el final próximo de alguien. Sin embargo, muchas han conseguido controlarlo y hacerlo un arma que usar en situaciones de peligro o necesidad. Mi madre era una de ellas, y uno de sus objetivos era que yo también fuese capaz.

Paseo por el campamento con recuerdos de ella a mis espaldas, sintiendo las miradas de muchas sobre mí. Son una mezcla de compasión y tristeza. Yo he perdido a una madre y ellas, a una compañera. El sentimiento de unidad que tenemos aquí es algo que trasciende las palabras. Somos una familia de mujeres que miramos las unas por las otras, luchadoras, cada una con una historia que la llevó a buscar el refugio del campamento. No sé quiénes fueron las fundadoras; posiblemente fallecieron hace mucho tiempo y solo Naja las recuerda, pero su labor permanece todavía.

No encontrarás a ningún varón aquí. De hecho, parece haber algo extraño en nuestra naturaleza que nos hace abandonar a nuestros amantes una vez que hemos alcanzado nuestro propósito. Los veinticinco años son la edad perfecta para procrear, y aquellas valientes que sienten la llamada y que deciden salir lo hacen simplemente con ese propósito. Dudo que sienta alguna vez esa necesidad. No tengo ningún interés en unirme a un hombre para algo así.

Mi madre lo hizo y, aunque solo mostré interés por saber de dónde provenía un par de veces, fueron muchas más las que la pillé con la mirada perdida, pensativa, con un aire melancólico en el rostro. Me pregunto si estaba pensando en él. Nunca me ha entristecido no conocer a mi padre, saber si está vivo o cómo era como persona, pero la ausencia de mi madre me hace pensar en él más a menudo.

Sería un consuelo que mamá realmente no se hubiese desvanecido y que en realidad estuviese en algún sitio, reunida con ese hombre que tal vez solo necesitó una noche para capturar el corazón de una banshee. Esa alternativa es mucho mejor, aunque escueza pensar que me abandonara sin una explicación. Por desgracia, conozco a mi madre. Durante diecisiete años ha sido mi mejor amiga y sé, sin ningún atisbo de duda, que ella no está viva, porque si así fuese, hubiese encontrado alguna forma de hacérmelo saber.

Perdida en todos estos pensamientos, no me doy cuenta de que mis pies me han llevado hasta la choza de Naja, que es mucho más grande que la del resto. Al entrar, el olor del incienso me recibe y tengo que caminar unos cuantos segundos en penumbra hasta llegar al sitio habitual donde le gusta trabajar. El lugar está iluminado por velas que proyectan sombras sobre las mejillas de la bruja. Está concentrada en un libro a la vez que con una mano desmenuza una serie de plantas secas en el mortero.

—Llegas tarde —dice, sin apartar la atención de lo que está leyendo.

—Lo siento —musito.

Rápidamente comienzo a hacer el que ya es un ritual habitual. Encima de la mesa hay una nota con la dolencia que debo tratar y es mi deber seleccionar las plantas adecuadas para preparar el remedio necesario. Es lo único que puedo hacer, teniendo en cuenta que no poseo magia. Ninguna la tiene salvo Naja. Ya fue bastante sorprendente que accediera a enseñarme siquiera esto. Creo que fue en parte por lástima. También sé que esto es más propio de las brujas blancas que de las brujas oscuras como ella. Naja disfrutaría más enseñándome cánticos oscuros, donde la sangre suele ser siempre el ingrediente principal. Sin embargo, ya hemos comprobado más de una vez que mi voz no tiene ningún poder, salvo mi potente grito.

—Hoy se cumple un año, ¿no es así?

—Sí. —La miro, pero no parece estar prestándome mucha atención—. ¿Has sabido algo de ella?

No sé cuántas veces le he hecho la misma pregunta y obtenido la misma respuesta. Una pequeña parte de mí no pierde la fe, la esperanza de que tal vez con uno de sus hechizos localizadores o con su extraña habilidad para poseer a los reptiles haya alcanzado un vistazo de mi madre o al menos una pista de dónde se encuentra.

—No, nada.

Mi pecho se desinfla; no obstante, no dejo que eso me distraiga de la tarea que se me ha encomendado. En poco tiempo tengo preparado un brebaje de color poco atrayente al que Naja le da el visto bueno con solo olfatearlo. Sus ojos de pupilas alargadas se clavan en mí.

—¿Cuál es tu teoría?

Al principio no entiendo a qué se refiere; necesito un par de segundos para que mi cabeza se aclare. No respondo rápidamente, sino que saboreo las palabras en mi boca antes de decirlas. Tal vez sea miedo de lo que ella pueda responder. No sé si estoy preparada para que confirme mis sospechas en voz alta.

—Me gusta pensar que está por ahí fuera, explorando lugares nuevos, embelesada con la flora que no crece por aquí o que, por algún extraño motivo, se ha reunido con su antiguo amante.

—¿Tu padre? —Asiento—. Ya sabes que las de tu especie no son capaces de crear lazos fuertes con el sexo masculino.

—¿Y por qué es así?

—Sois criaturas extrañas, Evanora. Estáis más unidas a la muerte de lo que te piensas, y esta puede ser una fuerza muy celosa. Por eso os mantiene a todas para sí misma. No os enamoráis; el único lazo que se os permite es el que os une a vuestra estirpe para asegurar que la criais con esfuerzo y mimo. No engendráis varones porque ella no los necesita. Solo os quiere a vosotras, sus preciosas banshees. Sus mensajeras.

Tiene razón. Nadie está conectada a la muerte de una forma tan íntima como nosotras. Las hay como yo, que solo se limitan a transmitir su mensaje cuando sienten el cosquilleo en la garganta, y otras que sucumben y se convierten en amantes de la muerte. Se las reconoce fácilmente, suelen perder la razón y juegan constantemente con la línea entre los dos mundos con tal de sentir el beso frío de la parca.

—Así que no crees que ella esté con mi padre.

—No.

—Parecía pensar en él.

—Algo peligroso para una banshee.

En el aire quedan las palabras no dichas. Si fuese verdad que mi madre guardaba sentimientos por aquel hombre con el que solo había estado el breve tiempo que tardó en llevarlo a su cama y engendrarme, una amante tan celosa como la muerte podría haber intervenido.

Al menos, ahora sí que sería suya para siempre.

A pesar de lo que Naja piensa y yo sospecho, sé que una parte de mí no me dejará descansar hasta que obtenga una explicación. Tal vez tenga que sucumbir y comenzar a jugar con la línea entre la vida y la muerte con tal de exigirle una respuesta.

—Ni lo pienses —dice la bruja, leyéndome el pensamiento.

—Tú podrías ayudarme. No tendría que correr peligro.

—Lo mejor es que aceptes que tu madre ya no está, Evanora. Lo que propones es arriesgado y ya nos rodean suficientes amenazas sin llamarlas.

En ese momento no tenía ni idea de que lo que decía era cierto. Hay muchos peligros que llegan a ti sin que los llames, pero en ese momento, mi mente casi infantil, quería respuestas y estaba dispuesta a lo que fuese necesario para obtenerlas.

Nunca hubiese imaginado que me costaría mucho más de lo que estaba dispuesta a pagar.

4

Drystan

Nunca me he considerado una persona obsesiva, eso es algo que me gusta atribuir a mi amigo Viktor. Sin embargo, ninguna palabra define mejor lo que me ocurre con esa mujer de cabellos blancos que no sea *obsesión*. La primera vez que nos vimos, todavía no había abierto la boca y ya sabía que quería que fuese mía. De la forma más primitiva. Cuando se dirigió a mí con sus formas tan peculiarmente despectivas, estaba sellado. Evanora sería mía. Por supuesto, habría cesado en mi empeño si hubiese sentido que su rechazo era real, pero si alguien no te interesa, te garantizo que no le prestas tanta atención como ella a mí. Su presencia en el castillo no ha pasado inadvertida. La banshee se dedicó a romper toda mi ropa y a llenar mi cama de víboras, a ser posible cuando estaba acompañado. Reconozco que fue una jugada sucia por mi parte intentar ponerla celosa, pero funcionó.

Habrá quien piense que soy un masoquista y tal vez deba darles la razón.

Que la banshee reconozca su atracción por mí va a ser mucho más difícil de lo que me imaginaba. Lleva en su rostro todos los motivos que necesita para odiarme, no por quién soy, sino por lo que soy. Supongo que no me queda otra que demostrarle que no toda mi raza es tan despreciable. Cosa difícil, porque normalmente lo es, pero me gusta pensar que yo me he salido del rebaño. Es cierto que sigo siendo una criatura peligrosa, con tendencia a los vicios, como la carne o la sangre, pero nunca tomo algo sin permiso. No es que me haya hecho falta hasta el momento. Nuestra naturaleza nos hace irresistibles; los humanos se dejan llevar por nuestra belleza y las promesas de eternidad, mientras que el resto de las razas saben que somos los mejores amantes. Una noche con uno de nosotros basta para eliminar el recuerdo de cualquier amante del pasado. Años y años de práctica, supongo.

Pensar en todas las delicias que podría enseñarle a la banshee hace que sonría como un idiota. Seguro que lo pasaríamos bien, y más con toda esa rabia contenida que lleva dentro. Me atrevo a decir que es de las que araña y muerde. La idea lanza una corriente que va directa a mi entrepierna.

Justo en medio de esos pensamientos escucho un ligero clic. Cree que será capaz de escabullirse con los primeros rayos de sol sin que me dé cuenta. Llevo toda la noche observando su maldita puerta desde las sombras que me sirven de abrigo al final del pasillo. Me escabullo por una ventana y la espero justo a la salida de la posada. Tarda un par de minutos en salir, y no podría causarme más satisfacción ver el pequeño saltito que da cuando sale por la puerta y me ve ahí plantado, a escasos centímetros de su cuerpo.

Deja salir un gruñido.

Si yo fuese ella, dejaría de hacer esos ruiditos la mar de provocadores.

—¿No te vas a cansar nunca?

—Los años me han llevado a perfeccionar la paciencia, brujita.

Pone los ojos en blanco y pasa de largo, como si no le afectara para nada. Ambos sabemos que es mentira. Escucho los latidos de su corazón, más fuertes y rápidos de lo normal. Me da la espalda y comienza a caminar sin rumbo. La observo antes de seguirla varios pasos por detrás. Hoy lleva todo el pelo recogido en una enorme trenza que le acaricia las lumbares. Su rostro no está a la vista, oculto por esa maldita máscara que cubre su boca. Esos niños con sus miradas curiosas han hecho que vuelva a ocultarse, como si hubiese algo malo en ella.

Lo cierto es que Evanora tiene una de las caras más hermosas que he visto. Tiene unas facciones que la hacen muy seductora. Ojos rasgados de color azul, pestañas del mismo color blanquecino que su pelo, una nariz fina y con la punta elevada que le da un aire orgulloso y a la vez tierno a su rostro. Labios en forma de corazón y rosados, toda una provocación. Una complexión pequeña y delgada que da una falsa sensación de debilidad. Qué lejos de la realidad están esas suposiciones.

Volvemos a cruzar el pequeño poblado y ralentiza sus pasos cuando pasamos por delante de la casa del pequeño Peter. Me pregunto si se detendrá para comprobar su estado, pero me sorprende cuando sigue caminando. Llega el momento en que dejamos atrás cualquier rastro de civilización y volvemos a estar solos ella y yo. Es lo suficientemente lista como para evitar los caminos donde cualquier ladrón no dudaría en asaltarla para llevarse mucho más que los objetos de valor que lleva encima. Se sumerge de nuevo en el bosque y se mueve por él como si fuese su casa, su hogar, el sitio al que pertenece. No se sobrecoge cuando escucha los chasquidos de las ramas al ser rotas por algún animal desconocido ni tampoco cuando el silencio es tan intenso que resulta inquietante. Supongo que no tiene nada que temer cuando lleva a un depredador como yo varios pasos por detrás. Sabe que la sigo y aun así no intenta aligerar el ambiente con una conversación. Sigue caminando, sin detenerse ni decirme cuál es su rumbo. Cuando me enfrenté a mi amigo después de que él intentara hacerle daño, salí en su busca. Pensaba que volvería a su campamento, al lugar que considera su hogar. Me sorprendió ver que hacía todo lo contrario y abría aún más distancia con sus hermanas, sus semejantes.

Al menos me alegra saber que no se dirige a las fronteras de los Territorios del Sur, donde se encuentran los rebeldes de nuestra raza. Aquellos vampiros a los que llamamos Diluidos por no provenir de linajes puros y que han decidido alimentarse de sangre animal.

—Pensé que te despedirías del pequeño Peter —digo, con la esperanza de entablar una conversación.

Casi creo que oigo la risa de mi amigo desde algún lugar y su voz susurrándome al oído que soy patético, un perrito faldero yendo tras una mujer.

—A lo mejor deberías dejar de suponer que me conoces —responde.

No ve la forma en que mis labios se estiran en una sonrisa cuando pica el anzuelo. Ahora que he conseguido que hable, no pienso parar.

—Bueno, podría dejar de suponerlo y conocerte si me dejaras.

—La desesperación no es atractiva, Drystan.

—La palabra desesperación no se acerca a lo que siento, brujita.

Se detiene abruptamente al escuchar lo mismo que yo. Cerca de aquí tiene que haber un río y, aunque podría ser un lugar de encuentro con alguien indeseado, seducido por la idea de algo de agua o un baño, la banshee decide poner rumbo hacia allí. Echa un vistazo por encima del hombro para comprobar que la sigo.

—¿Por qué estás obsesionado conmigo?

Lanza la pregunta como si no le importara demasiado. Yo sé que miente.

—Ahora empiezas a hablar con propiedad.

No se trata de mi ego; este no es tan frágil como para sentirse amenazado simplemente porque ella no se haya arrojado a mis brazos a la primera de cambio. Es algo más. La fuerza que irradia, el ansia de libertad e independencia que parece no dejar de atraerme. Tal vez sea el hecho de que sé que nunca me necesitará. No es posible, viniendo de una mujer que ha conocido el infierno y ha salido de él arrastrándose con sus propias uñas. Es una guerrera. Ojalá no tuviera que serlo, pero lo es, y la quiero para mí. Quiero que me declare la guerra cada día y que se rinda por la noche. Solo para mí. Porque lo desea.

—Las obsesiones acaban llevando a la muerte.

—¿Serás tú la causa de la mía?

He seguido sus pasos hasta llegar a la orilla del río, cuya agua es tan cristalina que se puede ver todo lo que se oculta debajo. Evanora se deshace del nudo de su capa y deja que esta caiga al suelo. Seguidamente se quita las botas y el vestido, hasta que se queda solamente con una fina camisola.

—Puede ser.

Me quedo tan prendado ante la posibilidad de verla desnuda que no tengo ni idea de qué habla hasta que recuerdo mi última pregunta. Me río a carcajadas a la vez que la veo correr con los pies descalzos hasta la orilla. Si no fuese un vampiro, sería imposible ver la piel de su cuello erizarse cuando da los primeros pasos dentro del agua. Observo cada uno de sus movimientos hasta que está sumergida hasta la cadera. Dudo que el agua vaya a cubrirla mucho más. Yo me quedo de pie, completamente vestido, observando toda la vida que se esconde ahí debajo. Los peces se acercan a ella y se espantan cada vez que mueve las piernas. Eso no me preocupa. Lo que sí lo haría es que se encontrara con una ondina, ninfas del agua que no son conocidas precisamente por su amabilidad. Al menos con el sexo femenino. Con los hombres es otro cantar: los quieren, los desean, los seducen hasta ahogarlos en las profundidades y tenerlos por siempre como sus amantes.

—¿No crees que estás jugando con fuego al mostrarte así ante mí?

—¿Te doy la impresión de tener miedo?

Arquea una ceja y me mira con arrogancia. Toca la superficie con los dedos, muy consciente de que mis ojos la siguen, y después ahueca la palma para llevarse algo de agua a la cara. Con las gotas circulando por sus mejillas libremente como si fuesen lágrimas, comienza a deshacer su trenza. Deja que todo el pelo le cubra la espalda y, con el sol de la mañana en todo su esplendor, parece una visión. Un punto de luz demasiado potente como para mirarlo directamente.

—No, no tienes miedo. ¿Significa eso que ya crees mis palabras, que nunca te haría daño, que no soy igual que ellos?

Sonríe ampliamente, aunque ni por un segundo creo que esa sea su sonrisa real. Es falsa y ensayada.

—Nunca confío en la palabra de un hombre.

No me deja replicar, pues en ese momento desaparece por completo. Se hunde en el agua y por unos segundos me invade el pánico por que una de esas ninfas la haya arrastrado aprovechando mi distracción. Sin embargo, vuelve a emerger, completamente empapada, con la ropa pegada al cuerpo. Me deja ver cada curva de su figura a la perfección y si se diera la vuelta, estoy seguro de que atisbaría sombras que hasta ahora solo me he permitido imaginar en la intimidad de la noche.

Como si conociera exactamente mis debilidades, se da media vuelta y camina con tranquilidad hacia la orilla. No le preocupa estar mostrándome su cuerpo; ojalá pudiera decir lo mismo de su rostro. Si clavo los ojos en sus pechos no muestra ninguna señal de incomodidad; sin embargo, si la miro fijamente a la cara, algo en su interior parece revolverse. Intenta pasar por mi lado como si nada y pesco su muñeca antes de que pueda hacerlo. La atraigo hasta que su rostro y el mío quedan separados solo por escasos centímetros. Me encantaría detenerme a contar las pequeñas gotas que cuelgan de sus pestañas o aquellas que salpican sus mejillas.

—Tendrás que aprender a confiar en la mía.

Estalla en una carcajada frente a mis narices. No hace por librarse de mi agarre, se limita simplemente a reírse en mi cara como si hubiese contado el mejor chiste del mundo.

—¿Por qué? ¿Porque me viste en el campamento y decidiste que sería tu obra benéfica? —escupe—. No me interesas, y da igual lo que hagas, nunca lo harás. Olvídate de mí y déjame en paz, o sé lo que los demás esperan de ti y llévame ante tu líder para que me castigue.

Contraigo el rostro con desagrado. Viktor no es mi líder, es mucho más que eso, pero ella está tan cegada por su odio hacia mí y todo lo que represento que dirá lo que sea necesario para alejarme. Una lástima que no le vaya a funcionar. Nunca dejo de observarla y he visto anhelo en sus ojos.

—Si sigues siendo así de terca, seré yo quien te castigue. —Me inclino hasta que nuestros labios casi se rozan—. Y deja de llevar esa maldita máscara.

Por el rabillo del ojo mira exactamente hacia lo que digo. Ese pedazo de tela negra que está sobre su capa y al que no dudaría en prender fuego.

—Estaré encantada de hacerlo para que puedas mirarme y recordar por qué eres un monstruo.

Dejo que escape de mi agarre y se dé media vuelta. Camina con los puños cerrados regalándome una imagen completa de su figura. Aprieto la mandíbula y miro a otro lado. Escucho el ruido que hace la camisola al caer empapada al suelo y luego el frufrú de su vestido al deslizarse de nuevo sobre la piel. La dejo marchar y desaparezco de su vista, dándole la falsa esperanza de haber desaparecido.

Tanto ella como yo sabemos que es imposible.

Hace un mes que se cruzó en mi camino y desde entonces me he negado a salir del suyo.

5

Evanora

Mi cuerpo ha tomado una decisión mucho antes que mi cabeza. Hasta ahora no tenía ni idea de a dónde mi dirigía; en este momento lo tengo claro. Mis pasos me han estado llevando cada vez más cerca del lugar al que prometí no acercarme. Han pasado días desde mi último encontronazo con Drystan y, desde entonces, no se ha dejado ver, aunque su presencia siempre está ahí. Si mis cálculos no me fallan, en un día más llegaré a mi destino. Siendo sincera, no sé qué haré una vez la vea con mis propios ojos. Ha pasado demasiado tiempo; no tiene recuerdos míos.

Tal vez ni siquiera esté allí y, si es así, me pregunto si la reconoceré. Ha debido de cambiar mucho con los años. La última vez que la besé, su piel era suave; ahora estará cubierta por las líneas del paso del tiempo.

Después de una semana malviviendo en el bosque, me he decidido a encender una hoguera con la que calentarme y cocinar algo. Al fin y al cabo, tengo a uno de los mayores peligros vigilándome muy de cerca. Lo menos que puede hacer es servirme para algo. Si no piensa matarme, no dejará que otro lo haga tampoco. No cuando su obsesión es más que aparente. Otras se sentirían halagadas de ser el objeto de las atenciones de un vampiro tan atractivo como él, porque sí, lo cierto es que es uno de los hombres más perfectos que he visto. Cuando lo crearon, no tuvieron compasión con las mujeres. Sus ojos completamente negros, lejos de darme miedo, hacen que mi cuerpo me traicione. Su piel es sumamente pálida y todos los rasgos de su cara son elegantes, pero a la vez brutales. Mentón fuerte, nariz recta y varonil, labios carnosos que normalmente están apretados en un gesto serio, pero que, cuando habla conmigo, se transforman en una sonrisa socarrona que me deja ver sus colmillos afilados. Sé el placer y el dolor que pueden causar. Los hombres de mi pasado se encargaron de que conociera todas las posibilidades.

Su pelo es del mismo tono que su mirada y cada vez que le roza los hombros siento el impulso de tocarlo y comprobar si es tan sedoso como parece desde fuera. Sin duda, lo que lo hace irresistible es esa aura sombría y misteriosa que te invita a quedarte y huir a partes iguales. Por suerte, yo no tengo ninguna intención de quedarme.

Como si mi mascota pudiese percibir que mis pensamientos se están deslizando hacia territorio peligroso, la serpiente comienza a frotar su hocico contra mi palma. Sé lo que significa y me preparo en ese momento para sentir la peculiar invasión en mi cabeza.

«Deberías haber vuelto al campamento; lo que piensas hacer te hará más mal que bien».

Naja, desde kilómetros y kilómetros de distancia, utiliza a la serpiente para observar mi alrededor. Seguro que lleva haciéndolo desde que se pasó el tiempo acordado para mi regreso y, a estas alturas, debe haberse dado cuenta de que no tengo intención de volver pronto.

«No puedo volver cuando tengo a uno de ellos dándome caza».

«Sabes que no pueden entrar, tenemos las barreras».

«Las demás estarán incómodas y las más jóvenes tendrán miedo de salir».

A través de los pequeños ojos del animal creo sentir la propia frustración de la bruja que durante tantos años ha sido mi mentora. Supongo que ya somos dos. Me encantaría poder volver y fingir que nada ha ocurrido, que no he cabreado a uno de los vampiros más poderosos y que, en consecuencia, tengo a su mano derecha persiguiéndome sin parar. Dice que no me hará daño, pero estoy segura de que no es algo que me pueda prometer. Si su gran amigo Viktor Vitalle le pide que lo haga, no tendrá otra opción.

—Sabes perfectamente que no estoy dándote caza.

Su voz me sobresalta y me fastidia admitir, aunque solo sea para mis adentros, que verlo ahí plantado, al otro lado de la hoguera, con las llamas proyectando sombras sobre su cara, me pone nerviosa.

—Es de mala educación escuchar conversaciones ajenas.

—Si quieres hablar con una serpiente, yo tengo una en el pantalón que...

Pongo los ojos en blanco.

—Por favor, dime que no acabas de hacer una broma sobre el tamaño de tu pene.

—Pene, ¿eh? Sí que sois finas en ese campamento tuyo.

—Al menos tenemos modales.

—¿En la cama también? Porque la verdad es que tú no me pareces de las que los tienen entre las sábanas.

La serpiente, liberada de los dones de la bruja y aparentemente aburrida de nuestra disputa, desaparece por debajo de mi capa. Para mi mala fortuna, puedo sentir el calor arremolinándose en mis mejillas. Lo que menos me apetece es sonrojarme delante de este patán.

—No entiendo por qué todas las mujeres caen rendidas a tus pies; eres una persona de mal gusto.

—¿De mal gusto? Brujita, te puedo asegurar que, una vez que me pruebes, me convertiré en tu sabor favorito.

Es entonces cuando me toca a mí reírme. Me dejo caer contra el tronco del árbol y pongo mi mejor cara de suficiencia. Observa casi perplejo cómo me deshago en risas delante de él.

—He tenido a machos de todas las razas y te puedo asegurar que la tuya no me sorprende.

—Mentirosa —responde, entornando los ojos como si así pudiese leerme mejor.

O tal vez se trata de celos.

Arqueo una ceja, retándolo, hasta que aparta la mirada de mí. Cojo una rama y comienzo a jugar con el fuego, simplemente para tener algo que hacer y no centrarme demasiado en él, que es justo lo que quiere.

—Confías demasiado en las habilidades de los de tu especie, por lo que veo —comento como si nada.

—Me tienen a mí como prueba de su calidad.

Aprieto los labios con fuerza para no reír. Creo que no he conocido jamás a un hombre tan seguro de sí mismo. Tampoco es que me sorprenda demasiado. Los vampiros tienen fama de ser egocéntricos. Se creen los reyes de Drystia y, por desgracia, hay demasiadas cosas que les dan la razón. Todavía no hay criatura que se haya atrevido a retarlos, y aquellos que lo intentaron —los metamorfos— están casi extintos, desterrados en Tierra Baldía, donde nunca crece nada y la esperanza de supervivencia es escasa, por no decir nula. Así de poderosos son, capaces de borrar del mapa a una raza prácticamente por completo. No es de extrañar que el resto haya decidido tomar un papel sumiso en todo esto. Las banshees intentamos no cruzarnos en su camino; no somos muy apreciadas por los de rostros fríos y colmillos afilados. Al fin y al cabo, somos mensajeras de la muerte y ellos caminan sin un corazón que lata dentro del pecho. Nuestros gritos se acumulan en nuestras gargantas y a veces es inevitable que salgan. No acaba bien para muchas. Lo sé bien. Imágenes y recuerdos que me gustaría olvidar se suceden deprisa dentro de mi cabeza.

—¿A dónde nos dirigimos? —pregunta.

Parece haber adivinado que ya no estoy sentada frente a él, sino sumergida en sucesos de mi pasado que no puedo dejar atrás por mucho que corra. Los tengo grabados en la piel. Pestañeo un par de veces como si así pudiese espantarlo todo.

—¿Nos? Yo viajo sola.

—Está bien, entonces dime a dónde viajas para saber a dónde te estoy siguiendo —corrige, con diversión en la voz.

—No es de tu incumbencia.

Si no tenía suficientes preocupaciones, ahora debo encontrar una forma de que no me siga hasta allí. No lo quiero cerca de ella. A lo mejor debería haberlo pensado mejor antes de tomar esta decisión. El problema es que en ningún momento me he detenido a pensar; he dejado que los sentimientos me dominen y ahora, que he alimentado a mi corazón con la esperanza, no tengo las fuerzas ni el coraje para arrebatárselo.

—Hagamos un trato.

—¿Un trato?

—Tú me dices qué es lo que te ronda la cabeza ahora mismo y a cambio prometo dejarte en paz.

—¿Así de sencillo?

—Así de sencillo.

Sonrío para mis adentros.

—Bien. —Suspiro—. Estaba pensando en que no veo la hora en la que no deba preocuparme por ti ni por tu amiguito con problemas de contención de la ira.

—Viktor no tiene problemas de contención de la ira. —Lo miro con el rostro perplejo—. Más bien tiene fugaces pérdidas de control. Cuando se le enfada. O cuando tiene que ver con la humana.

La humana.

Sierra.

Ni ella ni Viktor son conscientes del lío en el que están metidos, pero no seré yo quien se lo explique. Las emociones son algo que a veces no comprendo. Como, por ejemplo, ¿cómo puedes enamorarte de alguien a quien odias, alguien que pretende hacerte la vida imposible, la persona que representa todo aquello que detestas?

—La quiere —dice Drystan.

—Dudo que los de tu clase sepan lo que significa esa palabra.

No deja que mis palabras le afecten. No mueve ni un solo músculo del rostro.

—¿Crees que no somos capaces de sentir? Tenemos familias también. Sabemos lo que es querer y también perder.

Mis ojos conectan con los suyos al otro lado del fuego. En ellos se reflejan las llamas. Me pierdo solo por un momento en la oscuridad que encierran. Por mucho que me moleste reconocerlo, en su mirada se puede leer la sinceridad. De hecho, es casi como si me hablara por sí misma sobre el dolor. No quiero sentir curiosidad por las heridas que guarda este vampiro. No quiero saber nada de él, no quiero que despierte en mí nada similar a la empatía.

—Es más fácil seguir alimentando el odio, ¿no es así?

Aparto la mirada, temiendo que a través de mis ojos esté leyendo todos mis pensamientos. Había oído que no poseía ningún don como otros de su especie; tal vez estaba equivocada y sea capaz de leerme el pensamiento. Mis sospechas no dejan de crecer cuando suelta una carcajada.

—No, no te estoy leyendo el pensamiento. Simplemente tienes un rostro muy expresivo, Evanora.

—¿Y todavía no has sido capaz de leer en mi rostro que quiero que me dejes en paz?

—Sí, tranquila. Un trato es un trato.

Se levanta del suelo y se sacude la tierra de los pantalones, regalándome por un breve momento un vistazo de la piel que dejan a la vista los primeros botones desabrochados de su camisa. Hace todo un espectáculo del simple gesto de ponerse la capa, como si supiese a la perfección que yo tampoco soy inmune a su belleza y fuese a aprovecharse de cada pequeña debilidad. Me sonríe, esta vez sin ningún aire socarrón; parece una sonrisa sincera. No le correspondo.

—Buenas noches, Evanora.

Y tal cual apareció, desaparece. Sin dejar nada a sus espaldas que delate su presencia. Respiro con tranquilidad y, por primera vez en días, no siento la caída de sus ojos sobre mí. Estoy sola.

Sola de verdad.

Me cuesta asimilar que haya sido fiel a su palabra. Estaba esperando alguna de sus argucias; sin embargo, me ha sorprendido con su marcha. Me ha dejado sin palabras y casi sin capacidad de reacción.

Supongo que es algo propio de él, hacer lo que nunca espero y dejarme siempre atónita.

Me aferro a mi capa para taparme y me tumbo de espaldas al fuego. Este no consigue calentarme y me pregunto si es por la extraña sensación que se está extendiendo por mi cuerpo. Es como si el frío hubiese arraigado en mis huesos de repente. O simplemente es el conocimiento de que el mayor depredador conocido ya no está vigilando mi sueño. Después de tantos días bajo su mirada, tal vez me haya acostumbrado a dormir con monstruos.

6

Evanora

El aire huele a azufre una vez más y me pregunto si esto se trata de un sueño, una pesadilla o si es más real de lo que pienso. Hace calor, como otras veces que he estado en este mismo lugar. No puedo ver mucho, solo rocas de color semejante al granate y ríos de sangre que desembocan en lenguas de lava. Sé que, si alzo la mirada, la veré. No es la primera vez que nos vemos, aunque ojalá nunca hubiese ocurrido.

—Buenas noches, banshee. ¿O debería llamarte Bruja Blanca?

Esto último lo dice intentando contener la risa.

Lilith no ha cambiado ni un poco con el paso de los años. Sigue siendo esa criatura inmortal, digna de tener cientos de retratos con su rostro. Sus ojos parecen exageradamente grandes para su cara y su pelo, tan rojizo que las llamas sienten celos de él. Se las ingenia para mantener siempre una sonrisa burlona en sus labios voluptuosos, a pesar de encontrarse en una situación precaria. Tiene cadenas al rojo vivo en las muñecas y los tobillos, y la gravedad de las heridas ha dado lugar a quemaduras que parecen no sanar jamás. No sale ni un solo sonido de su boca; pero, aun así, hasta aquí llegan los gemidos dolorosos de cientos de almas caídas en desgracia.

—¿Qué quieres, Lilith?

Arquea las cejas en una expresión de sorpresa.

—¿Yo? Eres tú quien me visita en tus sueños. —Inclina la cabeza—. Tal vez vienes a mí por alguna razón que todavía desconoces.

—Eres la última persona a la que vendría a ver, fuera cual fuera el problema.

—Me tratas como si fuese el enemigo, cuando realmente solo cumplí lo que me pediste. Si dejaras de ser tan terca, te darías cuenta de que tus poderes no son una condena, sino un milagro. ¡Eres la banshee besada por la magia!

Siempre me ha molestado que la gente se refiera a mí así.

No fui besada por ninguna magia, pagué un alto precio por ella.

—Así es, pagaste un alto precio, así que deberías comenzar a usarla bien. Déjate de hechizos de principiante y aprende lo que es el verdadero poder —dice, leyéndome el pensamiento como si de un libro abierto se tratase.

—No quiero ese poder. Llévatelo y devuélveme lo que te llevaste.

—¿Estás segura de que quieres que devuelva todo lo que me llevé? ¿La muerte también?

La amenaza queda implícita. El aire de mis pulmones parece haberse evaporado. Me araño el cuello buscando la manera de que entre oxígeno de nuevo. Los bordes de mi visión se ennegrecen y por un momento creo que voy a morir. La realidad es que solo estoy siendo expulsada de este lugar. Sin embargo, no me deja marchar sin antes lanzarme una última amenaza.

—Llegará el día en que tengas que usar esa parte de la magia de la que tanto huyes, y te acordarás de todas las veces que negaste necesitarla.

7

Evanora

Han pasado dos años desde que mamá desapareció y uno desde que la semilla que se plantó en mi cabeza empezó a germinar con fuerza. No he sido capaz de quitarme la idea de que tal vez mi madre esté ahí fuera, reencontrándose con el amante que hace dieciocho años me engendró. Francamente, me consuela pensar en eso más que en otras alternativas. Parezco ser la única que alberga esta esperanza, ya que el resto habla de mi madre como si estuviese muerta.

En términos de nuestra raza, mamá todavía es muy joven. Solemos vivir varias vidas humanas antes de envejecer y de que nuestra condición física se deteriore. Pensaba que tendría más tiempo con ella, que podría escuchar sus consejos y su risa antes de irnos a dormir. Aquí no hay grandes lujos. Siempre hemos tenido poco, pero para mí era suficiente estar sana y a su lado. Desde que ya no está, el campamento ha perdido su encanto. De hecho, he empezado a resentir a todas las que siempre he considerado mis hermanas. Ya no me parece tan genial vivir aquí, las flores no tienen la misma intensidad que antes y escuchar el rugido de las olas ya no me parece tan relajante. Es por eso que hace unas semanas tomé una decisión. Sé que es arriesgada y que Naja no lo permitiría. Es por eso que estoy recogiendo las pocas cosas de valor que tengo en mitad de la noche, preparándome para salir de aquí sin saber cuándo volveré. Mi mentora no lo sabe, pero en una de esas tardes en las que me mandó ordenar sus libros de hechizos y los diferentes ingredientes que se apilan en las estanterías, encontré un libro. Todavía no me explico cómo llegó ese tomo en concreto a mis manos. Fue casi como si una fuerza superior me obligara a leerlo.

La letra era la de la bruja, de eso no tenía duda, y en él se detallaban los nombres de varios hombres junto a los de varias de las banshees que conocía. Me llevó un rato encontrar el de mi madre y, ahí, frente a mis ojos, estaban los datos de él. El hombre que ayudó a engendrarme. Aquel que se supone que es mi padre. Sé que el lugar que indicaba la lista corresponde a la última vez que mi madre supo de él; tal vez haya cambiado de hogar, o a lo mejor alguna enfermedad se lo ha llevado y estoy persiguiendo un fantasma.

Sin embargo, si cabe la posibilidad de que mamá haya ido en su búsqueda, no voy a renunciar a ella. Me envuelvo en mi capa y me cuelgo la pequeña talega del hombro. Cuando abro la puerta de mi cabaña, no puedo evitar echar un último vistazo al interior. Solo espero regresar de una pieza y con buenas noticias, y si nunca vuelvo, que sea por un buen motivo. Al cerrar, contengo el aliento, como si en cualquier momento la bruja fuese a aparecer y a obligarme a regresar al interior. O peor, encerrarme para que no pueda dar ni un solo paso sin su conocimiento. No obstante, no ocurre nada. Solo hay calma. Aun así, no dejo de mirar a los lados y a mi espalda, esperando ver a alguien. A pesar de que estamos en plena madrugada, evito las zonas normalmente más concurridas del campamento y me dirijo a las más alejadas. Las barreras que nos protegen tan solo avisan de aquellos que intentan entrar; por lo tanto, mi salida debería pasar inadvertida hasta que se den cuenta de mi ausencia. Últimamente no es demasiado raro que pase un día completo encerrada; lo achacan a mi tristeza. Eso debería darme algo de tiempo.

Cuando llego a una de las lindes que nos protegen de lo desconocido, vacilo. Solo pasan unos segundos hasta que reúno el valor y la cruzo. No sé qué esperaba; tal vez un cosquilleo o, de alguna forma, sentirme diferente. No ocurre nada. Cojo una bocanada profunda y me lanzo a lo desconocido. Sé que debo evitar el bosque a toda costa, al menos aquel que conocemos como el Bosque Torcido. En su interior se encuentran unas criaturas de aspecto grotesco que se encargarían de darme el peor de los finales si llegaran a capturarme. Se dice que tienen un aguijón como los escorpiones y que su veneno te paraliza y da comienzo a un proceso de necrosis en tu cuerpo. La agonía se prolonga durante días y semanas en las que la criatura te devora poco a poco. Un final que sin duda no le desearía a nadie.

Así que no me queda otra que intentar bordearlo e ir por las montañas que dan comienzo a los Territorios del Sur. Es el menor de dos males, aunque tampoco es que vaya a estar completamente segura. Las primeras horas, sumida en la noche, cualquier pequeño sonido me inquieta. Respiro con alivio cada vez que descubro que se trata solo de un roedor. Cuando el sol ha salido por completo, ya estoy bastante lejos del campamento y la crueldad de las montañas empieza a hacer acto de presencia. Por ahora tan solo me encuentro en sus faldas y espero no tropezarme con nada que me haga tener que subir en altitud. Por todos es sabido que cuanto más arriba de la montaña, peores son las condiciones. Solo hago paradas para beber agua o llevarme algo de comida a la boca. Tengo las provisiones justas para unos días; una semana como mucho, antes de que tenga que apañármelas cazando. Tardaré mucho en encontrar civilización, así que conseguir alimento en algún poblado queda descartado. Tengo que racionarlo todo bien si no quiero encontrarme en un apuro antes de tiempo.

Cuando salen las estrellas, me guío gracias a ellas. Fue una de las cosas que me enseñó mamá. Sentía una gran fascinación por el mundo, y eso incluía el cielo, tanto cuando el sol estaba en su cénit como cuando era noche cerrada. Consigo superar el primer día sin incidentes, pero cuando llega el segundo, es evidente que Naja se ha percatado de mi desaparición. Encuentro serpientes a mi paso; cada una de ellas sisea y me muestra sus colmillos, avisándome de que no dé un paso más. Sé que se trata de la bruja usando su don para dominar a los reptiles. Sus preferidas son las serpientes. Da igual cuántas de ellas se interpongan en mi camino o sus intentos por hacer que vuelva. Los ignoro todos y sigo avanzando, enfrentándome al frío de la noche y al calor de caminar durante horas con el sol incidiendo con fuerza sobre mi cabeza.

Para el tercer día, estoy segura de estar a punto de conseguirlo. Ya solo tendré que llegar al pueblo que se mencionaba en el libro y preguntar por un tal Raden. Sin embargo, mi suerte se acaba de manera abrupta y sin previo aviso. El cosquilleo en mi garganta crece rápidamente; no me deja tiempo para pensar. Mis entrañas se revuelven y un escalofrío me recorre de pies a cabeza. El grito nunca se ha sentido de esta forma. Es demasiado visceral, intenso, asfixiante. Siento que, si no abro la boca y lo dejo salir, se encargará de ahogarme; así que, sin poder resistirlo más, caigo de rodillas contra el suelo y dejo escapar el grito más desgarrador que he pronunciado nunca. Su intensidad es tal que me rasga la garganta. Lo noto. La sangre deja un sabor cobrizo dentro de mí. No soy capaz de juntar los labios; el sonido sigue desgarrándome y haciéndome pitar los oídos. Ni siquiera me detengo cuando el motivo de esto se planta frente a mí.

O sería más apropiado decir *motivos*.

Jamás he visto a uno de ellos; no obstante, es imposible no reconocerlos. Tan hermosos que tienes que apartar la mirada por miedo a mancillarlos.

—Que alguien calle a la perra.

No me doy cuenta de que tengo a uno de ellos detrás hasta que es demasiado tarde. Tira de mi pelo con fuerza y el grito de mi don se mezcla con el de dolor. No me suelta hasta que tiene mi garganta expuesta y roza sus colmillos amenazadoramente en ella. Su compañero tiene dos pozos de satisfacción en la mirada. No tardan en unirse dos machos más, cada cual más arrebatador que el anterior. El que parece su líder tiene el pelo negro y los ojos grises. Su piel no tiene ni una sola marca o imperfección; parece tan fina como la porcelana. El tamaño de su cuerpo ya invita a pensárselo dos veces antes de intentar mover un dedo contra él. Tiene los labios estirados en una sonrisa brutalmente cruel. El filo de sus colmillos eriza todo el vello de mi cuerpo. A su lado, sus compañeros, sin ninguna duda gemelos, no parecen tener ninguna buena idea rondándoles la cabeza. Tienen una melena cobriza que les roza los hombros y los ojos de un vívido color verde. Por alguna extraña razón, su apariencia me hace pensar en un zorro. Espero que no sean igual de astutos. No puedo ver el rostro de quien tengo detrás; solo puedo suponer que será tan perfecto como el resto.

—¿Quién nos iba a decir que tendríamos la suerte de encontrarnos con una banshee hoy? —El de ojos grises me sujeta de las mejillas, apretándolas hasta que mi boca queda en forma de pez —. ¿Alguno de vosotros había tenido a una tan de cerca?

—Estas zorras son difíciles de ver, solo salen de su campamento para preñarse. ¿Es eso lo que estás haciendo, preciosa? ¿Buscando a un macho que cabalgar?

No es que pueda responder por la fuerza que ejerce sobre mí, aunque tampoco pensaba hacerlo. El cosquilleo de mi garganta no ha desaparecido por completo y parece estar acrecentándose de nuevo. Los ojos de los tres vampiros se agrandan, presintiendo lo que está a punto de ocurrir. En un inútil intento por controlarlo, me tapa la boca con toda la amplitud de su palma.

No sirve de nada.

Igual que está en la naturaleza del vampiro alimentarse de la sangre.

En la de las sirenas, cantar sus dulces canciones para hechizar a los marineros.

Y en la de los cambiaformas, transformarse para sentirse libres en su verdadera piel.

Las banshees debemos gritar cuando la muerte nos lo pide.

Y ahora mismo me encuentro rodeada de ella.

Si es necesario, mi cuerpo está dispuesto a romperse para que el sonido salga de mi garganta. Me retuerzo bajo el agarre de ambos captores. Los dedos de uno se clavan en mi cuello y los del otro en mis mejillas. Nada de eso sirve. Los ojos grises del vampiro y los míos se miran por un segundo y parece comprender que no hay nada que pueda hacer. Me suelta y apenas tiene tiempo para avisar a los demás cuando la potencia del grito que brota desde lo más hondo de mí hace retumbar el suelo. Las pequeñas piedras del suelo chocan entre sí, las ramas de los árboles se sacuden con fuerza, las aves alzan el vuelo despavoridas y dejan escapar graznidos a modo de protesta.

El sonido muere poco a poco, pero no me quedo para ver las consecuencias de mis actos. Me giro rápidamente y esquivo la figura del vampiro que tenía detrás. Está de rodillas en el suelo, con las manos presionadas firmemente contra sus oídos. Puedo ver el hilo de sangre que se filtra entre sus dedos. Estas criaturas se caracterizan por sus sentidos hiperdesarrollados. No puedo alcanzar a imaginar lo mucho que me odian ahora mismo, así que será mejor que huya lo más rápido posible.

En el fondo, sé que es inútil. Me cazarán cuando perciban un rastro de mi olor y, por mucho que intente forzar a mis piernas a correr, no hay nada que hacer contra su velocidad. Lilith fue generosa creando a sus hijos. Los hizo invencibles. Cada minuto se convierte en una eterna agonía en la que mis pulmones me piden solo un segundo de descanso para respirar y mis piernas me avisan de que cederán cuando menos me lo espere. Mis reflejos no son tan buenos; intento sortear las ramas, aunque algunas consiguen arañarme las mejillas. Mi sangre los llamará enseguida. La muerte no fue tan generosa con nosotras cuando nos hizo sus amantes. Tenemos el cuerpo de un humano y ninguna habilidad especial más allá del grito y la premonición de la muerte cercana.

Mis intentos son inútiles desde el principio; solo estoy alargando lo inevitable. No habrá quien me salve. No hay nadie más poderoso que ellos. Cuando siento una mano rodear mi nuca, sé que ya he perdido. Sus uñas se clavan en mi carne como las garras de una bestia.

—Será mejor que aprendas a estar callada, porque vamos a pasar mucho tiempo juntos nosotros cuatro, preciosa.

Cambia su agarre de mi nuca a mi pelo y me obliga a encararlo. Cuando lo tengo frente a frente, el impulso de escupirle es superior a la razón. No hace ademán de retirarse mi saliva de la cara; en cambio, no duda en sacar una daga y presionar el filo justo debajo de mi ojo. Me fijo en él y, sin duda, es el cuarto de ellos, el que no había alcanzado a ver. Tiene los ojos rojos y el pelo negro. Parece el diablo, y me pregunto si no me habré equivocado al suponer que el de ojos grises era su líder. El que tengo frente a mí parece un dios de la muerte. Una fuerza de la naturaleza. Incontrolable y, por supuesto, invencible.

—Así que eres peleona... Eso hará más divertido el acto de romperte.

—Púdrete.

—Lo haré, una vez que nos hayamos divertido contigo.

Acerca su cara tanto que sus labios rozan los míos, y, como los animales que atacan cuando están acorralados, capturo su labio con mis dientes y aprieto hasta que su sangre explota en mi boca y me baña la lengua. Gruñe en protesta y, sabiendo que la única forma de que lo libere será haciéndome daño, hunde el filo de la daga en mi carne. El escozor es inmediato y sé, sin necesidad de mirarme en un espejo, que el corte es lo suficientemente profundo como para que la herida en mi pómulo cicatrice dejando una marca.

—Mira lo que me has hecho hacer.

No tengo ocasión de replicar. Algo me golpea el lateral de la cabeza y lo último que veo, antes de que todo se funda a negro, son las puntas de sus zapatos, sin tener ni idea de que esta escena se repetirá una y otra vez. Sus zapatos se convertirán en la última cosa que vea durante muchas noches, muchas semanas, muchos meses.

8

Evanora

Estoy enferma.

No hay otra explicación para la sensación tan extraña que sacude mi cuerpo. Debo haber pillado un virus o igual tengo fiebre y me está licuando las neuronas; si no, no entiendo cómo puedo tener este sentimiento de echar en falta algo. Mejor dicho… a alguien. He obtenido lo que quería: caminar en completo silencio y dormir tranquila, sin un par de ojos que me vigilen; sin embargo, no paro de sentir un malestar extraño en la boca del estómago. A veces me sorprendo deteniéndome y mirando a mi alrededor, a la espera de cualquier cosa que delate que, en realidad, está ahí, en alguna parte. Nunca veo nada. Durante tres días he caminado en completa soledad; esperaba sentirme mucho mejor.

Lo que decía, estoy enferma.

O tengo algún tipo de desequilibrio mental. No se me ocurre otra cosa que explique mejor las contradicciones de mi cerebro. Tal vez esas semanas que pasé junto a él en el castillo de Viktor, o todos estos días intentando escapar de su vigilancia, me hayan hecho acostumbrarme a su presencia como un drogadicto. Y, como cualquier drogadicto, una vez que le quitas su droga, la busca desconsoladamente. Solo necesito superar los efectos de la abstinencia. En cuestión de días ni recordaré su nombre.

Hace un par de horas que me crucé con unos viajeros y me hicieron saber que estoy yendo en la dirección correcta. Al parecer, no me queda mucho para llegar. No sé qué diré ni cómo reaccionaré. Tal vez ni siquiera hable e intente pasar inadvertida. No tiene por qué saber quién soy. No tiene recuerdos de mí; no tuvimos tiempo.

Cada vez se hace más obvio que me acerco a un poblado. En el camino se vislumbran las marcas de los caballos y las carretas que han pasado aquí innumerables veces y, si guardo completo silencio, se escucha el murmullo de la gente. Unos muros, no mucho más altos que yo, delimitan la zona y lo que parece la entrada está formada por dos columnas de piedras apiladas y un arco. Alguien grabó en ellos el nombre del pueblo, pero el tiempo lo ha dejado apenas reconocible. Cuando doy mis primeros pasos dentro, nadie me mira de forma extraña; al contrario, la gente se muestra agradable. Se deshacen en sonrisas y me saludan como si me conocieran de toda la vida. Lo cierto es que solo he estado aquí una vez y estoy segura de que nadie me recuerda.

Mi primera parada es la taberna del pueblo. Es el sitio al que acude casi todo el mundo. Tal vez ella también. Sé, sin lugar a dudas, que la reconoceré en cuanto la vea. Si no es por su apariencia, lo hará mi corazón. Estoy segura de ello. Da igual el tiempo que pase, y eso que ha sido bastante. Prometí no volver nunca. Por su bien y por el mío. Y hoy he roto esa promesa que me hice a mí misma.

En el interior de la taberna huele a especias, alcohol y humo. La gente charla animadamente y nadie parece prestarme mayor atención. Una camarera joven y esbelta viene hacia mí después de atender a un joven que la mira con adoración y las mejillas sonrojadas. Intento disimular la sonrisa que amenaza con abrirse camino en mis labios. Al llegar hasta mí, apoya una mano y la cadera en la mesa y me dedica su mejor sonrisa.

—¿Qué puedo hacer por ti, corazón?

Arqueo las cejas con sorpresa al ver su forma tan cercana de dirigirse a mí. Me aclaro la garganta.

—Un vaso de agua y… —Pienso rápidamente en algo más—. ¿Qué me recomiendas?

—El asado de Poppy es famoso en toda la zona. Viene gente de otros pueblos solo para probarlo.

—Asado entonces.

Se queda más de la cuenta mirándome, aunque no parece centrarse en mis cicatrices. Por extraño que suene, algo en su mirada me parece familiar a la par que fascinante. Debe de darse cuenta de que la observo con atención, pues frunce el ceño antes de darse media vuelta para entregar mi comanda. No tarda en volver con el agua que he pedido y un plato humeante que pone frente a mí. No tenía mucha hambre, pero no puedo negar que el olor que desprende la comida sería capaz de revivir a los mismísimos muertos. Tiene una pinta increíble. Espera hasta que doy el primer bocado, y el pequeño gemido que escapa de entre mis labios hace que su rostro se avive.

—Increíble, ¿verdad? —Asiento—. Y dime, ¿qué te trae por aquí, forastera? ¿Estás aquí de paso?

—Algo así.

—Entonces espero que tu estancia sea agradable. Si necesitas un sitio donde quedarte, también tenemos habitaciones.

—Lo tendré en cuenta.

No le digo que no creo que esté tanto tiempo aquí. En cuanto consiga un simple vistazo de ella, me marcharé. Todavía no sé hacia dónde. Aún no estoy convencida de volver al campamento. Puede ser que Drystan no tenga deseos de capturarme y llevarme ante su amigo, pero no pienso arriesgarme. Mientras termino mi plato, siento un cosquilleo familiar en la garganta y sé, entonces, que la muerte se paseará pronto para llevarse a alguno de los presentes. Antes el grito habría sido incontrolable; ahora mi cuerpo tiene demasiado miedo, recuerda las torturas y es incapaz de hacer aquello que antes era tan natural y fácil como respirar.

No puedo evitar lanzar algún que otro vistazo a la muchacha, que a estas alturas debe de pensar que siento algún tipo de interés por ella.

También me dedico a escrutar la sala en busca de alguien que encaje con los recuerdos que tengo. Sin embargo, ninguno de los presentes lo hace. Me levanto y dejo una suma más que generosa antes de marcharme. Una vez fuera, me recibe una brisa cálida que sacude el pelo de mi cara. Es agradable que nadie se quede mirándome más de la cuenta y caminar libremente. Paso cerca de un puesto de hierbas y, un poco más allá, hay una herrería y un pequeño puestecito donde unas niñas exponen sus coronas hechas de flores. Sonrío al pasar por su lado, recordando a las pequeñas que viven en el campamento. Ellas también llevan flores en el pelo y bailan alrededor de la hoguera en las noches de luna llena.

Deambulo sin rumbo, esperando el momento en que vislumbre, aunque sea de lejos, su pelo del mismo color que el mío. Una de las pocas cosas que compartimos. El pelo blanco no es algo común; me ha hecho ganarme el título de la Banshee Blanca, aunque hay quien utiliza dicho nombre como un insulto, pues encomendé mi alma a la oscuridad hace mucho tiempo. Según pasan las horas, se asienta en mi pecho una tranquilidad absoluta. La gente de este sitio es buena y eso hace que me sienta mucho mejor. Saber que, al menos, estuvo rodeada de una buena comunidad. No sé si habría sido feliz con las banshees; solo espero que aquí sí haya podido serlo.

Está casi oscureciendo cuando vuelvo a ver a la muchacha de la taberna caminando hacia una pequeña casa, cuyas ventanas, abiertas, proyectan una luz naranja. Se escucha el jaleo del interior. Una mujer parece estar ordenándole a unos chiquillos que paren de corretear mientras le dice a alguien que la ayude a poner la mesa. La camarera toca a la puerta y, en ese momento, la mujer que gritaba en el interior abre de par en par y la veo. Tiene el pelo blanco y, aunque podría parecer cosa de la edad, sé que ella nació así. Desde aquí no puedo distinguir bien el color de sus ojos, pero estoy segura de que, si me acerco, veré que son azules, con una anomalía que los hace sumamente especiales. En uno de sus iris tiene un pequeño punto de tono carmesí. Como si, al crearla, a alguien se le hubiese escapado una pequeña gota de color rojo; no obstante, tan solo se trata de la marca que dejó en ella su progenitor.

Un par de niños pequeños salen en tromba abrazándose a las piernas de la muchacha de la taberna. Ella les acaricia el pelo hasta revolvérselo y ellos sonríen, mirándola casi con adoración. No me acerco; me quedo completamente inmóvil, contemplando la escena hasta que entran al interior y cierran la puerta. No sé durante cuánto tiempo permanezco ahí, sumida en mis pensamientos y en los pocos recuerdos que tengo de las semanas que la tuve a mi lado. Reúno el coraje para acercarme a una de las ventanas. Intento ser todo lo discreta que puedo y observar sin que se den cuenta. La familia entera está sentada en torno a la mesa: los niños a un lado y el muchacho de mejillas sonrojadas de la taberna, al otro, junto a la joven. Por sus miradas, es inconfundible que están enamorados. Al otro extremo de la mesa, la mujer de cabello blanco los observa con una sonrisa y comenta algo a quien, sin duda, es su marido. La estampa no podría ser más idílica.

Sacudo los dedos y murmuro un par de palabras que me permiten oír con mayor claridad las voces del interior.

—¿Cómo ha ido el día? ¿Mucho lío en la taberna?

—Como siempre. No estamos en temporada de viajeros, así que, por ahora, es más tranquilo. ¿Han dado mucha guerra estos dos?

—Ya sabes que a tu madre y a mí nos encanta quedarnos con ellos —dice el hombre de más edad.

A pesar de imaginármelo, no puedo evitar sentir sorpresa. Intento que ningún sonido escape de mis labios por miedo a que me escuchen. Me cubro la boca con la palma de la mano, sin perderme ni un solo detalle de lo que sucede en el interior.

—Ya sabéis que yo también puedo llevármelos a la tienda, ¿verdad que sí, chicos? ¿Os gustaría venir mañana con papá?

Los chiquillos, a medio camino de llevarse la comida a la boca, asienten con entusiasmo. Su madre tiene el pelo de color chocolate y los ojos azules; sin embargo, uno de los niños parece haber heredado algo de su abuela, pues su pelo es tan claro como el mío. Me pregunto si sus ojos serán del mismo tono que los míos o si también tendrán un lunar rojo en el iris. No obstante, me quedaré sin averiguarlo, porque, una vez que dé un paso atrás, una vez me aleje de esta ventana y de la gente que hay dentro, no regresaré ni miraré atrás.

—Por cierto —dice con efusividad la camarera—, hoy en la taberna había una chica. Tenía el mismo color de pelo que tú, mamá. Supongo que no es tan extraño, después de todo.

—A veces se nos olvida que hay mundo más allá de nuestro pueblo. Seguro que hay cientos de personas con el cabello blanco.

Me encantaría decirle que, hasta la fecha, no he descubierto a muchos; que nuestro pelo es más especial de lo que se imagina. Mira a quien ahora sé que se trata de su nieto y le pellizca la mejilla con cariño.

—Ya no somos los únicos con el pelo lleno de canas.

Dibujo una sonrisa bajo la palma de mi mano y, en ese momento, me doy cuenta del sabor salado en mi boca. No me había dado cuenta de que estaba llorando. La felicidad se entremezcla con la nostalgia y la tristeza. Ella está bien, es feliz. No parece que eche en falta nada, aunque nunca sabré qué sucede realmente en su cabeza. Si piensa en mí, si se pregunta dónde estoy y quién soy. A lo mejor tiene algún recuerdo de mí, aunque lo dudo. Tal vez sea mejor así. No se puede extrañar lo que nunca se ha tenido.

—Parecía viajar sola.

—Espero que no esté por ahí vagando sola de noche; los caminos no son seguros a estas horas.

Salvo que me cruce con una de esas criaturas sedientas de sangre, es el resto quien debería tenerme miedo. Incluso puede que sea capaz de dejar fuera de juego a un vampiro con algún hechizo, aunque no durante mucho tiempo. Ojalá hubiera tenido todas estas herramientas hace tiempo. Puede que las cosas fuesen muy diferentes ahora. El frío y el resto de los elementos no me molestan en absoluto mientras veo cómo terminan la cena y la familia se encarga de recoger. No tardarán en irse a dormir, por lo que parece. Podría quedarme aquí plantada hasta que salgan los primeros rayos, por si acaso. En caso de que suceda algo y necesiten ayuda.

Se las ha apañado bien sin ti todos estos años.

Mi voz interior me lanza una verdad que me cuesta encajar. Sigo saboreando la humedad salada que se cuela entre mis labios. A estas alturas no sé bien por qué lloro. En el fondo sabía que no debería haber venido. Verla y no poder hablarle es mucho más duro de lo que pensaba. No puedo dejar de imaginarme cada uno de los momentos que habrá vivido y las veces que se habrá preguntado dónde estaba yo. La persona que debería haber acompañado cada uno de sus pasos. Solo puedo agradecer no haber dejado una huella tan profunda como para impedirle ser la madre que yo no tuve la oportunidad de ser.

Estoy tan entumecida por el dolor y por todos los sentimientos que llevo años y años embotellando, pensando que podría descorcharlos más tarde y digerirlos poco a poco, que no me doy cuenta del par de brazos que me sostienen por detrás. Hace que me apoye en su pecho y su olor, uno que no debería siquiera reconocer, me hace saber enseguida que se trata de Drystan. Tengo el impulso de ocultarme, de cubrir mi rostro con las manos para tapar mi dolor. Sin embargo, dudo que el movimiento incesante de mis hombros, con cada sollozo, vaya a despistar a nadie. Guarda silencio; no dice ni una palabra y, a pesar de que su corazón no late y la sangre no circula por sus venas, su cuerpo me transmite calidez.

La luz del interior de la casa se apaga y ambos nos quedamos en mitad de la noche, en un pueblo que no va a seguir mucho más tiempo despierto. Su aliento me roza el oído y, a la sacudida de mis hombros, se suma un escalofrío que nada tiene que ver con el frío.

—No te preocupes, yo te sostengo.

Quiero gritarle que no lo necesito, y mucho menos a él, pero mis cuerdas vocales parecen tan incapaces de hablar como de gritar cuando la muerte se acerca. Me quedo ahí, tendida en sus brazos, en una posición que no deseo; pero verla ahí, feliz, ha hecho que una oleada de alivio y tristeza me sacuda hasta tal punto que mi cuerpo no tiene fuerzas para hacer nada, tampoco avanzar. Solo quiero quedarme aquí de pie, lo más cerca que podré estar de mi hija si quiero que sea feliz. De nada servirá mostrarme ahora, abrir heridas que están cerradas, dar pie a preguntas que no sé si quiero o tengo las fuerzas para responder y exponerla a un mundo que es despiadado con la gente como ella. Cuando el sol sale de nuevo, hace tiempo que mis lágrimas cesaron y se secaron en mis mejillas, dibujando ríos en mi piel.

Me deshago del abrazo del vampiro y consigo dar un paso para poner algo de distancia entre nosotros.

—Dijiste que me dejarías en paz.

—Menos mal que no lo he hecho, entonces.

—Tu palabra no vale nada.

Escucho su risa, pero me niego a mirarlo y darle lo que quiere. No tengo fuerzas para esto ahora mismo. Estoy dejando atrás el último pedacito que me quedaba de corazón.

—Te dije que te dejaría en paz. Nunca especificamos durante cuánto tiempo.

El diablo está en los detalles.

9

Drystan

Al contrario de lo que dicen las malas lenguas, los de mi especie sí somos capaces de sentir. Algunos utilizan nuestra carencia de latidos para acusarnos de no tener sentimientos; sin embargo, todavía recuerdo a la perfección la sensación en mi pecho el día en que comprendí que mis padres ya no estarían para guiarme. Fue muy parecido a lo que los humanos describen como «que se te rompa el corazón». Por suerte, había tenido la suerte de disfrutar de ellos muchos más años de los que un humano solo sueña con tener, pero, aun así, me sentí abandonado, a la deriva. Y, aunque Viktor y yo nos encontrábamos en la misma situación, cada uno tuvo que aguantar a sus demonios solo. Él fue capturado y yo tuve que llevar mi pérdida a la vez que intentaba que ni su legado ni su reputación se desmoronaran. Recuerdo entrar a mi habitación después de un largo día de decisiones y reconstrucción y llorar como un bebé sobre la almohada. Solo quería sentir los dedos de mi madre en mi pelo y escuchar sus palabras de consuelo.

Eso ya no era una opción.

Se suponía que ninguno de nosotros moriría. Somos inmortales y solo nosotros conocemos nuestra única debilidad. Hasta que eso cambió. A todos nos pilló por sorpresa ver a aquellos humanos, que la familia Vitalle había tratado con tanto respeto y casi cariño, volverse en su contra y masacrarlos sin piedad. El objetivo eran las hembras de nuestra especie, y lo consiguieron. Ahora somos incapaces de engendrar puros, y los Diluidos, aquellos que nacen de la unión entre un vampiro y un humano, o por conversión, nos superan en número. Al menos no son tan fuertes como nosotros.

El padre de Viktor se rindió a la muerte en cuanto vio a su esposa ser asesinada, mientras que el mío hizo todo lo que estuvo en su poder para evitarle el mismo destino a mi madre. Sin éxito. Tanto mi amigo como yo tuvimos que presenciarlo todo, incapaces de hacer nada. Yo tuve la suerte de escapar, pero él no. Los horrores que le tocó vivir son algo que ni mi imaginación es capaz de conjurar. Solo sé que, cuando regresó, los vampiros ya no éramos las criaturas más sádicas que caminaban por la tierra.

Desde entonces, creo que no me he sentido tan impotente. Sin embargo, ver a Evanora romperse poco a poco en mis brazos —creo que ella no era consciente de que la sostenía— fue una lenta agonía. Tenía un asiento en primera fila para verla destrozada, y lo peor es que no tenía ni idea de qué hacer. Nunca había tenido que consolar a una mujer, y mucho menos a una que parecía odiar hasta mis entrañas. No sabía qué había pasado para que estuviese así; solo me quedaba suponer que la mujer de cabello blanco tenía algo que ver.

Con las primeras señales del nuevo día parecía haberse recompuesto. Me desagradaba la sensación amarga que se había instalado en mi boca al verla desprenderse de mis brazos y alejarse como si nada. No sé si era por perder la calidez de su cuerpo, por su actitud de nuevo distante o si lo que realmente me enfurecía era saber que su comportamiento solo era una fachada que, en cualquier momento, se derrumbaría y la sepultaría.

Así que aquí estoy, caminando detrás de ella, esta vez sin molestarme en disimular mi presencia. Le prometí que la dejaría en paz; no obstante, nunca especificamos durante cuánto tiempo. Siendo sincero, en ningún momento tenía intenciones de cumplir mi palabra. Me gustaría culpar de todo esto a mi naturaleza. Se dice que podemos ser un poco obsesivos, que nuestros instintos de caza nos hacen ser unos perseguidores incansables. Yo sé que ese no es mi caso. En ochocientos años de existencia nunca me he comportado así. No por algo como la sangre, y mucho menos por el placer.

Las mujeres me adoran por mis modales: soy educado y las trato como si fueran algo más que un cuerpo; sin embargo, toda esa devoción desaparece de un plumazo cuando se dan cuenta de que soy alguien frío, que no busca nada más que el placer momentáneo. He dicho que, a pesar de nuestro corazón incapaz de latir, tenemos sentimientos, pero en mi caso, la capacidad del afecto me fue arrancada hace tiempo. Todo podría cambiar por culpa de esta mujer, y la verdad es que no me asusta ni un poquito.

—¿Sabes hacia dónde te diriges? —pregunto.

No puedo evitar sonreír cuando me lanza una de sus desesperantes miradas, aunque cuando me doy cuenta de la rojez de sus ojos, mi sonrisa muere.

—¿Sabes cuál es el juego del silencio? —dice, con tono altivo.

—No, no me suena.

—Consiste en estar callado. Sugiero que juguemos, empezando desde ahora.

—No estoy seguro de querer jugar.

Deja escapar un bufido a la vez que el ritmo de sus pasos se incrementa. Sé lo que está intentando y, a estas alturas, debería haberse dado cuenta de que es inútil. Hace rato que dejamos atrás el pueblo y hemos regresado al cobijo del bosque.

—¿La gente de esa casa te ha hecho algo?

Da un pequeño respingo al darse cuenta de que ahora camino a su lado. La extraña mezcla de su olor, flores y un ligero aroma a mar, me llega con fuerza ahora que me encuentro a escasos centímetros de ella. No responde, y ahora desearía tener algún don, como otros de mi especie, y ser capaz de leerle el pensamiento. Me sería tan útil con esta mujer…

—¿Pretendes que haga como que no ha pasado nada después de lo que he visto? —insisto.

Escucho el ruido de su piel cuando aprieta los puños y el choque de sus dientes cuando encaja la mandíbula con fuerza.

—¿No sabes dejar las cosas estar?

—No cuando tengo la impresión de que hablarlo te haría sentir mejor.

La risa que me dedica no me gusta ni un pelo; no es agradable ni suena como aquellas que escuché sin permiso cuando hacía de las suyas con Sierra. Esas eran sinceras y despreocupadas. Esta me eriza el vello; es un sonido estridente, como el de la porcelana al ser rozada por un tenedor.

—No quiero sentirme mejor.

Al menos eso sí suena sincero. Me inquieta. Sé que la vida de Evanora no ha sido un camino de rosas; lleva marcas en la piel que dan fe de ello. Me encantaría recorrerlas con la punta de los dedos y que me contara la historia de cada una. Y lo más importante: si aquellos que las infligieron siguen vivos, me aseguraría de matarlos con mis propias manos.

Deberían abrirme el cráneo y estudiarlo para ver si así encuentran una explicación a esta fascinación, o más bien obsesión enfermiza, con Evanora.

—Todos queremos sentirnos mejor.

—Yo no.

Con eso da por zanjada la conversación, si es que se la puede llamar así, y da comienzo el juego del silencio que dura hasta que cae el sol. Debo decir que no por decisión mía, pero cada uno de mis intentos por entablar una conversación ha resultado fallido. Solo me he ganado bufidos o muecas con las que Evanora me enseñaba los dientes como si estuviese dispuesta a morderme. Creo que mostrarle mis colmillos hubiese sido una gran amenaza por mi parte dada mi condición, así que lo he dejado estar. Es casi cómico: imagina a un pequeño perro plantándole cara a un lobo. Así me siento cada vez que ella intenta intimidarme.

Por fin cae la noche y nos detenemos. Cada vez estoy más seguro de que no sabe a dónde se dirige, y no sé si eso refleja cómo se siente por dentro. No me dice que me marche ni rechaza mi ayuda cuando me encargo de encender la hoguera y cazar un conejo. Se queda mirando las llamas, en un estado catatónico, mientras yo doy vueltas a la carne para que se dore. Es una escena tan doméstica que me hiela la sangre. Me he acostumbrado tanto a su rechazo en estos días que verla tan callada me inquieta.

—Cuando era prácticamente un niño, me hice amigo de un humano. Teníamos casi la misma edad y era el hijo de uno de los hombres con los que los Vitalle tenían buena relación. Supongo que era político o aspiraba a un puesto de mayor responsabilidad. La cosa es que siempre venían al castillo y nos hicimos amigos, muy a pesar de Viktor. Siempre ha sido celoso con las cosas que cree suyas.

—¿Y tú le perteneces?

Su propia pregunta parece sorprenderla y se da cuenta de que ahora es tarde para retirar sus palabras.

—Así lo creía él cuando éramos niños. Ahora estoy seguro de que daría lo que fuera para que lo dejara en paz un rato. —Ahogo una sonrisa, aunque ella permanece seria, aparentando que no quiere saber cómo continúa lo que estoy intentando contarle—. Los dos crecíamos. Ya sabes que los de mi especie nos desarrollamos con normalidad hasta alcanzar nuestro potencial y entonces nos detenemos, así que me olvidé de que realmente no éramos iguales. Un día empezó a encontrarse mal. No le dio demasiada importancia y .cuando quiso darse cuenta, era demasiado tarde. No consiguieron llegar hasta el castillo para que la madre de Viktor pudiese tratarlo. Fue eso que llaman «muerte fulminante». Una parada cardiaca. Ese fue mi primer contacto real con la muerte: la pérdida de alguien que me importaba de alguna forma. Recuerdo la mirada de Viktor cuando me vio llorar. Sacudió la cabeza y solo me dijo una frase antes de marcharse: «Por eso no le cogemos cariño a la comida, se marchita fácilmente».

—¿Por qué me cuentas esto?

Me encojo de hombros y saco la carne del fuego. A pesar de estar caliente, mi cuerpo no protesta. Soplo antes de pasársela; debe de estar demasiado pendiente de lo que tengo que decir como para darse cuenta y rechazar mi ofrecimiento. Comienza a desmenuzar la carne con los dedos y a llevarse pequeños bocados a la boca.

—No lo sé. Tal vez quería compartir uno de mis momentos de debilidad contigo, ya que yo he tenido el privilegio de ver uno de los tuyos.

—No era un momento de debilidad.

—Se parecía mucho a uno. —Arqueo una ceja—. No hay nada de malo en bajar la guardia.

—Comamos en silencio, ¿vale?

Realmente no lo dice como una sugerencia, sino como una orden.

—Yo no como, brujita.

Se da cuenta de su error y sus mejillas se arrebolan al instante.

—Pues tampoco vas a beber, monstruo desalmado —dice, sin perder la oportunidad de seguir comiendo.

Estallo en una carcajada que ella no me corresponde; sin embargo, me es imposible contenerme cuando está tan adorable, con los mofletes llenos de comida y las palabras saliendo de su boca casi como si las dijese una niña pequeña. Entorna los ojos y me mira con recelo mientras recobro la compostura. Suspiro.

—Solo para que lo sepas, tengo alma.

He oído miles de rumores sobre los vampiros a lo largo de los años; uno de ellos es la suposición de que no tenemos alma, posiblemente una de las cosas más preciadas que puede poseer cualquier criatura. Es nuestra entrada directa al paraíso prometido una vez que la muerte nos lleve con ella. Claro, depende de cómo hayas sido en vida: puede que conozcas el calor de los Fosos. Aquellos que carecen de alma por cualquier motivo extraño están condenados a un estado de limbo absoluto, a vagar sin rumbo por la nada bajo la compañía del Dios del Medio, Atarothz. Él es el responsable de retener a aquellos que no son buenos ni malos, o directamente a los que no pueden ser clasificados como ninguna de las dos cosas. También puedes convertirte en una de sus víctimas si lo ofendes, ya que tiene la capacidad de arrebatarte el alma, aunque eso puede que sea solo un rumor. Al fin y al cabo, nadie lo ha visto y, si alguien lo ha hecho, no ha regresado para contarlo.

La banshee no me responde con ninguno de sus agudos comentarios, sino que sigue masticando, pero no sin que antes vea una emoción extraña cruzarse en su mirada. Sé que oculta algo, y no se da cuenta de que no hace más que aumentar mi interés en ella. Si lo que quiere es que la deje en paz, no va por el buen camino.

Cuando acaba con la comida, desaparece entre los árboles y reaparece un par de minutos después, aseada. Se tumba en el suelo y estoy seguro de que me dará la espalda y se dispondrá a dormir; no obstante, me sorprende hablando.

—¿Dónde crees que irás cuando mueras?

—¿Crees que moriré?

—Algún día te cansarás de vagar por la tierra o simplemente ella se cansará de ti y le pondrá fin a todo tan solo para perderte de vista.

—¿Eso era un intento de ser graciosa? —pregunto, tratando de que mis labios no se estiren y me delaten.

—Responde a la pregunta.

—No lo sé, eso quedará en manos de Atarothz. No soy tan egocéntrico como para pensar que he sido un alma bondadosa.

—Teniendo en cuenta lo que eres… —replica.

—Nunca he matado a un humano, Evanora. Me alimento de ellos porque es mi naturaleza hacerlo, pero nunca los mato ni hago nada que ellos no quieran. Cada persona de la que me alimento viene a mí de buena gana.

No responde; de hecho, ahora sí que hace lo que esperaba desde un primer momento. Se aferra a su capa y me da la espalda, dando por finalizada la conversación y, por supuesto, la noche.

—¿Y tú? ¿Dónde crees que irás?

El silencio que sigue a mi pregunta es absoluto. Pasa un minuto sin respuesta y a ese le siguen muchos más. Me doy por vencido y me tumbo contra el tronco, cruzo los tobillos y me pongo lo más cómodo posible para pasar una noche entera en vela, vigilando que nadie se aproxime a nosotros. No me apetece demasiado tener un enfrentamiento después de días sin poder alimentarme, pero, si tengo que hacerlo, estaré más que listo.

—No iré a ninguna parte.

Responde cuando ya no me lo esperaba y me deja el resto de la noche pensando en sus palabras, en si habrán salido realmente de su boca o si mis ganas de una respuesta me han hecho imaginarla. No tardaré en descubrir lo real que es.

10

Evanora

Mi corazón sigue acelerándose cada vez que escucho sus pisadas. Ya he aprendido a distinguirlos por sus andares y, si me tocan, aun con los ojos cerrados, sabría decir de quién de ellos se trata. No es algo de lo que esté orgullosa; simplemente, mi cuerpo ha almacenado esa información como una forma de prepararme y ayudarme a sobrevivir. Cada uno de ellos espera algo diferente de mí; sin embargo, para todos soy un juguete. Una muñeca que pueden utilizar y que se mantendrá en silencio hagan lo que hagan.

Se han asegurado de ello.

En todo este tiempo no he tenido al alcance de mi mano un espejo en el que observar mi reflejo, pero si me guío por las miradas de los viajeros que nos encontramos o de los pobres desgraciados que se convierten en el alimento de mis captores, sé que mi rostro ha quedado destruido de por vida. Han conseguido lo que parecía imposible: han callado a una banshee.

Ya no soy capaz de hacer algo que era tan natural como respirar. El miedo es una buena correa. Sé que, si grito, vendrá el dolor, y todos tenemos nuestro límite. Me avergüenza admitir que tengo miedo y que me he rendido. El día en que quebraron del todo mi fuerza, sonrieron. Sabían que habían conseguido la muñeca complaciente que tanto ansiaban. El primero en utilizarme fue su líder, el de los ojos grises. Le gusta que sea sumisa, que obedezca todas sus órdenes y follarme de espaldas, sin mirarme a los ojos. Siempre termina sobre mi cuerpo, como si necesitase marcarme para degradarme un poco más. Los hilos gruesos que han utilizado para coser mis labios no parecen ser suficientes. Después fueron los gemelos, que, igual que vinieron al mundo, hacen todo en la compañía del otro. Ellos son los más brutales y a quienes más temo. Les gusta penetrarme con rudeza, forzarme a gritar para que las costuras de mi boca se abran y sangren. Además, dan rienda suelta a todas las fantasías retorcidas que se les cruzan por la mente. Mi cuerpo es un mapa de cicatrices por su culpa. Y, por último, casi un año después de haber caído presa de su cautiverio, Farkas. El vampiro de ojos rojos.

Es diferente a sus compañeros. No me trata con crueldad; se cerciora de liberarme de todas mis ataduras, llevarme a su tienda, darme una cena y lavarme él mismo antes de meterme en su cama. Por supuesto, tan solo está asegurándose de que estoy en las condiciones en las que él me desea; ni por un momento he pensado que se preocupe realmente por mí. Sé lo que una situación como la mía puede hacerle al cerebro. Este empieza a engañarte para que te enamores, dejes de luchar y hagas la experiencia más llevadera. Ya he renunciado a la lucha; sin embargo, no me voy a permitir olvidar lo que realmente son.

Unos monstruos, mis captores y mis violadores.

—Te noto pensativa.

Otra de las cosas que me inquieta de Farkas es que es totalmente capaz de mantener una conversación conmigo sin necesidad de que hable. Parece leer mis pensamientos, y con eso es suficiente. Me pregunto si tiene esa clase de poder. A pesar de su apariencia aterradora, es un Diluido como el resto de sus compañeros y, aunque eso supone que durante el día son vulnerables, ya que no pueden exponerse al sol, se encargan de dejarme fuera de juego antes de que asomen los primeros rayos. No sé qué clase de droga es la que me suministran; solo sé que me mantiene inconsciente el tiempo necesario para cerciorarse de que no intentaré ninguna locura cuando están más expuestos.

—¿Mis hermanos han hecho algo para disgustarte?

Por un breve momento siento el impulso de soltar un bufido, pero el miedo me tiene bien agarrada por la garganta, así que no digo nada. Sí es cierto que estoy pensativa. He empezado a encontrarme mal y el pensamiento de que tal vez, solo tal vez, la muerte esté lo suficientemente celosa como para reclamarme no deja de dar vueltas en mi cabeza. Jamás pensé que la posibilidad de que mi corazón dejase de latir por algún extraño motivo fuese a parecer tan atractiva. En circunstancias normales no sería posible; en la vida de una banshee me encuentro casi rozando la adolescencia, pero con los últimos tres años de malos tratos y negligencia, tal vez mi cuerpo no pueda más.

Decido negar con la cabeza; no quiero causar problemas ni acabar en medio de una disputa en la que claramente la que saldrá mal parada seré yo. Tampoco hago por comunicarle mi malestar físico, así que, cuando comienza a desnudarme y a pasar un paño húmedo por mi cuerpo, me muestro complaciente. Una vez que estoy como me quiere, me tiende la palma de la mano para que la tome y me deje llevar hasta su cama. Me tumbo sobre ella y cierro los ojos sabiendo que no tardará mucho en agarrarme por las mejillas y forzarme a que los abra. Sus ojos me dan miedo; son de un color que nunca he visto en una mirada, y la intensidad con la que me observa es aún más perturbadora.

Aun así, cuando exige que abra los ojos, obedezco. La primera embestida siempre es la peor: mi cuerpo todavía no está completamente disociado, pero no tardará en hacerlo. Es uno de los mecanismos que ha desarrollado mi mente. En la segunda, mis piernas se abren un poco más para recibirlo y, para la tercera, mi cabeza ya no está aquí. Solo alcanzo a oír sus gruñidos cerca de mi oído, el ruido de la cama y el golpeteo de su carne contra la mía. Cuando termina, es la sensación de su esperma goteando por mi muslo lo que me devuelve de nuevo a la realidad. Por suerte, nunca dura demasiado; no es como los demás, que parecen querer prolongar la agonía. Para Farkas lo verdaderamente placentero es mi compañía después del sexo. Si se le puede llamar así.

—¿Sabes? —dice, apartándome el pelo de la cara—. A veces me gustaría que fueses solo mía. —Hunde la nariz en mi pelo e inhala mi aroma—. Y cuando me invade ese pensamiento, solo quiero deshacerme de mis hermanos. ¿Te das cuenta de lo mal que está eso?

Lo peor es que en su rostro puedo ver la gran verdad de sus palabras. De los cuatro es el más frío y calculador; no suele ser impulsivo. En estos tres años he visto cómo cazaba a sus víctimas con paciencia. Siempre es la voz de la razón cuando el grupo discute sobre hacia dónde dirigirnos o cuál es la ruta que menos enemigos les hará encontrarse. Sin embargo, esta no es la primera vez que me dice algo así y, cada una de esas veces, no lo he sentido menos cierto. Es probable que dentro de él este sentimiento posesivo no deje de crecer y que llegue el día en que tome las riendas de su persona y lo haga actuar como la criatura salvaje que, en el fondo, son todos ellos. Son criaturas territoriales y es cuestión de tiempo que uno de ellos se canse de compartir su juguete.

Me asea de nuevo y, en vez de encadenarme en un árbol como hacen los demás, me acuesta en su cama, me acaricia el pelo y me somete a su escrutinio. Mi cerebro lucha por mantenerse despierto y no caer en la inconsciencia cerca de él, al menos no voluntariamente. Una sonrisa se estira en sus labios al verme pelear por mantener los ojos abiertos; incluso intento reincorporarme, pero mi cuerpo pesa demasiado.

—Conmigo estás a salvo.

Jamás lo estaré.

Aunque no quiero, termino cediendo y duermo un par de horas que mi cuerpo agradece. Me pregunto si hace esto, dejarme dormir en su cama, como una manera de asegurarse de que no me rompo antes de que se haya cansado de jugar conmigo. Mi deterioro físico es evidente. Los huesos de mi cara están mucho más marcados, he perdido peso, mi tono de piel, ya de por sí pálido, ahora hace la competencia a sus rostros fríos, y tengo dos sombras permanentes bajo los ojos.

Por la luz, diría que todavía no es de día, así que me queda aún un rato en el que puedo fingir ser dueña de mi vida antes de que me sometan a sus drogas. A veces creo que vivo en un eterno estado de delirio, que todo lo que ocurre a mi alrededor simplemente son alucinaciones; sin embargo, mi cuerpo lo siente todo y se toma la molestia de hacérmelo saber.

Pestañeo un par de veces para deshacerme del todo de esa neblina frente a mis ojos y es en ese preciso momento cuando unos labios húmedos comienzan a recorrer mi pierna, desde la pantorrilla al muslo. No sé por qué me molesto en mirar de quién se trata, como si no lo supiera. Los ojos de Farkas no se pierden detalle: sabe lo que está haciendo y parece disfrutar de la traición de mi cuerpo. Me retuerzo sobre la cama al notar el cosquilleo en la parte baja de mi estómago. Me aferro a las sábanas formando dos puños con ellas. Niego con la cabeza repetidas veces.

—Si me deshago de esto, ¿gemirás mi nombre?

Roza con los dedos mis labios cosidos. A estas alturas no creo ser capaz de arrastrar ni una palabra. Tres años de silencio impuesto es demasiado tiempo.

Lo que sea que ve en mi rostro lo hace actuar y de la nada saca una pequeña daga, ¿o es un abrecartas? No estoy segura. Algo lo suficientemente afilado, pero no demasiado grande. Rasga las costuras de mi boca y no soy consciente de las lágrimas que empapan mis mejillas hasta que él las limpia con su pulgar. Si no lo supiese, podría pensar que de verdad se preocupa por mí, que existe algún sentimiento en ese retorcido corazón.

Saca cada hilo con cuidado y en todo momento puedo sentir cómo se desliza por mi carne abierta y maltratada. Un ligero sabor metálico baña mis papilas, y él no duda en agachar la cabeza y pasar la punta de la lengua por mis labios, lamiendo cualquier rastro de sangre.

—Tu voz es mía, banshee.

Su posesividad está empezando a asustarme. Durante estos cuatro años he visto simples vistazos de ella, nunca lo suficientemente preocupante, pero desde hace unas semanas es cada vez más aparente. Me reclama para sí casi cada noche; gruñe a sus hermanos si se acercan al árbol en el que hayan decidido encadenarme esa vez. Al principio casi lo agradecí, todo lo que me librara de los gemelos era bienvenido. Su brutalidad siempre me dejaba dolorida durante días. Después empezó a marcarme, rompiendo una norma no dicha que parecían haberse impuesto los cuatro en el momento en que me capturaron y decidieron que sería el juguete con el que se divertirían allá donde fueran. Los moretones y las heridas estaban permitidos; sin embargo, ninguno de ellos se había atrevido a terminar dentro de mí. Hasta Farkas.

—Di mi nombre —exige.

Por puro miedo a lo que pueda hacerme si no obedezco, abro los labios con la intención de susurrar esas dos sílabas que componen su nombre; no obstante, no sale nada. Mi boca solo emite un sonido sordo. Está demasiado absorto devorando mi cuello como para darse cuenta, pero la confirmación de que, efectivamente, he perdido mi voz hace que mis ojos se llenen de lágrimas una vez más. Creo que en las comisuras tengo quemaduras permanentes después de noches eternas en las que mi llanto era el único sonido rompiendo la calma de la noche.

Sus besos bajan de mi cuello a mis pechos, los mordisquea y cierro los ojos con fuerza al sentir el pinchazo de sus colmillos. Otra marca más.

Sumisión si quieres seguir viva.
Sumisión si quieres seguir viva.
Sumisión si quieres seguir viva.

¿Quiero?

Se ceba con mis senos hasta que baja para depositar un beso debajo de mi ombligo. Espero que siga descendiendo, que me toque con sus manos demasiado habilidosas para pertenecer a un demonio o que vuelva a marcarme mordiendo mi ingle para que sus hermanos lo vean la próxima vez que intenten tocarme. No es esa marca la que más los molestará, sino olerlo en mí, dentro de mí.

Los he visto pelear por ese mismo motivo y, si no fuese porque Farkas ha decidido acapararme por completo, sé que los demás habrían seguido sus pasos y habrían dejado su reclamo dentro de mí en algún momento. Una vez más, como si tuviese la habilidad de leerme el pensamiento, vuelve a besarme en el estómago, consiguiendo que mis ojos dejen de estar clavados en el techo de su tienda y lo mire. En el momento en el que lo hago, veo un brillo extraño en su mirada. Sin permitir que mi atención escape de él, vuelve a besarme justo ahí y después, de la forma cariñosa en la que lo haría un verdadero amante, posa su cabeza encima y abraza mis caderas con sus enormes brazos.

Sumisión si quieres seguir viva.

Sumisión si quieres seguir viva.

Sumisión si quieres seguir viva.

Se queda dormido encima de mí y he perdido tanto mi esencia y quién soy que no aprovecho para huir. Comprendo entonces lo que es realmente que te roben la esperanza y te corten las alas.

No tenía ni idea, en ese momento, de que las cadenas con las que me ataban cada día a un árbol no eran nada comparado con las que Farkas estaba enredando a mi alrededor. Eran unas que me unirían a él para siempre, que marcarían mi alma hasta el punto de estar dispuesta a perderla.

Al despertarse, se asegura de volver a coser mis labios, y no es hasta semanas después cuando descubro que lo que lo había hecho dormirse encima de mi estómago era el latido de un corazón distinto al mío.

11

Evanora

Dicen que, si no puedes con el enemigo, te unas a él. Y eso es precisamente lo que parece haber decidido mi cabeza, sin avisarme antes. Durante tres días he viajado con Drystan a mi lado. El primer día intenté seguir jugando al juego del silencio; el segundo intercambiamos alguna frase sin importancia y, para el tercero, ya era más que evidente que nos habíamos convertido en compañeros de viaje, aunque todavía no sepa bien hacia dónde me dirijo. Por las noches sueño con mi pasado, en concreto con los años que pasé en cautiverio. Cada uno de ellos está plagado de momentos que compartí con Farkas y sus impenetrables ojos rojos. Si durante la noche hay algún indicio de que estoy teniendo una pesadilla, Drystan no me lo ha hecho saber.

Si las suposiciones del vampiro son ciertas, en un día más deberíamos volver a la civilización. Hasta ahora hemos evitado los pueblos; mi mente no estaba preparada para el ruido de la gente. Necesitaba silencio, aunque el vampiro a mi lado parece no conocer dicha palabra.

—Deberías asegurarte de descansar en una cama una vez lleguemos al siguiente pueblo y, de paso, comer comida de verdad.

—¿Y qué son entonces los pobres animales que cazas cada noche para mí?

—Me refiero a algo de cuchara que te caliente el estómago. No quería decírtelo, pero... —Me mira de soslayo y traga con fuerza—. No estás en tu mejor momento. No tienes buen aspecto.

Dejo salir una risotada.

—¿Esperabas que estuviese como tu encantadora Naida después de más de una semana deambulando, durmiendo en el suelo y aseándome en el río?

Si la mención de la joven doncella que vive con él y su amiguito en el castillo le incomoda, no muestra ninguna señal de ello. La verdad es que la muchacha no me ha dado ningún motivo para odiarla, pero es más que evidente, por la forma en la que mira a Drystan cada vez que está cerca, que siente algo por él. No sé si el chupasangre habrá actuado en consecuencia, aprovechándose de la pobre criatura. Solo me queda sentir compasión.

Estás actuando como una celosa.

Por desgracia, estoy de acuerdo con mi vocecita interna, así que dejo el tema cuando veo que él no piensa decir nada. Mejor.

—Lo único que quiero decir es que te vendría bien una noche de descanso adecuado. Menos suelo y más cama. Y algo de sopa en vez de carne dura.

—Tu preocupación me llega al corazón.

—¿De verdad?

Giro el rostro en su dirección y arqueo una ceja a la vez que me llevo la mano al pecho.

—Por supuesto que... no.

No deja que su sonrisa decaiga; al contrario, la situación parece divertirle aún más. Me sorprendo a mí misma cuando no dejo que la conversación muera y busco una nueva pregunta que hacerle.

—¿No deberías estar con Viktor?

—¿Por qué lo dices? —replica, caminando despreocupadamente.

Nadie diría que hay una guerra con sus hermanos mestizos a la vuelta de la esquina. Hasta yo, que me he pasado la mayor parte de mi vida recluida en el campamento, sé que las tensiones entre Puros y Diluidos no están haciendo más que aumentar. Solo es cuestión de tiempo que uno de los dos bandos se canse de este baile eterno y decida actuar. Si a eso le sumamos que Viktor, el líder de aquellos que se profesan superiores, ahora mismo es una fuerza incontrolable, yo diría que Drystan tiene mucho de lo que preocuparse.

—No lo sé. Creía que estarías a su lado ahora que está a nada de perder la cabeza después de que Sierra lo abandonara.

—Él tiene que enfrentarse a sus errores y perseguir lo que quiere. Yo solo he hecho lo mismo.

Decido ignorar la última parte de lo que ha dicho. Por mi bien. No quiero seguir alimentando esta obsesión que, sinceramente, no sé de dónde ha salido. Puede tener a las mujeres que quiera, mucho más bellas y, por supuesto, menos complicadas. Mi rechazo debería haber calado a estas alturas, haberlo hecho retroceder y marcharse, pero aquí sigue.

¿Tan raro sería que sus intenciones fuesen honestas? A lo mejor solo quiere conocerte.

No, no puedo dejarme engañar.

—¿Por qué hizo lo que hizo?

Resopla, como si mi pregunta fuese demasiado obvia y yo tuviese que saber la respuesta. Cuando ve que lo miro esperando a que se explique, pone los ojos en blanco y relaja los hombros.

—Cuando se está en una posición tan poderosa y se tienen tantos enemigos, querer a alguien es dar munición a los que quieren verte muerto. Si demuestra que ella le importa, que podría amarla, irán a por ella. Lo que ha hecho ha sido un tonto intento de que ella lo odie y devolverla al punto de partida, en el que todo el mundo podía ver que se despreciaban. Sin embargo, da igual lo que haga cualquiera de los dos, los sentimientos ya han crecido dentro de ellos y me da que las raíces tardarán mucho en secarse. Todos hemos visto los cambios en Viktor; nadie los va a olvidar, por mucho que él lo intente.

—¿De verdad piensas que la quiere? ¿A una humana?

Todo el mundo sabe que Viktor odia a los humanos con todo su ser. Si los rumores son ciertos, su aversión es tal que se niega a alimentarse directamente de ellos. Si no creyese que alimentarse de animales es de ser inferior, estoy segura de que ya habría cambiado su dieta.

—¿Tanto te sorprende?

—¿Sinceramente? Sí.

—¿Porque es un vampiro o por quién es él?

—Ambas cosas. —Aparta una rama baja para que pueda pasar sin darme con ella—. No se os conoce por tener el mejor historial romántico, y Viktor, en concreto, ha dejado muy claro que odia a los humanos. ¿Por qué debería pensar que con ella es distinto? Lo que ha hecho solo reafirma lo que ya pienso.

Niega con la cabeza, como si fuese una niña pequeña a la que le han repetido lo mismo varias veces y sigue sin comprenderlo. Odio sentirme así a su lado. Siempre parece saber más que yo.

—Ya te lo he dicho. Lo ha hecho para mantenerla a salvo. No comparto sus formas, aunque entiendo sus motivos. Las vidas humanas son muy frágiles. Pueden desaparecer en lo que dura un chasquido de dedos.

No lo dice enorgulleciéndose de estar en lo más alto de la cadena alimentaria ni considerando inferiores al resto. Realmente parece sentir lástima por la volatilidad de sus vidas.

—¿Y si ella no fuese tan frágil como piensa? ¿Y si fuese más fuerte que él?

Me observa como si hubiese perdido la cabeza.

—¿Sabes algo que yo no?

—Puede ser.

Me encojo de hombros y sigo caminando, haciendo todo lo posible por dejarlo atrás y que no pueda verme la cara. Lo cierto es que Sierra esconde muchas cosas. Algunas ni siquiera las conoce ella misma, pero no me corresponde a mí contarlo. Solo sé que, una vez que la verdad salga a la luz, sus consecuencias serán terribles e incontrolables.

—Esto último se ha parecido mucho a una conversación amistosa, ¿no crees?

El sonido del agua es claro, tanto como para que mis oídos puedan escucharlo sin esa capacidad sobrehumana que él posee. Debe tratarse del mismo río donde me expuse desvergonzadamente delante de un vampiro que ha proclamado en más de una ocasión estar obsesionado conmigo, sin pensar en lo que podría suponerme. Reconozco que, por unos segundos, disfruté del efecto que mi desnudez tuvo en él. Lo he visto antes en muchos otros pares de ojos; sin embargo, verlo en él alteró algo dentro de mi cerebro. Sé que esta vez no seré tan imprudente.

Me digno a mirarlo y, por su expresión, parece que él también estaba recordando lo mismo que yo. Para su descontento, esta vez me limito a beber agua con la palma de la mano y a refrescarme la nuca y las muñecas.

—El agua podría no ser potable —señala.

—Mi salud no es tan frágil.

—Eres mortal. Deberías tener más cuidado.

—Lo soy, pero vivo varias vidas y tengo una salud más fuerte que la de un humano. Así que deja de preocuparte por mí como si fuese a romperme en pedazos en cualquier momento.

—No estás acostumbrada a que alguien se preocupe por ti, ¿no es así?

Me giro en su dirección tan rápido como un latigazo. Aprieto los puños y ya tengo en la punta de la lengua una réplica hiriente; no obstante, su rostro sin una pizca de diversión, mirándome seriamente, y el movimiento de sus dedos, como si quisiera tocarme a pesar de que es una mala idea, me detienen por completo. Trago saliva y decido apartar la mirada por miedo a que vea en mis ojos la respuesta a su pregunta.

No la necesita; parece haberme calado a la perfección. O no soy tan buena manteniendo a la gente lejos.

—Está bien dejar que los demás se preocupen por ti. Está bien querer que alguien lo haga.

—¿Y qué te hace pensar que quiero que tú te preocupes por mí?

—Si de verdad quisieras que te dejara en paz, ya habrías utilizado alguno de tus hechizos conmigo para mantenerme alejado. Ni siquiera estás ocultando tu rastro. Quieres que te encuentre. Quieres que haya alguien buscándote.

Sus palabras son un mazazo certero en el pecho. Intento mirar a otro lado para que no se dé cuenta de que me afecta lo que ha dicho. ¿Cómo no iba a hacerlo? Estuve mucho tiempo en el infierno y, en todo ese tiempo, el mundo permaneció igual mientras mi vida se desmoronaba. Nadie me buscó ni tampoco me salvó. Tuve que hacerlo yo misma.

Da un paso en mi dirección, recortando la distancia entre nuestros cuerpos. Estoy segura de que mi corazón comienza a latir como un loco y lo peor es que él puede escucharlo claramente. Maldigo en mi interior y me mordisqueo el labio inferior, como si así fuese a controlar a ese órgano idiota.

—Pensaba que con decirte que me dejaras en paz era suficiente —consigo decir.

—Con otra tal vez; contigo no. Tú quieres que prueben que quieren estar a tu lado, quieres que te busquen, quieres la persecución y, sobre todo, quieres que sea yo quien te encuentre. No lo niegues, brujita. —Alza la mano y aparta un mechón de mi pelo, colocándolo tras mi oreja—. Desde que puse un pie en tu campamento has sentido la atracción que hay entre nosotros. No me preguntes el motivo, pero ahí está. Y tú lo sabes tan bien como yo.

Curvo una comisura de mi boca con un deje arrogante.

—¿Es ahora cuando vas a decir que estás enamorado de mí?

Una risa ronca sacude su pecho y extiende por todo mi cuerpo un escalofrío que me eriza la piel.

—No, brujita. Es obsesión. Atracción. Y las ganas de darle una lección a esa boca tuya.

—Así que quieres follarme. Qué mala suerte que hace tiempo que perdí el interés en los de tu especie. Sois unos amantes egoístas.

—Has estado con el vampiro equivocado, no me cabe duda. —Pasa la yema de su dedo por todo el arco de mi oreja y después sigue hacia mi pómulo—. Porque si hubiese sido yo, te hubiese hecho temblar, Evanora. Y no de miedo.

Yo misma puedo escuchar la fuerza con la que trago la saliva que se acumula en mi boca. No sé dónde encuentro el coraje para mirarlo a los ojos. Esos tan negros que parecen los de un demonio a punto de consumirte el alma. Qué suerte que yo no tengo. Ese pensamiento no me reconforta. Antes de que me ahogue por completo en la intensidad de su mirada, doy un paso atrás y pongo de nuevo la distancia entre nosotros, que no debería haber desaparecido en primer lugar. En cuanto lo hago, el aire parece más ligero y respiro con más facilidad.

—Bien, no quieres que hablemos de nosotros.

—No hay ningún «nosotros» —protesto.

—Háblame entonces de lo que pasó en ese pueblo. ¿Quién es esa gente? ¿Qué significan para ti?

Me niego a responder. Emprendo la marcha de nuevo, pero no está dispuesto a ceder. Es como esas serpientes que se enroscan alrededor de su víctima y no dejan de apretar hasta que sienten sus huesos romperse y el latido de su corazón detenerse. Drystan no cederá hasta que sepa la verdad.

—La mujer tenía el pelo blanco.

—Les pasa a los humanos con la edad.

—No ese tipo de blanco, Evanora.

En ese momento no pienso en las consecuencias de lo que voy a decir, pero debería. Drystan es un vampiro, se alimenta de humanos, y la mujer de la que habla es el mayor punto débil que he tenido y que jamás tendré. Saqué fuerzas cuando no las tenía solo para traerla al mundo y di lo único que nadie está dispuesto a dar, aquello sagrado, por traerla de vuelta. Suspiro, sobrepasada en este momento por los recuerdos, la pena y la presión de esos dos ojos de obsidiana esperando mi respuesta.

O que me rompa.

Lo que suceda antes.

—Mi hija. Esa mujer era mi hija. Y los demás, mi familia.

12

Evanora

¿Se puede odiar y querer a alguien al mismo tiempo? Y, lo que es peor, ¿pueden existir esos sentimientos hacia alguien que ni siquiera conoces? Más veces de las que me gustaría admitir, miro mi cuerpo, este vientre que parece crecer cada día, y solo quiero clavar mis uñas en la carne, abrirme en canal y sacar con mis propias manos lo que está creciendo dentro de mí. El recordatorio de esta pesadilla no solo vivirá para siempre en mi cabeza, sino que tomará forma y caminará sobre dos piernas, sin dejarme olvidar mis años de cautiverio. Inmediatamente después de que esos pensamientos me pudran la mente y me agujereen el cerebro como malditos gusanos, me siento culpable. Terriblemente culpable. Y entonces rodeo mi vientre con las manos y quiero protegerlo de todo mal, ser una barrera entre los horrores que hay ahí fuera y el bebé que llevo dentro.

En el fondo sé que él no tiene culpa. No es su responsabilidad haber sido concebido en estas circunstancias, que la vida haya sido tan caprichosa como para obrar el milagro que mucha gente solo sueña con conseguir y que yo rezaba por evitar. Tendría que haberlo sabido desde el principio. A pesar de que mis años fértiles deberían haberse retrasado un poco más, los vampiros Diluidos son muy prolíferos a la hora de reproducirse, y Farkas había sido el único osado que se aseguró, una y otra vez, de sembrar su semilla dentro de mí hasta conseguirlo. Los demás siempre se habían asegurado de acabar fuera. La idea de tener a una esclava embarazada y débil no les resultaba atractiva.

Después de ese día en el que se quedó dormido encima de mí, con su oído pegado a mi piel, las cosas han cambiado. Me ha reclamado para él mismo y el resto no se lo ha tomado demasiado bien. Sigo durmiendo con un ojo abierto, a pesar de que estoy constantemente bajo la vigilancia del vampiro de ojos rojos. Con cada centímetro que mi cuerpo crece, mi condición física empeora. Hasta no hace mucho era incapaz de retener la comida y el sueño se ha vuelto imposible, no solo por el miedo, sino por todo el movimiento que no cesa en mi interior. A veces creo que mi columna se partirá por el peso; me siento frágil, a un solo roce de romperme. Los surcos bajo mis ojos se han oscurecido y pronunciado, convirtiendo mi cara en una máscara de huesos.

Ya no duermo en el suelo, encadenada a un árbol; sin embargo, sigo siendo igual de prisionera. Incluso mi situación es peor, porque ahora no solo me ve como algo con lo que divertirse: ahora soy su posesión y lo que llevo dentro, el principio de la familia que parece anhelar. Me pregunto si esas eran sus intenciones desde un principio, si vio en mí algo que le hizo pensar que era su oportunidad de tener aquello que no tenía, lo que le fue robado al convertirse en esta criatura cruel, fría e insaciable. Es raro ver familias vampíricas a estas alturas, a no ser que pertenezcan a uno de los linajes antiguos que se mantienen unidos por miedo a desaparecer.

—Abre la boca, banshee.

No sabe mi nombre; nunca se lo he dicho y ahora que el miedo ha congelado mis cuerdas vocales para siempre, nunca lo sabrá. Ya no llevo mis labios cosidos: se dieron cuenta de que no era práctico cuando las náuseas hicieron que me desgarrara la piel varias veces. Mirarme en el espejo a estas alturas es una agonía. No reconozco el rostro que me devuelve la mirada.

—No seas difícil, necesitas comer.

No estoy siendo difícil. Él no es capaz de entender el esfuerzo que me supone mantenerme presente. Mi cabeza está constantemente dispersa, me lleva lejos; la realidad es demasiado asfixiante. Obedezco, abriendo débilmente los labios y dejando que deslice la cuchara llena de un líquido que pretende ser una sopa. No sé en qué momento decidió que no era capaz por mí misma, pero poco a poco se ha ido apropiando de pedacitos de mí hasta convertirme en alguien totalmente dependiente e inútil. Cuando el plato está vacío, sonríe satisfecho.

—Vamos a preparar algo de agua caliente para poder limpiarte.

Me limpia la comisura con el pulgar y me ayuda a levantarme, poniendo una mano bajo mi vientre, de forma que me alivia del peso. Me conduce hasta la que es su cama y espero allí hasta que regresa con un cuenco lleno de agua humeante. Me desnuda diligentemente, ambos sumergidos en lo rutinario que se ha convertido esto, y cuando estoy completamente desprovista de ropa, comienza a pasar un paño por mi piel. Una vez que crea que estoy limpia, me observará como cada noche. Creo que lo hace para fijarse en cada pequeño cambio que experimenta mi cuerpo. Mis pechos han aumentado de tamaño, están constantemente sensibles, y mi piel ya presenta marcas rosáceas al haber tenido que darse de sí.

—¿Algún día dirás mi nombre, banshee?

Frunzo el ceño sin emitir palabra. Suelta el paño y acuna mi mejilla en su palma. En sus ojos no hay emociones gentiles, no hay cariño ni calidez. Lo que se esconde en ellos es mucho más peligroso. Una obsesión confundida con amor y pasión. Pese a mi edad y el entorno en el que me he criado, sé reconocer la diferencia.

El amor no te lleva a violar a la persona que quieres ni a encadenarla o usarla como un juguete; no la castigas por usar su voz hasta que tiene tanto miedo de hacerlo que acabe perdiéndola. No, eso no es amor. Y nunca creeré, ni por un momento, que sus atenciones o su mirada penetrante tengan algo que ver con ello.

—Sé lo que estás pensando. —Se alza y clava una de sus rodillas en el colchón. Todavía me sigo preguntando si es posible que tenga un don que le permita leer el pensamiento—. Ahora llevas una parte de mí dentro; estás gestando a mi hijo, y yo cuido de lo que es mío, banshee.

Poco a poco inclina su rostro hacia el mío, y estoy segura de que va a besarme. No sería la primera vez. Sus besos son demandantes y siempre acaban con gotas de mi sangre bañando su lengua. Un fuerte ruido en el exterior de su tienda hace que se detenga y lance un vistazo por encima del hombro. Permanece en silencio, con el rostro contraído en una mueca de concentración y desconcierto. Lo que sea que oye le hace soltar un siseo entre dientes y alejarse de mí, no sin antes volver a mirarme.

—Quédate aquí y no salgas bajo ningún concepto.

Me limito a asentir. Lo veo marcharse y, durante minutos, se extiende un silencio demasiado intenso para no parecerme inquietante. No sé cómo lo consigo, pero deslizo mi vestido sobre el cuerpo. Normalmente, cada mañana, Farkas es quien se encarga de hacerlo; sin embargo, estar desnuda aquí, sola, sin saber qué está ocurriendo o si hay una amenaza ahí fuera, no me parece la decisión más sensata. Aun así, soy obediente y no me muevo. Es lo que años de vejaciones han conseguido. Volverme una criatura dócil. O eso pensaba, porque cuanto empiezo a escuchar las voces de los cuatro vampiros, cada vez más alteradas, no puedo evitar acercarme a la pequeña abertura de la tienda y mirar fuera.

Al principio no hay nada en mi campo visual; solo escucho el ruido, pero no veo absolutamente nada. No saber qué ocurre me vuelve más ansiosa y estoy a punto de poner un pie fuera cuando el rostro de uno de los gemelos aparece a escasos centímetros de mí. Su sonrisa deja a la vista sus afilados y prominentes colmillos. Por el brillo sádico de sus ojos, sé que sus intenciones no son buenas. Antes de que pueda alcanzarme, Farkas aparece por detrás y lo lanza lejos.

—¡¿Estás viendo lo que estás haciendo!? —grita el gemelo—. ¡Has matado a uno de los tuyos por un coño! ¡Acordamos que era nuestra para divertirnos mientras viajábamos, y mira lo que has hecho! Has dejado que ella nos divida. —Se levanta, sacudiéndose el polvo de las rodillas, y clava un dedo en mi dirección—. Pusimos normas precisamente para evitar esto, pero no, tú tenías que saltártelas todas y encariñarte con la esclava. Has puesto un crío dentro de ella, ¡por Lilith!

—Deja de hablar de ella —gruñe Farkas—. Y tú, vete a la cama. Te he dicho que no salgas.

Ni siquiera me he dado cuenta de que he puesto un pie fuera. No obstante, su advertencia llega tarde pues, sin previo aviso, siento el frío filo de una hoja de metal contra mi garganta. Me contengo de tragar con fuerza.

—Tiene razón, hermano. Has ido demasiado lejos. Llevas meses actuando imprudentemente, nos haces desviarnos de las rutas establecidas para que ella no sufra las dificultades del camino; pasamos más tiempo parados en el mismo sitio para que descanse, incluso nos dices cuándo cazar para que ella no escuche los gritos y se altere. ¿Desde cuándo una mujer es más importante que nosotros? Ella era nuestra, no solo tuya.

—Pues ya no. Así que suéltala si no quieres que acabe con todo esto.

Por el rabillo del ojo veo una forma en el suelo y, a pesar de la oscuridad, consigo enfocar lo suficiente para distinguir que se trata de un hombre; a su alrededor yace un charco de sangre. Por la voz, sé que quien sostiene el cuchillo contra mi cuello es el vampiro de ojos grises, así que solo puede tratarse de uno de los gemelos. Eso explicaría la furia que veo en los ojos de su hermano.

—Ya da igual, Farkas. Has matado a uno de los nuestros; no hay vuelta atrás. Eres un traidor.

Es entonces cuando el filo presiona con más fuerza mi garganta y me muerde la piel, hasta que un siseo de dolor sale de mi boca. No corta lo suficientemente profundo, pero sí para que Farkas se abalance sobre él. Caigo de rodillas en el suelo cuando desaparece la presencia del vampiro de ojos grises detrás de mí. Rápidamente se enzarzan en una pelea que mis ojos no alcanzan a seguir. Solo veo un borrón de manos, dientes y piernas. Sus gruñidos son los de un animal salvaje y consiguen erizarme la piel. Cubro mi vientre de forma protectora y me aparto despacio, arrastrándome, ya que mis piernas no parecen tener la fuerza necesaria para sostenerme.

El incesante movimiento se detiene abruptamente cuando uno de los dos exhala lo que parece su último aliento. No lo hace en silencio. No. Es un alarido de dolor que rasga la garganta, el sonido que imagino que emiten las almas condenadas a arder eternamente en los Fosos. El tiempo se congela, o quizá soy yo conteniendo el aliento. El vampiro de ojos grises tiene la boca abierta de par en par, mostrando sus feroces colmillos, mientras su piel se ensombrece y se resquebraja lentamente como una hoja seca.

El gemelo, que durante la pelea ha quedado olvidado a un segundo plano, se aproxima por la espalda de Farkas. Veo lo que lleva en la mano y sé que es lo que usará para poner fin a la vida del vampiro. Una estaca de roble blanco. Es obvio que todo esto ha sido premeditado. ¿Quién sabe cuánto tiempo llevan sus hermanos orquestando su muerte a sus espaldas? ¿Aprovecharon una de esas noches en las que me tenía durmiendo en su cama para ir en busca de la única madera capaz de matarlos? Abro la boca y vacilo unos segundos. Sé que debo avisarlo si no quiero caer en peores manos. Sin embargo, no sé si seré capaz. Llevo años sin usar mi voz.

—F...

Suena tan flojito que soy incapaz de escucharme a mí misma.

—Far...

¿Es un regusto cobrizo esto que siento en la garganta?

—Farkas...

Creo que no me ha escuchado, pero entonces se da la vuelta. Su mirada y la mía se cruzan justo en el momento en que el gemelo clava la estaca en su pecho. No sé si la sorpresa que cubre esos ojos rojos se debe a escuchar su nombre en mis labios o a la traición de su hermano. Sea como fuere, el daño no parece suficiente para frenarlo; tal vez encuentra un motivo del que sacar fuerzas. Se arranca la estaca bajo la mirada atónita de su hermano y la mía. Todo ocurre con una rapidez sobrecogedora: en un instante está de rodillas y, al siguiente, tiene los dientes clavados en el cuello del gemelo, mientras la estaca sobresale del pecho de este. Farkas no falla.

Los ojos de mi captor más sádico me miran por última vez antes de que su piel adquiera un tono ceniciento y se deshaga en los brazos de su hermano. El silencio es solemne, un integrante más que cae en esta extensión de terreno que acaba de ver uno de los crímenes más condenados. Farkas deja caer lo que queda del cuerpo al suelo, y este se deshace. Camina atropelladamente hasta caer contra el tronco de un árbol. Apoya la espalda y se lleva la mano a la herida del pecho, de la que aún brota sangre.

—Has dicho… mi nombre.

Su voz no tiene esa fuerza autoritaria de siempre, y eso hace que mi cuerpo se encoja ante la sorpresa, ante lo inesperado de oírlo así. Cuando consigo salir de mi estado estupefacto, no solo por eso, sino por todo lo ocurrido, asiento con la cabeza. Por mi cuerpo todavía corre una energía nerviosa y el instinto protector me pide a gritos que corra y nos ponga a salvo. Seguimos en peligro. Siempre lo hemos estado.

Los párpados del vampiro se cierran, por mucho que intente mantener los ojos abiertos.

—Estás a salvo, banshee. Ahora somos tú y yo. Nadie te hará daño. Solo tú.

Ojalá mi boca me permitiese decirlo.

Se queda dormido, aunque al principio rezo porque haya muerto. Es el sube y baja de su pecho lo que rompe mis esperanzas. El instinto protector se une al de supervivencia y me grita que es nuestro momento, la gran oportunidad que estaba esperando. Sé que correr no servirá, pues en mi estado no llegaría lejos y solo sería cuestión de tiempo que me encuentre. Y quién sabe con qué brutalidad me trataría después. Como si fuese la respuesta a todas mis súplicas, y una burla a todo lo que he padecido bajo su yugo, a escasos metros del árbol donde descansa Farkas hay unas cadenas gruesas; el tamaño del candado me da escalofríos. Me pregunto si pensaban usarlas conmigo pronto y si ese ha sido el motivo real de la disputa. Sin pensarlo más, camino hacia ellas procurando no hacer ruido. El peso del metal en mis manos es agradable por primera vez, y saco fuerzas de donde creía que no quedaban para arrastrarlas hasta donde él se encuentra y rodearlo con ellas. Contengo el aliento en todo momento, pensando que se despertará; pero supongo que la herida requiere que descanse, porque no abre los ojos y su respiración se mantiene constante.

Ahora es cuando sí debería correr y rezar para que no despierte antes de que salga el sol, o para que no me encuentre si todo lo demás falla. Sin embargo, no hago ninguna de las dos cosas. Me quedo allí, a escasos metros, frente a él, y aguardo el paso de las horas. Con cada una de ellas y cada tono que se aclara el cielo, puedo sentir mi corazón acelerarse.

Para cuando Farkas deja salir un gruñido, hace rato que el cielo está gris. Pestañea un par de veces; primero se lleva la mano a la herida y, después, lentamente, repara en su alrededor. Clava los ojos en las cadenas y, un segundo más tarde, parece sentir mi presencia. Alza la mirada.

—¿Qué has hecho?

No respondo.

Como siempre.

Intenta forcejear; sin embargo, la puñalada con la estaca de roble blanco se ha llevado parte de su habilidad para sanar y ahora no parece tener la fuerza suficiente para romperlas. El sol empieza a abrirse camino y, a pesar de que sus rayos no son lo bastante fuertes para producir quemaduras en la piel humana, es completamente diferente para un vampiro. Escucho sus ruidos de desesperación y esfuerzo. No aparto la mirada cuando la luz empieza a cazarlo. Lo veo encogerse, intentando refugiarse bajo la sombra del árbol, pero es inútil. El humo comienza a salir de su piel y llena el aire con ese olor nauseabundo a carne quemada. No me permito apartar los ojos de él, aunque la imagen de las llamas consumiendo su cuerpo resulte dantesca. La carne parece fundirse contra el hueso y las náuseas trepan por mi garganta.

Su rostro, antes hermoso y cruel, ahora es solo una masa deforme, pero antes de que sus ojos rojos desaparezcan consumidos por el fuego, me mira por última vez.

—Banshee…

Me sujeto el bajo del vientre. No sonrío ante el horror ni la promesa de ser libre de nuevo. Lo que sí hago es abrir los labios y susurrar aquello que solo sus oídos serán capaces de oír.

—Evanora.

Su cuerpo se pierde en las llamas y me quedo allí mucho tiempo después, sin creer que la pesadilla haya acabado. Por desgracia, estaba en lo cierto; seguía dormida, deambulando por un infierno que parecía no tener fin y del que no tenía ningún tipo de control.

13

Evanora

Todavía no me creo haber hecho esa confesión en voz alta y, por su silencio, estoy segura de que él tampoco se esperaba algo así. No soy tan ilusa como para pensar que no estaba entre sus suposiciones; sin embargo, dudo mucho que imaginara que esta vez respondería con la verdad. Pasan un par de minutos en los que lo único que soy capaz de oír es el latido de mi corazón. Tiene los ojos clavados en mi cara como dos dagas y no parece haber nada que pueda desviar su atención de mí. El peso de esa mirada oscura es tan grande que no me veo capaz de mover ni un solo músculo, y mucho menos de escapar de su escrutinio. Llega un momento en que el silencio empieza a asfixiarme.

—¿No vas a decir nada? —pregunto, con un tono más tirante del que pretendía.

A pesar de la energía extraña que percibo irradiando de su cuerpo, toda su pose es relajada. No parece que acabe de exponer una de mis mayores debilidades, la gran herida abierta que lleva sangrando años, el motivo por el que me cuesta descansar. Cualquiera podría pensar que acabo de comentar cómo está el tiempo en vez de reconocer que tengo una hija, y no creo que sea tan idiota para no saber cómo la concebí.

—¿Quieres que lo haga?

Arquea una ceja, sabiendo perfectamente que es una de esas acciones que, viniendo de él, me sacan de quicio. Aprieto aún más los puños y dejo salir un bufido, a la vez que pongo un pie delante del otro e intento poner distancia entre él y yo. No llego muy lejos, pues me agarra del codo con tanta fuerza que casi me ceden las piernas. Me agarra poniendo una mano en la zona baja de mi espalda y me acerca a él hasta que me apoyo involuntariamente en su pecho.

—Esperaba que no te quedaras en silencio después de tanta insistencia —murmuro, evitando mirarlo a la cara.

—Lo siento. No debería haberlo hecho.

Todavía sin mirarlo, me mordisqueo el interior del carillo. Me sorprende cuando, todavía conmigo entre sus manos, decide sentarse en el suelo. Doblo las rodillas bajo mi cuerpo y quedamos demasiado cerca el uno del otro como para considerarlo seguro. Tener a alguien como Drystan mirándote tan de cerca nunca es bueno; sus ojos son tan profundos que parecen dos pozos en los que te dejarías caer con la promesa de dejar de sentir. A veces creo que es un demonio, uno de esos que seducen a mujeres y persiguen sus almas.

—¿Por qué no estás con ella?

—No somos buenos para los humanos —respondo bajito, casi como si realmente no quisiera que me escuchara—. Está mejor lejos de mí.

—¿Se lo has preguntado?

—No necesito preguntárselo. Sé lo que estar cerca de mí puede hacerle.

—Entiendo, pero ¿has pensado lo que estar sin ella te hace a ti? —Suspira—. No te has visto, Evanora. Estabas completamente destrozada. No tenías consuelo. ¿Cuántas veces ha ocurrido esto?

Algo me pide mirarlo, y eso es justamente lo que hago.

—No la había visto antes. Esta es la primera vez.

—¿Qué? —Arruga el entrecejo—. ¿Nunca habías visto a tu hija?

—No después de lo que pasó.

Ve algo en mi cara que le indica que no me presione para que se lo cuente. Creo que aquello fue mucho peor que lo que viví con mis cuatro captores. En esos recuerdos me persigue algo rojo, mucho más inquietante que los ojos de Farkas. La sangre. Ese día, lo que fuese que quedaba de mí se rompió, y comprendí el verdadero significado de ser madre: estar dispuesta a hacer lo que sea necesario y dar todo lo que tienes por el bien de tus hijos.

—Te mereces ser feliz, brujita.

—Soy feliz sabiendo que ella está bien. Ha tenido la posibilidad de envejecer y de formar una familia. No puedo garantizar que hubiese tenido eso conmigo.

—Si eres feliz, ¿por qué no lo pareces? —Pasea el pulgar por mi pómulo y creo que es la primera vez que solo quiero cerrar los ojos y disfrutar de su contacto. Puede que incluso ronronee un poquito—. ¿Qué más, Evanora? Sé que hay algo más.

—No entiendo por qué quieres saberlo.

—Creía que había dejado claras mis intenciones.

—Solo sé que eres un obseso; lo llevas en tu naturaleza y has decidido que tu víctima sea yo.

Sus manos todavía siguen puestas en mí y las utiliza, junto con su cuerpo, para inclinarse sobre el mío, obligándome a curvar la espalda. Soy consciente de que mi cuello queda expuesto y de que su boca está muy cerca de donde me late el pulso. Se da cuenta de hacia dónde se han dirigido mis pensamientos, pues un brillo travieso serpentea por sus ojos y sus labios se curvan maliciosamente.

—Oh, vamos, brujita, ¿no crees que sea posible que sienta algo más por ti?

—Eres un vampiro; no necesito saber más.

—Y, como soy un vampiro, nunca he tenido que esforzarme por nada. Nunca me he tenido que obsesionar con nadie; nada me importa lo suficiente como para llegar a ese nivel. Así que, ahora que hemos aclarado ese pequeño detalle, dímelo. ¿Qué es? ¿Qué es lo que te perturba?

Aprieto los labios, queriendo contener las palabras dentro; sin embargo, salen solas. Parecen estar rogando que alguien las escuche. ¿O soy yo quien no quiere seguir con esos pensamientos pudriéndome por dentro?

—Nunca nos conoceremos. Cuando su vida mortal acabe, pasará al otro lado y nunca nos volveremos a ver. Ni siquiera he tenido la posibilidad de fantasear con reencontrarnos una vez dejáramos de existir en este mundo. Al menos habría tenido ese consuelo, que todo este sacrificio se vería recompensando en algún momento, cuando nuestros corazones dejaran de latir.

—¿Dudas de que pasarás a las Tierras Venideras? ¿Crees que irás a los Fosos?

Su rostro refleja a la perfección su confusión. No puedo evitar que una risa sin gracia salga de mis labios.

—¿Crees que me convertí en una de las seguidoras de Lilith sin pagar el mismo precio que las demás? Le di mi alma, Drystan. Nunca conoceré el descanso. Vagaré por el Medio.

Las banshees no deberían tener poderes; no obstante, desde siempre hubo algo dentro de mí que me llevaba a querer aprender de ella. Por eso, en los años que se consideran mi juventud, me convertí en la sombra y aprendiz de Naja. Nunca había logrado nada de mayor importancia; parecía ser solo buena creando remedios con las plantas. Pero, en mi momento de mayor desesperación, Lilith me escuchó y apareció ante mí con una oferta que muy pocos hubiesen rechazado.

Le di mi alma a cambio de aquello que más deseaba en ese momento, y ella me lo concedió, además de convertirme en la primera banshee capaz de hacer magia. A modo de burla, aquellos que reniegan de la magia oscura me llaman la Banshee Blanca. Es su forma de echarme en cara mi elección de bando. Las brujas que vivimos bajo el manto de Lilith no somos consideradas buenas: practicamos la magia negra, mientras que aquellas que veneran a los Dioses Antiguos utilizan solo la magia blanca; la utilizan para hacer el bien. No tienen que pagar un alto precio por ser lo que son, no como nosotras.

—¿El Medio?

No lo pregunta porque no sepa de qué se trata, lo sé, más bien parece necesitar decirlo en voz alta para creérselo.

El Medio, ese lugar donde reside lo que no es bueno ni malo, ni luz ni oscuridad, y donde van aquellos que han perdido lo más sagrado: el alma. Hace más de cincuenta años que entendí y acepté que sería ahí dónde descansaría una vez alcanzara mi fin. Nunca me reencontraría con ninguna de mis hermanas del campamento, tampoco con mi madre. Había llegado a una especie de paz; no obstante, aceptar que ocurriese lo mismo con mi hija era algo con lo que no podía reconciliarme. Tampoco quería que nadie más me importase tanto como para que la idea de no volver a verlo jamás me perturbara. Por eso soy de las que huye antes de que las cosas se salgan de control. Me da miedo que alguien vuelva a importarme. Tengo miedo a querer.

—Le di mi alma a Lilith.

—¿Qué pasó?

Sabe que yo no daría lo más sagrado por algo que no fuese de gran valor. Niego con la cabeza, haciéndole saber que esto no es algo de lo que quiera hablar. Ya he dicho mucho más de lo que alguna vez imaginé contarle a él.

—¿Y no hay forma de que la recuperes?

Le lanzo una mirada casi compasiva. Pobre diablo...

—¿Crees que Lilith es muy misericordiosa y me devolvería mi alma sin más? Por no hablar de que el lugar donde encontrarla no es el destino ideal de vacaciones. Nadie está lo suficientemente loco para ir ahí.

—Yo sí.

Mis ojos se agrandan, y lo peor es que no hay ni una pizca de incertidumbre o titubeo en su cara, mucho menos en su voz. Parece casi como si lo dijera... en serio.

—Estás loco.

—Creo que eso ya lo has dicho en alguna que otra ocasión.

Se encoge de hombros.

—No lo dices en serio.

—Si recuperar tu alma es lo que deseas, estoy dispuesto a hacerlo.

—¿Irías a los Fosos conmigo?

—Y sin ti. Iría a los Fosos *por* ti.

Sacudo la cabeza para espantar sus palabras antes de que hagan de verdad mella en mi cabeza. Bajar a los Fosos es arriesgarse a quedar atrapado para siempre y sufrir eternamente las torturas a las que su rey quiera someterte. Lilith lo sabe bien; lleva mucho tiempo bajo el yugo del ángel caído. Estoy segura de que tanto dolor le ha robado cualquier pequeña pizca de bondad que pudiese haber en su corazón, así que dudo que, si decidiéramos correr el riesgo de bajar ahí abajo, fuésemos a volver con buenos resultados. No vamos a bajar. Me lo repito una y otra vez para no dejar que la idea siembre algún tipo de esperanza.

—Deja de pensar en las cosas que pueden salir mal. Solo dime cómo podría bajar ahí abajo. Sin morir y condenar mi alma, por supuesto.

—Un trato con Atarothz.

—Vale...

Deja la frase en el aire para que continúe hablando.

—Existe un conjuro para fingir la muerte. Nuestro pulso dejará de latir, nuestros pulmones dejarán de respirar y nuestro cerebro, de funcionar. Sin embargo, no estaremos muertos. O al menos no de una forma permanente. El efecto dura tres días y, durante ese tiempo, nuestra alma irá al territorio del dios Atarothz, el único que podría concedernos el paso.

—Bien. Hagámoslo.

Niego con la cabeza y hago todo lo posible por salir del círculo de atracción que me hace estar cerca de él. Me alejo del aire cargado de tensión que me empuja a pensar de forma poco realista. Los pájaros entre las ramas de los árboles del bosque alzan el vuelo. Parecen sentir la tensión que irradia mi cuerpo. Un cuervo grazna en alguna parte poniéndome el vello de punta.

—No, Drystan. No vamos a hacer nada de eso. El sentido del tiempo se pierde ahí abajo y, si no volvemos antes de que acabe el hechizo, quedaremos atrapados en los Fosos. Los riesgos son demasiado altos. No me conoces, y yo no quiero que hagas algo así por mí.

—¿Y de quién es la culpa de que no te conozca?

Arquea una ceja.

—Porque realmente no quieres hacerlo. Tampoco hay nada interesante que tengas que saber. Dime, si te doy lo que quieres, ¿me dejarás en paz?

Las obsesiones se incrementan al no poder obtener el fruto de tu deseo. Tal vez debería haber dejado de resistirme y ceder desde un principio. Ya hubiese pasado de mí y tendría su atención puesta en otra mujer. Naida, probablemente.

¿Celos otra vez?

No espero a que me responda. En el fondo tengo la sospecha de que da igual lo que haga o diga, nunca me dejará en paz. Lejos de inquietarme, me hace sentir calor por dentro. Cierro los ojos porque no creo que pueda mirarle directamente mientras sigo abriéndome en canal delante de él. Dejo salir todo. La historia que nunca he contado, pero que mi piel lleva escrita para que los demás saquen sus propias conclusiones. Estoy segura de que ninguno de los horrores que llenan su cabeza se acercaría al verdadero tormento. Según las palabras salen de mi boca, puedo sentir todas esas caricias del pasado como si estuviesen sucediendo ahora mismo. Mi piel cosquillea en las zonas donde las cicatrices dejaron de ser rosadas hace tiempo. El calor de la mirada de Drystan es reemplazado por la sensación que causaba tener ese par de ojos rojos centrados únicamente en mí. El ruido del viento y las hojas es sustituido por los susurros en mi oído; el sonido de carne contra otra carne, gruñidos, sudor, ceños fruncidos.

Tu voz es mía, banshee.

Di mi nombre.

Farkas.

No hay comentarios. Ningún sonido sale de los labios del vampiro mientras escucha atentamente mi relato. Para mi sorpresa, no vierto ninguna lágrima. Cuando termino, creo que al fin entiende mi odio. Diría que puedo ver una pizca de él ahora mismo en sus ojos. Si fuese mejor persona, le diría que no debería, que él no fue quién me hizo aquello, pero ¿no he sido yo la que, desde un primer momento, lo condenó por los pecados de otros?

No digo nada más, y él tampoco me dice lo injusta que ha sido la vida conmigo. No desharía lo que ya ha pasado. A veces, es preferible el silencio. No obstante, a pesar de que ninguno de los dos hable, nuestros cuerpos se mueven hacia el otro, lentamente, atraídos por una fuerza de la que no somos capaces de escapar. Es posible que también lo odie por eso. El deseo y yo llevamos años sin cruzarnos. El sexo se ha convertido en algo rutinario que mi cuerpo pide simplemente como distracción de mis demonios, pero nunca hay nada real. Estoy vacía. Siempre que estoy bajo un amante no siento nada, por más que lo intente. Sin embargo, desde hace un tiempo hay un ansia nueva dentro de mí, y por ello también lo culpo.

Nos da igual que el día se nos eche encima, que lo que era un cielo radiante se transforme poco a poco en uno lleno de estrellas. Nos quedamos cerca del lago, cada uno con la espalda apoyada en un tronco, frente a frente, cruzando miradas más veces de las que me gustaría reconocer. En ninguno de esos casos evito sus ojos, y él tampoco. Parecemos estar esperando a que el otro diga algo, cosa que no sucederá esta noche. No me molesta que me mire. Tampoco que no diga palabra. Hemos llegado a una especie de acuerdo tácito.

Por primera vez, soy yo quien lo observa dormir a él. Ni siquiera sé si es consciente de que sus párpados cada vez aletean más despacio, fruto de la fatiga y el cansancio. Cuando ya no vuelve a abrirlos, sé que me marcharé. No porque quiera desaparecer de su radar realmente ni porque desee que me deje en paz, sino porque esta vez, no me importaría quedarme.

14

Evanora

No parece que vaya a librarme nunca de la sensación de ser observada, aunque esta vez el dueño de la mirada es mucho menos atractivo que el vampiro que lleva semanas atormentándome. También su naturaleza es menos peligrosa, aunque sigue siendo un hombre. Humano, pero un hombre, al fin y al cabo. La camarera hace un rato que dejó frente a mí un plato de comida caliente y esta vez espero poder comerlo tranquila. Me he encargado de camuflar mi olor con hechizos para que él no pueda encontrarme.

Drystan tenía razón, hasta ahora no lo estaba haciendo. Posiblemente mi traicionero subconsciente me ha hecho olvidarlo porque, en el fondo, tengo el deseo de que me encuentre.

No hay habitaciones libres esta noche y dudo que me hayan mentido, dada la cantidad de gente que hay ahora mismo aquí dentro. El aire está cargado de un fuerte olor a tabaco, sudor y cerveza. Cuesta respirar con normalidad, así que no creo que me quede mucho tiempo. Menos aún desde que he empezado a sentir la mirada de uno de los hombres que hay esta noche aquí sobre mí. Como con prisa, intentando que mi capa no se deslice demasiado y oculte mi cara lo mejor posible. Una parte de mí es consciente de que, tapando mi rostro, solo capto aún más su interés. Casi he acabado con el plato cuando escucho las pisadas fuertes del hombre acercándose a mi mesa.

—El posadero te ha dicho que no hay habitaciones libres esta noche, pero... yo podría compartir la mía contigo.

El comentario es tan básico y la situación tan predecible que tengo que apretar los labios para no carcajearme en toda su cara. Suelto la cuchara sobre el plato y todavía trato de ser discreta.

—¿Qué te hace pensar que tengo algún interés en compartir habitación con un tipo como tú?

—¿Un tipo como yo? —replica el hombre, ofendido.

Al fin levanto la mirada y clavo mis ojos en él; lo mínimo que puedo hacer, después de despreciarlo, es mirarlo a la cara. Tiene el rostro al rojo vivo, el pelo largo y grasiento pegado a la cara, y su espalda fornida me impide ver más allá. En algún momento puede que fuese un hombre atractivo, pero está claro que el alcohol le ha robado mucho más que el dinero. Su aliento apesta a cerveza rancia y el color de sus dientes indica una gran falta de higiene.

—Sí, un tipo como tú. Cuya arrogancia es demasiado grande como para justificar lo que le cuelga entre las piernas. Aléjate de mi vista; no tengo interés en compartir habitación y mucho menos cama con alguien cuya higiene deja en buen lugar a los cerdos.

Cierra con fuerza los puños y, si pensaba que ya tenía el rostro acalorado, no es nada comparado con el color que adquieren ahora sus mejillas.

—¡Cómo te atreves! —El hombre se abalanza sobre la mesa, haciendo ademán de agarrarme del cuello—. ¿Quieres que te muestre el daño que puede hacerte lo que tengo entre las piernas, maldita puta?

Sonrío y soy incapaz de morderme la lengua.

—No he traído la lupa, lo siento.

Una vez más hace por atraparme entre sus manazas, y esta vez no es cosa mía que no lo consiga. Una brisa sacude el pelo de mi cara y hace que mi capucha caiga hacia atrás. No es producto de ninguna ventana abierta, sino del vampiro. Drystan tiene al hombre sujeto por el cuello y estampado contra la pared. La gente ha cesado sus conversaciones y tienen su atención puesta en lo que está pasando entre ellos dos. Puedo ver cómo el color se drena de muchos rostros una vez reconocen al depredador que ha entrado a la posada.

—Ponle las manos encima y seré yo quien te enseñe el daño que puedo hacerte. Empezando por arrancarte las putas manos y metértelas por el culo.

—¡No sabía que ella ya estaba con alguien!

O al menos eso es lo que creo escuchar; no puedo decirlo con exactitud, ya que Drystan lo tiene bien sujeto del cuello, dificultándole la tarea de hablar.

—Cuando una mujer te dice que no, levantas tu puto culo y te marchas.

No sé qué es lo que se cruza por la mente del vampiro, pero, lejos de dejarlo estar, parece enfurecerse más. El rostro del hombre solo refleja agonía y parece estar a pocos segundos de perder la conciencia. A mi alrededor, algunas mujeres gritan presas del pánico y los hombres hacen ademán de levantarse de sus sitios; sin embargo, parecen pensárselo mejor y guardan las distancias. Aprovecho la conmoción y el ajetreo para escapar. Ya ha quedado claro que Drystan no va a darse por vencido, aunque intente esconder mi rastro con hechizos. Supongo que no es el depredador más temido y perfecto por nada. Sé que no tengo mucho tiempo, así que no me molesto en intentar murmurar hechizos, sino que me lanzo de lleno al bosque.

Realmente no sé por qué corro, ¿tal vez porque, por un breve instante, el hecho de que me haya encontrado no me ha parecido tan horrible como creía? Detenerme a reflexionar sobre ello parece peligroso y, con los años, he aprendido que a veces es mejor huir que aparentar ser valiente. Mi corazón bombea con fuerza; siento cómo golpea mis costillas y puedo percibir el latido en los labios. Le ordeno a mis piernas que vayan a toda la velocidad que puedan, poniendo distancia entre él y yo, porque esta vez siento que, cuando me atrape, nada volverá a ser igual. Puede que fuese esa conversación junto al lago, las verdades que solté y la vulnerabilidad que dejé ver. No puedo negar que su ofrecimiento me conmovió y removió algo en mi interior a lo que no sé poner nombre, ni creo que quiera hacerlo.

De repente, el bosque se abre en dos caminos, presentándome una encrucijada. En el fondo sé que da igual qué rumbo tome, me encontrará. Creo que ya ha quedado bastante claro que soy una obsesión a la que no piensa renunciar. No llego a escoger un camino, pues su presencia pisa detrás de mí; de hecho, llevo minutos sintiendo sus ojos sobre mi cuerpo. No sé desde qué lugar, solo sé que está en alguna parte mirándome con atención. Su olor me atrapa y me abraza por completo, haciendo que mis pies se nieguen a moverse del sitio. Se produce un ligero cambio en el aire y sé, sin lugar a dudas, que se encuentra detrás de mí. Con los dedos aparta el pelo de mi cuello y, si mi corazón ya galopaba como loco, no es nada comparado con el ritmo que lleva ahora. Pasa su nariz por la curva de mi garganta. Cierro los ojos y aprieto con fuerza los puños hasta clavarme las uñas en las palmas. Sus manos se posan en mis antebrazos, agarrándolos con la fuerza justa para que no salga corriendo.

—Te pillé.

Hay algo diferente en su voz. Lejos queda ese tono burlón; ha dado paso a uno oscuro, casi seductor. No sé si se trata de algún sucio truco que desconozco, pero no puedo permitir que el simple sonido de su voz licúe mis entrañas como lo está haciendo. Tengo más autocontrol que esto.

—Eres un puto enfermo. ¿Qué necesitas para dejarme en paz? No estoy interesada en ti.

—Qué mentirosa eres, brujita. —Aspira con fuerza mi olor—. Porque el aroma que capto no me dice eso. Parece que me deseas más de lo que crees y tu cuerpo te está delatando.

Forcejeo, al principio sin grandes resultados, hasta que se cansa y afloja su agarre. Creo haber conseguido liberarme; no obstante, con maestría me muevo entre sus brazos, de forma que quedamos frente a frente. Mis ojos rezuman rabia, mientras los suyos me observan con la diversión que su voz carece y con algo más que no quiero reconocer.

—¿Y ahora qué, vampiro? ¿Vas a llevarme con Viktor para que pueda acabar conmigo?

Ojalá hiciese eso. Es lo que llevo esperando desde el principio, no esta imagen de él. Son demasiados días jugando al gato y al ratón, dejando que vea partes de mí que nunca le he enseñado a nadie. Es momento de ponerle fin y convertirlo en el villano que quiero que sea.

Frunce el ceño.

—¿Por qué haría eso?

Dejo salir un bufido.

—Ayudé a Sierra a escapar.

Deja salir una carcajada grave que, en otro momento, me hubiese crispado los nervios y que, en esta ocasión, hace que mi piel se erice por motivos totalmente contrarios a los que me gustaría. Sacude la cabeza como si no pudiese creerse que haya vuelto a abordar el mismo tema. Por desgracia para él, no pienso creerme que Viktor no lo haya mandado a mi encuentro.

—No llevo todos estos días persiguiéndote para entregarte, Evanora.

—¿Entonces para qué?

Consigo zafarme de él y dar un paso atrás.

—No te hagas la tonta, sé que no lo eres. —Recorta la distancia—. ¿Por qué no lo aceptas ya? Me deseas.

Si tiene algo de razón, no pienso dársela. Ya lucharé a solas con lo que sea que signifique este aleteo arrítmico en mi pecho y esta sensación de vértigo en la boca del estómago. De mis labios escapa una carcajada desquiciada de la que no tengo control.

—¿Desearte? ¿A ti? Por favor, Drys. No me insultes. Nunca podría desear a un vampiro.

No soy consciente de cómo lo he llamado hasta que veo la sorpresa recorrer su mirada, aunque esta desaparece pronto, dando paso una vez más a esa aura oscura que llevo percibiendo desde hace un rato. En cuestión de segundos lo tengo sobre mí. Un grito ahogado escala mi garganta. Apresa mis muñecas con su mano y me arrastra hasta que mi cuerpo choca contra la corteza de un árbol. No puedo huir de él, y eso no es lo más preocupante, sino mi reacción al notar todas las superficies de su cuerpo apretándose contra las mías, incluso aquellas en las que me gustaría no estar pensando ahora mismo.

—Sabes que yo no soy como la gente que te hizo daño. —Intento escapar, con miedo de que sus palabras me vuelvan más débil—. Tu cuerpo parece saberlo perfectamente; ahora solo hace falta que me dejes entrar en tu cabeza.

—Jamás —siseo.

Le muestro los dientes como un animal salvaje. No parece sorprendido y así me lo hace saber cuándo se inclina hacia mí, sin creer que pueda ocasionarle ningún daño. Los conjuros se agolpan en la punta de mi lengua. Podría murmurar unas cuantas palabras y hacerle retroceder el tiempo justo para correr. ¿Por qué no lo hago? ¿Por qué mi cuerpo me está traicionando de esta manera?

—Venga, brujita. Dame todo tu dolor. —Roza sus labios contra mi mejilla y se desplaza hasta tenerlos al alcance de mi oído—. Ser siempre tan fuerte tiene que ser agotador. Déjame abrazarte, déjame ser el sitio donde te lames las heridas. Déjame verte vulnerable.

Algo parece estar a punto de romperse dentro de mí y no puedo permitirlo.

—¿Verme vulnerable? ¿Para qué? ¿Para darte munición y que puedas burlarte una vez te canses de mí?

—¿Cansarme de ti? Estás loca si crees que podría hacerlo.

—¿Eso es lo que le dijiste a esa muchacha, a Naida?

Me arrepiento al instante de haber dejado que ese nombre se deslice de mis labios. Cierro los ojos con fuerza, pero ya es tarde.

—Naida no es nada para mí.

Tal vez sea verdad para él.

—Está enamorada de ti, lo sabes.

—Sí, lo sé. —No desvía su mirada de la mía, consumiéndome en la oscuridad de sus iris—. Le salvé la vida y su gratitud le hace pensar de forma irracional. Pero ella nunca ha despertado en mí lo que despiertas tú. Llevo vivo mucho tiempo, brujita; conozco mis emociones. —Lentamente dibuja una sonrisa—. Además, ¿estás celosa?

—No estoy celosa.

—Estás celosa. —Roza con sus dedos helados el arco de mi oreja y me coloca un mechón detrás—. Y eso es porque me deseas. ¿Por qué sigues luchando contra lo inevitable?

Eso que amenazaba con romperse acaba por hacerlo. Siento que mis emociones son una presa y yo estoy intentando cubrir la rotura con un dedo. Me desbordo.

—Porque te cansarás de mí cuando te des cuenta de que no puedes arreglarme.

Sello mis labios de inmediato y no puedo creer que haya dicho algo así en voz alta.

—No quiero arreglarte.

¿Por qué le creo? ¿Por qué me afecta la forma en que me mira?

—Lo harás; todos lo intentan y yo ya estoy cansada de que me traten como algo defectuoso. No estoy rota, estoy furiosa.

—Dios, no eres defectuosa; eres la mujer más preciosa que he visto en mi vida, Evanora. —Acerca los labios peligrosamente a los míos; sin embargo, no me besa—. Y si estás furiosa, déjame avivar ese fuego.

Escruto su rostro buscando una sola señal de que lo que dice es mentira, de que realmente no siente nada de lo que ha salido de su boca; no obstante, es imposible ignorar la verdad en sus ojos negros. No sé quién rompe la distancia entre nosotros primero. De un momento a otro, lo que parecía un duelo de miradas se convierte en una lucha de bocas, labios que se conocen, lenguas que se entrelazan. Mis caderas se mueven al ritmo del beso, persiguiendo una satisfacción que durante mucho tiempo me he negado. El beso no es tierno ni modesto ni suave. Es una guerra encarnizada. Siento su saliva cubriendo mi lengua, intoxicando mi sistema. La presión que rodea mis muñecas se hace más fuerte y Drystan roza mi labio con los dientes, una amenaza silenciosa que él no cumple, pero yo sí. Mis dientes muerden la carne de su labio inferior y el sabor a cobre estalla en mi boca. A pesar de no compartir su naturaleza, hay algo en este gesto que hace que mis venas ardan y que el calor sea insoportable.

Paso la lengua por la herida y limpio cualquier rastro del líquido que viaja por sus venas y que jamás pensé que pudiese encontrar erótico. Mi cuerpo se mueve contra el suyo; siento su erección entre mis piernas. Pensaba que el miedo me paralizaría; al fin y al cabo, nunca he vuelto a tocar a uno de los suyos de esta manera. Cuando sus manos recorren todo mi cuerpo, no tiemblo de miedo, sino de deseo. No lo diré en voz alta porque, una vez que las palabras estén fuera, me temo que ninguno de los dos podrá olvidarlas, y esto se volverá demasiado real.

—Te sigo odiando —jadeo.

—No te creo, pero sigue contándote esa mentira.

—Eres molesto.

—Y tú, una cabezona.

—Desabróchate los pantalones.

—¿Estás segura? —Ante su actitud burlesca, bajo mi mano hasta que aprieto su erección y lo escucho sisear—. Si te pruebo, no hay vuelta atrás. No te voy a dejar escapar.

—Eso ya lo veremos.

—Me excita la caza, brujita.

Sin abandonar sus ojos, me deshago del nudo de sus pantalones y cuelo la mano en el interior, palpando su erección, que ya me parecía imponente antes. Lo siento temblar bajo mi tacto y eso hace que una sonrisa curve mis labios. La luna nos besa a ambos y casi pierdo la respiración ante su imagen.

Una vez más, me voy a perder en las caricias de uno de esos monstruos, pero esta vez me entrego de buena gana y tengo la sospecha de que dolerá mucho más.

15

Drystan

Veo la tormenta de emociones reflejarse en su cara y, aunque hay una pequeña voz de alarma dentro de mi cabeza avisándome de que esto no puede ser tan sencillo, no creo que pueda parar. Sin duda, hay cosas que la atormentan y me encantaría ser capaz de eliminar cualquier pensamiento negativo que la aleje de mí solo con una pasada de mis manos. Sé que es imposible, pero eso no hará que deje de intentarlo. Si durante un rato puedo conseguir que se olvide de todo y tan solo esté conmigo, piel con piel, haré todo lo que esté en mi mano para conseguirlo. Y para que no lo olvide. Lo veo en su mirada, en esa marea de sentimientos. Cree que esto es cosa de una vez, una forma de quitarnos la espinita clavada en el costado. Se equivoca.

Ella es un veneno que avanza lentamente hasta el órgano más importante y no hay antídoto posible. Y si lo hay, solo puede ser ella.

La observo sin perderme ningún detalle de su rostro, con los ojos clavados en los suyos, que tampoco se apartan de mí, mostrándome que aún le quedan resquicios de rebeldía. Para cuando acabemos, habré conseguido que suplique. De eso estoy seguro.

Agarra con fuerza mi erección, acariciando toda su longitud y pasando el pulgar por el glande. Noto la humedad que ya recubre la punta y cómo ella se encarga de esparcirla. Solo durante un breve momento miro hacia abajo y la visión de su mano, tan pequeña, sujetando mi miembro hace que mi cuerpo tiemble de deseo y anticipación. Dejo salir el aire entre los dientes y acudo a su boca, tirando de su labio inferior, a lo que ella responde con movimientos más firmes. Soy incapaz de contener a mis manos, las cuales empiezan a hacer su reconocimiento dibujando sus costados hasta llegar a sus pechos. Los rodeo y masajeo. No puede disimular el efecto que tengo sobre ella. Sus párpados tiemblan y yo sigo dándole atención a su cuerpo, pellizcando sus pezones, cada vez más erizados, a través de la ropa. Con cada roce, su mano se mueve alrededor de mí, haciendo que lo único que se escuche en este bosque sea el sonido de nuestras respiraciones entrecortadas por el deseo. Observo cómo se deshace del nudo de su capa y esta cae al suelo, dándome la señal silenciosa de que quiere más. Me la bebo con los ojos, capturado por el brillo salvaje de su mirada y sus mejillas sonrojadas. La visión me vuelve loco y, en cuestión de segundos, clavo los dedos en sus muslos y la alzo. Rodea mis caderas, atrayéndome de tal forma que mi erección golpea la calidez entre sus piernas. Creo que eso era lo último que necesitaba para volverme un animal. Sin pensar, agarro los bajos de su vestido y los rasgo hasta dejarla completamente expuesta. Tiene las piernas abiertas, sujetándose a mí, y puedo ver el brillo que recubre sus labios exigiendo atención. Me relamo solo imaginándome su sabor.

—¿Qué debería hacer primero, brujita? ¿Reclamarte o devorarte, como he soñado mil veces con hacer?

Gruñe y me silencia con un beso, pero rápidamente noto cómo su atención se ha desviado a otra parte. Me separo lo justo para ver cómo sus ojos se agrandan al ver el tamaño de lo que sujeta entre las manos. Retengo una risa de satisfacción y bajo lentamente, acariciando su pubis y hundiendo los dedos entre sus labios. Me empapo de su humedad y me encargo de cubrirla por completo con mi palma. Tiento su entrada con el dedo corazón y ella solita se encarga de que este se deslice dentro de ella. Es tan estrecha que no puedo contener un jadeo solo de imaginarme cómo se sentirá en otras partes de mí. Froto su clítoris con el pulgar y me recompensa con gemido tras gemido. Me atrevo a meter un segundo dedo, que ella acoge sin problema. Su humedad me empapa, baja por el dorso de mi mano y moja sus muslos. Saco lentamente mis dedos de su interior y la escucho protestar, aunque rápidamente guarda silencio. Nota la punta de mi miembro acariciarle el interior de la pierna.

—Tranquila —murmuro—. Estás tan empapada que la vas a tomar como una buena brujita.

Se estremece contra mí y hago un esfuerzo hercúleo por separar mis manos de su cuerpo para sujetarme la polla y pasar la cabeza por su humedad, asegurándome de estar bien lubricado para entrar en ella. Me muestra su impaciencia alzando las caderas a mi encuentro y clavando los talones en mi trasero para atraerme más. La punta se desliza en su interior y parece que ambos contenemos el aliento. Su interior me aprieta como un maldito puño. Entro en ella muy despacio, observando cada pequeña señal en su rostro que pueda indicarme que pare. No las encuentro. Tiene los ojos cerrados y los labios entreabiertos, jadeantes.

—Enséñame cuánto me odias. Venga, fóllame, dame toda tu rabia.

Mis dedos se clavan en la carne suave y blanda de sus muslos. Mis palabras sirven como combustible, volviéndola una fiera salvaje. Se mueve contra mí, haciendo que su carne y la mía choquen. Se frota contra el hueso de mi pubis para conseguir rozarse el clítoris. Me muerdo el labio para contener todas las cosas que quiero decirle, por miedo a asustarla con tantas emociones. Acuno su culo entre mis manos y la acerco aún más; no quiero que haya ni un solo centímetro entre nosotros. El pelo se aparta de su cara y deja expuesto su cuello, que parece llamarme. Paseo la nariz por la curva que lo une con su hombro y, después, mis labios. Su olor es potente, un completo afrodisiaco.

Puedo sentir la punta de mis colmillos exigiéndome que los hunda en su piel y la pruebe. Que la reclame. Tengo que cerrar los ojos y respirar hondo, recordarme a mí mismo que no soy la bestia que ella piensa. Que no soy como aquellos monstruos que le arrebataron tanto, que la marcaron de aquella forma. No quiero que mis colmillos dejen otra marca en su piel sin permiso. En vez de eso, deposito un beso.

Sus uñas, en cambio, sí que han marcado mi cuerpo sin ningún tipo de miramiento. Mis embestidas se vuelven más fuertes y puedo sentir lo cerca que está; sus músculos internos me aprietan muchísimo, y no puedo ocultar la sonrisa perversa que se dibuja en mi cara cuando dejo de moverme y dejo solo el glande dentro.

—Si quieres correrte, vas a tener que ganártelo.

Gruñe haciendo que sonría más ampliamente. Lejos de quedarse quieta a mi merced, baja la mano hasta que me tiene bien agarrado por las pelotas. No se da cuenta de que su carácter es una de las cosas más eróticas que he visto. Coloco la mano detrás de su cabeza para que no se la golpee con la fuerza de mis embestidas. Sus piernas me rodean con más fuerza y yo salgo y entro en su interior como un animal. El silencio del bosque se llena de los ecos de nuestros gemidos. Deja la columna de su garganta completamente expuesta cuando curva la espalda y se deshace alrededor de mí. Sus jadeos de éxtasis son algo a lo que podría acostumbrarme.

—Sigue así, brujita, apriétame. Toma todo lo que te doy.

Durante el tiempo en que tarda en bajar de la cresta del clímax, me regala el sonido de mi nombre mezclado con el deseo. No es consciente de lo que me está haciendo. Tengo que pensar en cualquier otra cosa para no acabar ahora mismo. La bajo, sujetándola por los codos, temiendo que sus piernas le fallen. Me dispongo a ponerla de espaldas a mí cuando me sorprende dejándose caer de rodillas. Rodea mi erección con los dedos, formando un puño, y lo mueve a su alrededor ejerciendo la fuerza justa. Saca la lengua, tentándome, y después da un lametón desde la base hasta la punta. Rodea la corona de mi polla como si fuese lo mejor que ha probado nunca, y no puedo evitar empujar hasta estar profundamente dentro de su boca. Cuando siento la arcada, salgo de ella y golpeo sus labios, manchándolos con su saliva.

Se produce una conversación silenciosa entre los dos. Sabe que ya no puedo soportarlo más; no cuando la tengo de rodillas a mis pies, sumisa, dispuesta. Abre la boca y empieza a masturbarme con más fuerza hasta que el primer chorro de mi orgasmo cae en su lengua. La potencia del clímax es tal que necesito sostenerme; poso una mano en el tronco del árbol y otra sobre su cabeza. Me derramo por completo, y la visión de ella con la boca llena de mí y algunas gotas escapando por la comisura es suficiente para que quiera repetir todo esto de nuevo. No traga, como si estuviese esperando mi orden, así que, dándole un toquecito con el dedo en el mentón, le indico que cierre la boca.

—Traga.

Quiere llevarme la contraria, lo sé, lo veo en ese brillo rebelde que serpentea en sus iris. No sé qué es lo que la convence de no hacerlo, pero acaba tragando. Con el pulgar limpio las gotas que se han escapado y las meto de nuevo en su boca. Rodea el dedo con la lengua y me recuerda lo que hemos hecho hace tan solo un momento. Gruño y la ayudo a ponerse de pie. Enredo mi mano en su pelo y conduzco su boca a la mía, tomándome mi tiempo para saborear su sabor, reconocerla con calma y familiarizarme con cada rincón. No protesta cuando la tumbo a mi lado. Su cuerpo se vuelve blando contra el mío, ni una pizca de tensión visible, solo relajación. Me cuesta separarme de ella; tal vez por eso mis dedos sujetan uno de sus mechones, como una forma de seguir tocándola. La obligo a mirarme de frente; no la dejo huir de lo que sea que esté sintiendo. Poco a poco parece perderse en ese estado que precede al sueño. La visión que tengo enfrente me roba el aliento. Es tan hermosa y me da tanta rabia que ella crea que no. Que crea que sus cicatrices la hacen menos preciosa a los ojos de los demás. Desde el primer día que puse un pie en el campamento que llama hogar, no pude alejar mi atención de ella más de un par de minutos. Supe que tenía que conocerla, aunque ella se negara. En un mar de personas, ella siempre hubiese destacado para mí. Va más allá de lo físico; es como si su alma le cantara a la mía. Irónico, teniendo en cuenta que no tiene.

—Inmarcesible —suelto.

—¿Qué?

127

Su voz suena ronca; sé que no tengo mucho tiempo antes de que caiga dormida.

—Te han intentado callar, pisar, arrebatarte tu naturaleza, hacerte sentir incómoda en tu propia piel. Podrían desaparecer el sol, la luna y las estrellas y no tendría miedo, porque tú ya brillas. Eres inmarcesible. Eres aquello que no se puede marchitar.

Su risa hace que sienta algo extraño en la boca del estómago.

—Te equivocas. Cada día estoy más cerca de la muerte. No soy como tú. No soy inmortal y, cuando llegue mi final, no habrá nada más para mí. Mi alma hace tiempo que no es mía. A cada segundo, me marchito.

—No hablo de tu esperanza de vida, Evanora. Hablo de algo mucho más profundo. —Está recostada contra mí; no obstante, me las ingenio para que me mire fijamente—. Y si te piensas que la muerte podría separarme de ti, no me conoces, brujita. Eres mía y planeo estar atado a ti.

—Parece un buen sueño.

No se asusta de mi intensidad, no. Porque no me cree. Lleva la resignación y la desesperanza tatuadas en la cara. Cree que permitiré que sus peores presagios se cumplan. Si hay una posibilidad de que recupere su alma y pueda reunirse con los suyos el día en que su vida acabe, no dudaré en ir al infierno por ella. Se merece cosas buenas después de tanto dolor, y estoy seguro de que este mundo tiene muchos más obstáculos preparados para ella. Pensar en la muerte se me hace extraño, y aún más en la suya. Sin embargo, cuando llegue ese día, deseo descanso para ella. Con los suyos. Rodeada de felicidad. No quiero un destino de soledad en el que Evanora vague entre dos tierras sin pertenecer a ninguna parte.

Podría temer que su destino fuese peor que ese, pero yo sé que Evanora es buena y que, sea lo que sea que la aguarde después, será maravilloso.

Lucho todo lo que puedo contra el sueño, con miedo a que, al despertar, me encuentre solo. Aun así, no soy lo suficientemente fuerte y me quedo dormido. Mis sospechas se confirman una vez que abro los ojos y el sol está en lo alto. A mi lado solo queda el suave recuerdo de su cuerpo junto al mío, pero ya no está su calidez.

Hace rato que se marchó.

Estoy dispuesto a volver a seguirla cuando me doy cuenta de que esta vez se ha encargado de que no haya ni un solo rastro de ella. No quiere que la encuentre. Y, como si el destino me estuviese mandando señales, un regusto amargo se asienta en el fondo de mi garganta y un malestar se extiende por todo mi cuerpo, como si quisiera avisarme de algo.

Tal vez sea el momento de darle espacio.

Solo un poco.

Hasta que ella quiera que la vuelva a encontrar.

16

Evanora

Toda la gente del pueblo piensa que soy muda y yo no he querido corregirlos. En realidad, es como si lo fuese. Salvo esa noche en la que la suerte pareció sonreírme y puse fin a mi tormento, no he vuelto a emitir una palabra. Sin contar los gritos desgarradores del parto, claro. Es el único dolor que, pese al daño y la sensación de morir, volvería a sufrir por ver el resultado.

Faera tiene tan solo unas semanas de vida y, a mis ojos, es mucho más pequeña de lo que debería ser. Me pregunto si le faltó algo de mí, si debería haber hecho más por escapar y dejar de vivir en unas condiciones pésimas. Si debería haber corrido más rápido para llegar al pueblo en lugar de vagar durante días por el bosque, alimentándome de moras y agua sin saber siquiera si era potable.

Su pelo es blanco, lo que ya ha desatado algunos murmullos entre la gente que vive aquí. La mujer que me acogió siempre reprende a las señoras maleducadas que miran a Faera como si fuese algo extraño. No quiero ni imaginarme cómo reaccionarían si se fijaran en la rareza de sus ojos. Son demasiado grandes para su rostro y de un intenso color rojo, herencia de su padre. No dejo que nadie la vea y, en las ocasiones en las que no me queda más remedio, por suerte está dormida o esconde el rostro contra mi pecho. Sé que tenemos que irnos de aquí pronto,

131

pero no sé si podré volver al campamento ahora. El camino es largo y alberga peligros; si sola me parecía demasiado arriesgado, ahora me resulta inimaginable.

—Ay, niña, ya te tengo dicho que no es necesario que hagas nada. La casa está limpia, no tienes que sacarle más brillo.

Asiento, aunque ambas sabemos que mañana volveré a hacer todo de nuevo como muestra de agradecimiento y una forma de sentirme útil. La señora remueve el caldo de la olla con la cuchara de madera y yo me quedo sentada en la mesa, agradecida de que la pequeña esté dormida apaciblemente. Miro a mi alrededor, aburrida. La casa es pequeña, pero encantadora. Tiene las paredes pintadas de azul y los muebles de color blanco, con algunos desperfectos causados por el tiempo. Aquí y allá hay pequeños elementos decorativos que indican que se ha vivido, que aquí ha crecido una familia. Según tengo entendido, su marido falleció hace un par de años y sus hijos ya son mayores y tienen su propia vida en un pueblo vecino.

—¿Te acuerdas del hombre que nos trae la leña? Ese tan guapo que cada vez que te ve no puede despegar los ojos de ti. —Asiento—. Pues parece que su hijo se ha puesto enfermo. No pinta nada bien. Una lástima, es tan joven…

No digo nada, pero hago ver que la escucho atentamente para que siga hablando.

—La vida se ceba demasiado con algunas personas. Primero fue su esposa, hace cinco años, y ahora el pequeño…

Guardo silencio, como siempre, aunque le hago ver que le presto atención. Sophie ya se ha acostumbrado a estas conversaciones unilaterales. Parlotea sin parar y yo escucho, con algún asentimiento aquí y allá. Puede que con algún pequeño sonido de mi garganta si ese día me siento valiente. Lo bueno es que nunca me presiona; sabe que no soy realmente muda y que hay algo que me mantiene callada. Pese a que me ha dejado claro más de una vez que no sabe ni leer ni escribir, es una mujer mucho más sabia de lo que la gente se imagina.

Esa misma tarde, mientras recorro la pequeña casa con el bebé en brazos, no puedo dejar de darle vueltas al pequeño del leñador. Me pregunto si realmente su condición es tan mala o si podría hacer algo. Sé que no soy poderosa como Naja y mis conocimientos se limitan a las propiedades de las plantas, pero tal vez... Me paso un buen rato debatiendo si ir o quedarme aquí. Me imagino que fuese Faera la que estuviese enferma y que alguien tuviese la posibilidad de ayudarla y se negara a hacerlo...

Un regusto amargo se asienta en mi garganta.

Acudo a la que, por el momento, es mi habitación y agarro las telas que utilizo para afianzarme a la pequeña al torso. Cuando la tengo bien sujeta a mí, salgo de la casa. Al principio dudo un poco sobre a dónde dirigirme, con algunas miradas puestas sobre mí. No tardo demasiado en encaminarme en la dirección correcta. Escucho el sonido del hacha partiendo madera mucho antes de llegar a la pequeña casita con la puerta roja. El leñador tiene la camisa remangada, mostrando unos antebrazos fuertes y bronceados. El sudor le perla la frente, que permanece en un estado constante de preocupación. Se aparta el sudor con el brazo y sigue partiendo madera, todavía sin notar mi presencia. No es hasta que estoy bastante cerca que su atención se dirige a mí. Sonríe, aunque no llega a sus ojos. Conozco bien esa sensación. Su mirada es de un azul profundo, con pestañas largas. Tiene el pelo castaño y algo largo. Su nariz es robusta; parece habérsela roto en alguna ocasión. La piel de su rostro también está bronceada por las horas trabajando al aire libre.

—Ey, forastera. —Intenta poner su mejor cara—. ¿Te manda Sophie a por leña?

Niego con la cabeza, aupando con mis manos el trasero de Faera para aliviar el peso. Baja la vista a ella y en sus ojos se mezcla esa adoración que parecen sentir todas las personas al ver una criatura tan pequeña. También percibo la preocupación por su pequeño.

—¿En qué puedo ayudarte, pues?

Me mordisqueo el labio pensando cómo expresar lo que quiero decir. Gesticulo con las manos, a lo que él corresponde con ese permanente ceño fruncido. Bufo, en parte molesta por mi incapacidad para superar mis miedos y hacer pasar las palabras por mi garganta. Relaja los ojos con una compasión a la que me he acostumbrado a ver en las últimas semanas. Soy la pobre muchacha que llegó sola, muy embarazada y que es incapaz de comunicarse. Claro que me tienen lástima.

Señalo la puerta de su casa y después hago el gesto de acunar a un niño en brazos. Sé que su hijo hace tiempo que dejó de ser un bebé, pero el movimiento sigue siendo una señal inconfundible de la infancia. Levanta las cejas, permanece callado y, cuando me ve dirigirme a su casa, no hace nada por pararme. Reconozco que abrir la puerta y entrar como si nada me hace sentir una pizca de vergüenza. Me sigue muy de cerca y no puedo mentir y decir que su presencia no me asusta. No llevo bien estar de espaldas a un hombre.

La distribución del hogar no es muy diferente a la del resto de casas. Es pequeña, sencilla, pero acogedora. No tardo en encontrar la habitación en la que se encuentra el pequeño. Su cuerpecito parece diminuto en una cama que da la sensación de engullirlo por completo. Tiene el rostro ceniciento, cubierto de sudor, y la piel prácticamente pegada a los huesos. Le dirijo una mirada al leñador.

—Lleva así varios días, ha perdido el apetito y siempre que consigo bajarle la fiebre no tarda en volver. La curandera solo viene una vez cada quincena y aún falta una semana para que regrese. Lo hubiese llevado al pueblo vecino, pero cada vez que intento moverlo de la cama llora desconsoladamente.

Pido permiso con la mirada antes de proceder a tocar al niño con mis manos. Su contacto con mi piel arde, fruto de la fiebre. Palpo varias zonas de su cuerpo; noto cierta hinchazón en la zona baja del abdomen, además de escuchar unos débiles sollozos de dolor. No soy tan buena como Naja y ojalá la tuviera ahora cerca para poder consultarlo con ella. Me da miedo que mis conocimientos no sean suficientes y me haya ofrecido a ayudar en vano.

No dice nada cuando me ve rebuscar entre los estantes de su modesta cocina y luego salir de la casa. Faera sigue dormida y sé que no debería llevarla conmigo al bosque, pero me da pánico separarme de ella. Intento ser rápida y no adentrarme demasiado, buscando en él las hierbas que necesito. Algunas no son de esta zona, así que me tocará improvisar con otras de las que he visto en su despensa. Lo primordial es bajarle la fiebre. Un rato después vuelvo, y el leñador parece estar esperándome. Me alegra que haya entendido mis acciones. Me deja maniobrar por su casa; agarro un mortero de madera y en él mezclo varias hierbas que utilizo como infusión para un brebaje cuyo aspecto no parece muy apetecible, pero estoy segura de que ayudará a bajarle la fiebre. Una vez que consiga eso, tendré que mancharme las manos si mis suposiciones son ciertas. No creo que el niño pueda aguantar una semana más así; de hecho, si no lo tratamos pronto, morirá.

Faera se remueve junto a mi pecho, indicando que se va acercando su próxima toma. Él parece leer mi rostro y asiente. Agarra el brebaje de mis manos y le hago señas para que entienda que debe bebérselo todo para que le baje la fiebre. Me marcho y vuelvo unas horas después, antes de que caiga la noche. Esta vez encuentro una pluma y un trozo de papel dispuestos sobre la mesa de madera de la cocina. Sonrío débilmente al leñador y garabateo una serie de instrucciones para esa noche y mi diagnóstico.

—¿Qué tienes que quitarle una parte de…? ¿Vas a abrir las tripas de mi hijo?

Asiento, a pesar de que no es del todo cierto. Solo tengo que quitarle el apéndice, aunque no sé si sabrá bien a qué me refiero.

—Creo que deberíamos esperar a la curandera.

Entiendo sus reservas, pero estoy segura de que al niño no le queda mucho tiempo como no lo tratamos pronto. He visto a Naja tratar a muchas personas; la he ayudado a traer bebés al mundo y a curar numerosas heridas. Como parte de mi formación he realizado decenas de autopsias y he dedicado gran parte de mi tiempo a conocer el cuerpo humano. Ahora mismo soy su mejor baza. No digo que sea una experta, pero no tenemos tiempo que perder.

Algo en mi rostro lo convence y acaba aceptando a regañadientes. Dejo a mi hija a la vista y me pongo manos a la obra. Actúo con toda la seguridad que soy capaz de reunir y utilizo todos los instrumentos que tiene en su hogar y que puedan ayudarme. Me aseguro de desinfectar tanto las agujas como la hoja que usaré para abrir la parte baja del vientre del muchacho. Le hago una seña al leñador para que le suministre a su hijo el brebaje que he preparado con beleño o, como muchos la conocen, la planta de las brujas. Tiene efectos curativos, pero también produce somnolencia o alucinaciones. Espero así reducir un poco su dolor.

Las siguientes horas se me hacen eternas, con una permanente sensación de sudor frío en la nuca y el olor de la sangre serpenteando por debajo de mis fosas nasales. El aspecto del niño no es el mejor para cuando termino la última puntada que vuelve a unir su carne, pero al menos la fiebre ya no es preocupante y el tono cenizo de sus mejillas ha desaparecido. Me limpio las manos en un paño y Faera deja salir un gorgoteo. Busco la pluma y el papel, indicando al hombre que las próximas horas son cruciales: debe beber mucha agua, no moverse demasiado y, en caso de que la fiebre vuelva, tiene que buscarme de inmediato.

—Eres un milagro, extranjera.

Sonrío débilmente, abandono su hogar y vuelvo al que, temporalmente, es el mío. Sophie todavía me espera despierta, a la luz de la vela, en mitad del pequeño salón. No me dice nada, aunque estoy segura de que sabe lo que he hecho. Sospecho que dejó caer el estado del pequeño en la conversación porque sabía lo que haría. No es la primera vez que he demostrado mis habilidades. Muchas veces le he preparado un té que hace milagros con sus dolores de cabeza.

Las dos nos marchamos a dormir y, a la mañana siguiente, compruebo que el pequeño parece estar mucho mejor. Ya tiene color en las mejillas y le ha dicho a su padre que le gustaría comer. Con el pasar de los días, he creado una nueva rutina, en la que me paso varias veces para comprobar su estado. No obstante, una vez puede caminar y jugar con el resto de los niños de su edad, sigo acudiendo. Las mujeres del poblado dicen que tenemos un romance secreto; otras, que lo he hechizado con mis habilidades de bruja. No podría estar más lejos de la realidad. Lo cierto es que tanto el leñador como yo hemos encontrado comodidad el uno con el otro y hemos forjado una amistad en la que da igual el silencio. A veces simplemente me siento a verlo cortar madera y él me cuenta todas las cosas que le rondan por la cabeza. También me habla de su difunta esposa y es evidente que es un hombre que no está preparado para rehacer su vida con otra mujer, aunque a veces exprese su deseo de darle a su hijo una figura materna con la que crecer. No sé si una pequeña parte de él espera que sea yo. Por el momento, no he visto ninguna señal que me invite a salir corriendo.

Porque sé que lo haría.

Estoy cómoda a su lado porque la pérdida de su mujer lo hace incapaz de observarme con otra mirada que no sea la de curiosidad por una extraña extranjera que apareció un día en el pueblo y jamás ha emitido palabra alguna. Si viese algo diferente en sus ojos, huiría.

Después de una tarde tranquila como las demás, paseo de regreso a casa; sin embargo, algo en el aire es diferente. Lo que sea que hay, inquieta mis sentidos. Se suma a ello las miradas recelosas de las mujeres que me ven pasar. Estrecho a Faera contra mi pecho aún más fuerte y aligero el paso. Vislumbro la entrada de mi hogar. La puerta está abierta de par en par y, nada más poner un pie dentro, veo en el salón a unos hombres que discuten acaloradamente con la señora de la casa.

—¡Márchense de aquí!

—Deje de ocultar a la bruja y díganos dónde está. Será peor para usted si no coopera.

—No sé quién les habrá dicho esas sandeces. ¡Aquí no hay ninguna bruja!

—Todo el pueblo sabe que le da techo a una de ellas.

Sé inmediatamente que hablan de mí. No me sorprende demasiado. No he dejado de escuchar las acusaciones en forma de murmullos, que se han acrecentado desde que curé al hijo del leñador. No creen que fuese capaz de curar a alguien de una manera tradicional; para ellos se trata de brujería, al igual que mi amistad con el hombre es fruto de un hechizo que le he echado para seducirlo. No me lo pienso y echo a correr con la esperanza de tener tiempo suficiente para huir antes de que se den cuenta.

Observo la linde del bosque con miedo y también con esperanza. Ahora mismo sé que es mi única salida. Si alguno de esos hombres alcanza a ver los ojos de Faera, no habrá nada que yo pueda decir que la salve. La calle está desierta; al parecer, todo el mundo se ha escondido en la seguridad de sus casas.

Pocos son capaces de observar directamente las consecuencias de sus actos.

En el pueblo solo se escuchan mis pisadas apresuradas, el ritmo errático de mi respiración y los gorjeos que salen de Faera. Esperaba poder esconderme entre el ajetreo de las calles en pleno día, pero, con la ausencia de todo el mundo, soy un blanco fácil. Escucho pisadas pesadas a mi espalda. No me atrevo a echar la mirada atrás por miedo a que eso me ralentice. Cada vez parecen estar más cerca y, por mucho que intente apretar el paso, resulta inútil. Alguien me atrapa por detrás, agarrando un buen puñado de mi pelo sin delicadeza alguna. No puedo evitar gritar ante ese acto de violencia. La pequeña se remueve contra mi pecho y parece estar a punto de entrar en llanto.

—¡La tengo! ¡Tengo a la bruja! —grita el hombre que me tiene sujeta por el pelo.

Intento clavar mis uñas en su mano para librarme de él, pero resulta inútil. Parece más que dispuesto a arrancarme el cabello e incluso el cuero cabelludo, si es necesario. Pataleo y me arrastro por el suelo, luchando por evitar que me lleve con su compañero. No sé cómo me las ingenio para no soltar a Faera. Miro a mi alrededor, consciente de que tengo muchos pares de ojos que me observan desde las rendijas de las cortinas. Hay tanto silencio que estoy segura de que están conteniendo la respiración.

Sophie, la señora que me ha dado cobijo durante semanas, grita alarmada cuando me ve acercarme. Pelea con el hombre que la sujeta por la cintura, pero es inútil. Sus figuras son corpulentas y, ahora que los observo bien, puedo ver sus ropajes negros y las decoraciones religiosas que cuelgan de sus cuellos y caderas a modo de cinturón. Hay uno más que observa la escena. Es el mayor de los tres. Lleva un libro bajo el brazo y sacude la cabeza cuando me ve de cerca.

—Muchacha… ¿sabes por qué estamos aquí?

Frunzo el ceño, todavía dispuesta a forcejear con mis captores.

—Ya veo que no. —Chasquea la lengua—. Este pueblo de Dios está preocupado por ti. Dicen que te has alejado del camino del Todopoderoso y que estás transitando un sendero oscuro, hija. —Baja la vista hacia Faera, que mueve sus manitas, alterada—. Y has cometido pecado. —Sacude la cabeza—. Menos mal que estamos aquí para devolverte al camino correcto.

Entonces se acerca y me arranca a mi hija del pecho. Al principio no repara en su apariencia, demasiado concentrado en juzgarme severamente con la mirada. No deja de sacudir la cabeza, repasándome de pies a cabeza, fijándose en todo aquello que me hace impura a sus ojos. Agarra un mechón de mi pelo entre sus dedos y lo machaca entre el índice y el pulgar.

Chista.

—Las señales del diablo son claras —anuncia.

Solo estamos nosotros aquí, aunque supongo que él también sabe que todo el pueblo nos observa desde sus ventanas.

No puedo dejar de retorcerme en los brazos del otro hombre; mi nerviosismo incrementa con cada segundo que mi hija pasa en brazos de otra persona que no sea yo. Sophie parece igual de inquieta. Sabemos que no hay nada que podamos hacer y que es muy posible que nuestro destino sea fatal. Dejo de ser el objeto de su atención y, a pesar de intentar volver a captarla, parece imposible una vez sus ojos se posan en los de Faera.

Todo sucede muy lentamente, como si el universo no quisiera que me perdiese ningún detalle del momento exacto en que mi vida va a truncarse para siempre. La mirada del hombre se abre con espanto y levanta el rostro para mirar a sus compañeros en un gesto que indica claramente que no se cree lo que está viendo y necesita la confirmación del resto. Sacude el pequeño cuerpo como si fuese una muñeca y ella comienza a llorar. Su llanto me desgarra por dentro poco a poco.

—¡La hija del demonio! ¡El fruto del mayor pecado!

Expone a Faera para que todo el mundo pueda ver sus ojos de color rojo. Su carita está sonrojada por el llanto y la visión de esas lágrimas despierta un lado casi animal dentro de mí. Los hombres que me sujetan parecen notar la fuerza indómita que crece en mi interior, pues su agarre se endurece en torno a mis brazos.

—Chiquilla, ¿qué has hecho? ¡Has yacido con el diablo y has traído a su descendencia a la tierra!

—¡Es solo un bebé! —grita la mujer.

Yo sigo incapaz de articular palabra, aunque me gustaría defenderme o, mejor aún, maldecir.

Su líder se gira con mi hija en brazos y encara las viviendas del pueblo, alzando a Faera, y exponiéndola al escrutinio público de todos esos pares de ojos cobardes que se esconden tras las cortinas.

—¡Mirad! ¡Esto es lo que han estado escondiendo! ¡El fruto del demonio! —Me mira de reojo—. Toda esa brujería del diablo ha sido el regalo que te ha hecho por abrirte a él, ¿no es así, muchacha? ¿Qué ha hecho mal nuestro Señor para que lo abandones de este modo?

Si la situación no fuese tan delicada, rompería en carcajadas. Estos humanos siempre pensando que las acciones de todo el mundo tienen que ver con su Dios. Ese que los ha abandonado a su suerte y que se mantiene al margen, viendo cómo sus hijos mueren lentamente a manos de depredadores.

Me revuelvo una vez más. Ojalá tener esa brujería de la que habla en mi poder ahora mismo para acabar con esto. Unas pisadas fuertes llaman la atención de estos hombres y todos, a la vez, encaramos al leñador, que parece horrorizado ante este espectáculo.

—¿Qué diablos estáis haciendo? ¡Soltadla!

—Oh, tú eres el hombre del que habla la buena gente de este pueblo. Tú eres la víctima de esta amante del diablo.

El que sostiene a Faera mueve la cabeza, apenado, y murmura algo que, al menos yo, soy incapaz de comprender.

—¿Qué tonterías estáis diciendo? Esta mujer no ha hecho nada malo. ¡Soltadla ahora mismo y a su hija también!

Nadie le hace caso; de hecho, los dos hombres que me retienen comienzan a arrastrarme hacia la plaza donde tienen lugar todos los actos importantes. Solo que esta vez no se trata de un teatro de marionetas ni del mercado ambulante. En el centro hay un poste y, a su alrededor, lo que parece una pira lista para prender. Me obligan a subir, ignorando mis gemidos de dolor cuando las pequeñas ramitas se clavan en las plantas de mis pies. El leñador y Sophie no paran de gritar, rogando que detengan esta locura. Faera llora en los brazos del líder de toda esta pesadilla. Me atan de pies y manos al poste y me dejan ahí plantada.

Comienzo a gritar, no por mí, sino por la pequeña, que se remueve inquieta y llora desconsoladamente. Su llanto sale de lo más hondo de sus pulmones. Es desgarrador y doloroso de ver. No deja de sacudirse y sus mejillas están encendidas como dos pequeñas amapolas. El leñador hace ademán de arrebatársela de los brazos y, justo cuando parece a punto de conseguirlo, uno de los hombres le asesta un puñetazo que me deja sin palabras. Nadie diría que son hombres consagrados a Dios con este despliegue de violencia y crueldad.

Mi mente registra lo que ocurre a continuación como si no fuese real. Alguien acerca una antorcha encendida que rápidamente prende la pira. El humo sube hacia el cielo, ahogándome y haciendo que mis ojos lagrimeen. Creo que alguien lanza agua bendita. También parlotean y pronuncian un sermón al que yo, al menos, no presto atención. Estoy demasiado ocupada sintiendo cómo el fuego sube de forma lenta pero constante. Las plantas de mis pies, ya doloridas, son las primeras en sentir el calor, que poco a poco se vuelve insoportable. Quiero contener el grito; sin embargo, el dolor es demasiado fuerte como para que mi orgullo le gane. Por primera vez en mucho tiempo hago aquello para lo que nací. Grito con la fuerza de una bestia. El suelo tiembla. Sus oídos sangran. Caen al suelo de rodillas, pero en sus rostros veo una determinación férrea. No hay nada que los vaya a alejar de su objetivo. En mi agonía siento cómo los nervios de mi cuerpo se chamuscan y mis pulmones se ennegrecen con este aire intoxicado. No sé qué será lo que me mate antes, si la falta de oxígeno o el fuego.

Me equivocaba.

Lo que realmente hace que mi corazón se detenga son las imágenes que tengo delante. Es puro caos: los religiosos se enfrentan a dos pobres personas que han visto algo en mí por lo que merece la pena luchar.

—¡La bruja y su abominación deben ser purificadas por el fuego para que este buen pueblo deje de estar bajo las garras del maligno! ¡Habéis dado cobijo al mal y Dios os castigará si no enmendáis vuestros errores!

Tanto Sophie como el leñador hacen todo lo que está a su alcance para intentar recuperar a Faera, mientras el que la tiene en sus brazos lanza agua bendita y grita su sermón. De un momento a otro, algo cae en las llamas y, con la sangre resbalando sobre mis ojos, consigo distinguir que se mueve. Los gritos se filtran hasta mis oídos y reconozco de inmediato a quién pertenecen. Saco fuerzas que creía extintas y parto las cuerdas, que a estas alturas el fuego ha dejado medio chamuscadas. No camino, sino que me arrastro, o al menos eso intento. Mi cuerpo no responde a mis órdenes; mis nervios están demasiado lastimados como para dejarme moverme con normalidad. Toda mi piel está teñida de sangre. Parece que la distancia que nos separa es insalvable por mucho empeño que ponga en arrastrarme. Los gritos de Faera me taladran los oídos, me encogen el pecho. Ya no son producto del miedo, sino de un dolor atroz. Ahora mismo solo pienso en salvarla; después me pararé a pensar en cómo un ser humano puede hacerle esto a un ser indefenso como lo es un bebé.

Las astillas y los bordes afilados de las ramas se clavan en mi carne chamuscada y blanda. Gruño entre dientes, avanzando demasiado lento.

—¡Por favor! —grito—. ¡Por favor, salvadla! ¡Es solo un bebé!

Cada palabra es como tragar cristal, rasgándome la garganta y dejando un sabor cobrizo.

Extiendo la mano creyendo que podré rozarla; no obstante, nos separan demasiados centímetros y mi cuerpo no responde. Solo veo su pequeño cuerpo, que al principio movía las manos en un acto desesperado y que lentamente se apaga. Ya no mueve las manitas y su llanto se ha ido silenciando. No sé si es efecto del humo o si mis ojos cada vez están más cansados, convirtiendo en una lucha constante no solo el moverme, sino el mantenerme despierta. Mis dedos apenas se mueven. Lanzo órdenes que mi cerebro registra, pero que mi cuerpo no es capaz de cumplir.

—Mamá, Naja... —susurro en una súplica silenciosa.

Mamá hace tiempo que se marchó y Naja está demasiado lejos como para escuchar mi ruego. Al final, solo soy otra niña que hace tiempo abandonó la seguridad de su hogar y que nunca podrá volver. Quiero gritar de rabia e impotencia. Todo el infierno que he pasado no ha servido de nada, porque al final siempre he estado destinada a arder en sus llamas.

Un sollozo se queda estrangulado en mi garganta mientras escucho cómo la vida de Faera se apaga, y la mía también. Al menos nos marcharemos juntas, aunque ese no sea suficiente consuelo. Esperaba poder verla crecer, enseñarle la paz que me transmite el bosque, escuchar su risa y que solo eso bastara para alimentarme; presenciar su paso de la niñez a la vida adulta; consolarla cuando su primer amor le rompiera el corazón.

Esperaba muchas cosas.

Pero todas ellas se desvanecen como las cenizas arrastradas por el viento.

Las llamas no se apagan.

Pero yo sí.

17

Evanora

No veo ninguna luz blanca ni tampoco aparece nadie para recibirme después de la muerte. Solo hay una oscuridad perpetua que parece más que dispuesta a engullirme por completo. Sin embargo, siento dolor y soy consciente de cada una de mis respiraciones laboriosas. Se escucha el vago chasquido de las llamas y todavía puedo respirar el humo. Creía que, una vez cediera y dejara que mis ojos se cerraran, todo eso quedaría atrás. Supongo que quien sea que gobierne la muerte quiere que siga sufriendo un poco más y me ha lanzado a este reino de sombras, donde se filtran pequeños elementos que me recuerdan a una pesadilla. Por desgracia, no es de esas que dejas atrás cuando despiertas, sino de las que sigues viviendo y te persiguen cuando descansas.

El olor es sofocante y me escucho a mí misma toser repetidamente. Siento la viscosidad de mis dedos y, poco a poco, soy consciente de que no estoy muerta. La revelación cae sobre mí como un jarro de agua fría y me esfuerzo por mantener los ojos cerrados, como si así pudiese evitar enfrentarme a la verdad que se encuentra tras mis párpados y que no podré ignorar una vez que los abra. ¿Me convierte eso una mala persona? ¿Querer refugiarme en el consuelo de la muerte para no tener que vivir con el dolor de la pérdida?

Una brisa lo sacude todo y golpea las quemaduras de mi cuerpo con la fuerza de un latigazo. Siseo, y es esa sensación lacerante me arranca por completo de la oscuridad y me devuelve a la realidad. Tengo que parpadear varias veces hasta que mis ojos se acostumbran a la luz. Todavía hay cenizas que bailotean en el aire y no me atrevo a echar un vistazo a mi cuerpo por miedo a lo que pueda ver. Sin embargo, lo que tengo delante es mucho peor. Sigo aquí, tirada, con los dedos extendidos hacia el pequeño cuerpo ennegrecido por el fuego. Su pecho no sube, su pelo blanco ya no existe; hay zonas de su piel en las que las llamas se han cebado y sus ojos, de ese color tan especial, están cerrados, sin intención de volver a abrirse.

Durante tantos meses he sido incapaz de formular palabras y apenas han salido sonidos de mi garganta; pero ahora no puedo contener el llanto. Cada sollozo es una lija que rasga hasta hacerme sangrar. Nadie viene alentado por los sonidos. Nadie se atreve a hacer frente a sus pecados. Ahora mismo no soy capaz de preocuparme por el destino de Sophie o del leñador.

Estoy demasiado concentrada en mi dolor para fijarme en la figura femenina que viene caminando hacia mí, sin miedo al horror ni al fuego moribundo que me rodea. No es hasta que se planta a escasos centímetros de mí y la pequeña Faera que reparo en su presencia. Mis ojos la recorren lentamente. Me fijo en las marcas candentes de sus tobillos y muñecas. Parecen quemaduras que nunca terminan de curar. Su piel es blanca como el alabastro y el tono de su pelo debe ser la envidia de las llamas. Es de un rojo tan intenso como la sangre. Sus ojos son de un verde cautivador, y su rostro es bello y despiadado, de esa forma en que los son todos los depredadores. Inclina la cabeza mientras ella también me observa a mí. Chasquea la lengua, como si estuviese decepcionada, y se agacha. Agarra entre sus manos de dedos pálidos y finos a Faera. Por un momento, mi corazón se encoge ante el temor de que su cuerpo se vaya a deshacer si lo mueve o de que vaya a robarme lo único que me queda.

—El hombre religioso, siempre temeroso de la mujer inteligente e indomable —dice con tono solemne, mientras acuna el cadáver de mi pequeña entre sus brazos—. Es una vergüenza que hayas tenido que pagar por pecados que no has cometido.

Al ser receptora de mi silencio, achica los ojos con recelo.

—Habla, niña.

Y comienzo a hacerlo, no porque quiera, sino porque una fuerza desconocida me obliga.

—¿Quién eres?

Su risa me hiela la sangre. No porque sea terrorífica; al contrario, es melódica, cautivadora, como las canciones que entonan las sirenas para atraer a los pobres marineros. Sus ojos adquieren un brillo extraño, como si hubiese leído mis pensamientos.

—Soy la primera mujer que se negó a doblegarse a un hombre; aquella que los escritos no mencionan, la que parió a quienes se dedican a cazar a los hijos de Dios.

—Lilith. —Su nombre sale arrancado de mis labios.

Las comisuras de su boca se estiran en una sonrisa de dientes blancos que parecen incluso afilados. No puedo evitar pensar en los vampiros. No es que desconozca la historia de aquello que los hizo nace; sé que esta mujer es la culpable. Su sufrimiento dio lugar a una gran abominación, el mayor depredador que el mundo ha conocido.

—Ha llegado a mis oídos que te han culpado de brujería, muchacha, pero no tienen razón, ¿verdad? —Libera una mano y, con el índice, me levanta el mentón para que mis ojos no escapen de los suyos—. Solo eres una chiquilla inteligente con el conocimiento necesario sobre plantas y el cuerpo humano. —Sacude la cabeza—. Y así te lo agradecen… arrebatándote a tu pequeña, condenándote a una muerte lenta y dolorosa…

En un acto de desesperación absoluta, viéndola acunar a mi pequeña, inmóvil y sin vida, balbuceo lo primero que se me pasa por la mente.

—Sálvala.

Agranda los ojos fingiendo sorpresa, pero algo me dice que, desde el principio, sabía que esa sería mi súplica. Se hace de rogar; no responde a mi petición de inmediato y, con cada segundo, siento que las fuerzas que me quedan me abandonan. Me cuesta mantener el cuello erguido y el peso de mis párpados me arrastra de nuevo hacia el sueño. Su mirada es ahora la de un felino curioso y, por desgracia, el objeto de estudio soy yo.

Por fin me da una respuesta.

—Puedo hacerlo. —Mi pecho se aligera momentáneamente—. Por el precio adecuado.

—No... no tengo... dinero —respondo, con la respiración entrecortada.

Vuelve a reír, como si hubiese contado la mejor broma del mundo.

—Donde me tienen retenida, el dinero no me sirve, muchacha. Quiero algo más valioso.

—¿El qué?

Parece que he hecho justo la pregunta que estaba esperando. Su rostro no podría reflejar más satisfacción, aunque lo intentara.

—Tu alma.

—¿Mi alma?

—Así es. Será indoloro y, a cambio, devolveré la vida a tu hija. Es más, la haré completamente humana, para que jamás tenga que pasar por algo como esto de nuevo. Nunca más será objeto de miradas asustadas. Te devolveré a tu hija y, además, te convertirás en una de las mías. La magia más poderosa responderá a ti.

Quiero decirle que no quiero ser poderosa, que no quiero esa clase de magia. Solo quiero a mi hija viva. De todo lo que me ha prometido, eso es lo único que me importa. Ella lo sabe con solo mirarme; sabe que haré lo que sea necesario con tal de que cumpla lo dicho. Me quedan solo las fuerzas suficientes para hacer un pequeño asentimiento con la cabeza. Después, esta cae sobre las cenizas y el mundo comienza a girar a mi alrededor, absorbiéndome en una espiral que no conoce fin.

Alcanzo solo a escuchar retazos de un cántico en un idioma antiguo, el mismo que he oído en alguna ocasión en los labios de Naja. Nunca ha sido un secreto para mí que la mujer con ojos de serpiente es una de las siervas, una de las hijas, de Lilith. Me pregunto si sus peculiares ojos y esa habilidad para poseer a los reptiles se debe a su trato con la madre de los vampiros o si era algo que ya habitaba en ella desde el principio.

Una ola de energía asola mi cuerpo con un cosquilleo que se extiende por todas mis extremidades hasta la punta de los dedos. Los doblo comprobando mi movilidad. El dolor que me paralizaba ha desaparecido casi por completo, dejando solo un pequeño eco. A mi alrededor, nada parece haber cambiado. Esperaba escuchar llantos de un bebé, pero aún nos envuelve un silencio sepulcral que me hiela la sangre. El mundo deja de dar vueltas y aprovecho esta nueva sensación de estabilidad para recomponerme. Primero me siento y después apoyo las manos entre las cenizas hasta conseguir ponerme de pie.

Justo cuando comienza a inquietarme no ver rastro de la mujer de cabello rojo ni de mi hija en sus brazos, su voz interrumpe mi creciente pánico. Me doy la vuelta sobresaltada al escucharla a mi espalda.

—Me he tomado la molestia de curar tus heridas. Estabas chamuscada, querida.

Bajo la mirada por mi cuerpo y, en efecto, no hay rastro de las quemaduras ocasionadas por las llamas. Tampoco hay rastro de mi ropa. Estoy aquí, plantada, desnuda, con el cuerpo ileso; aunque un rápido roce de mis dedos por el rostro me confirma que las marcas del infierno que viví con los hijos de Lilith siguen grabadas en mi piel. Me pregunto si se ha encargado de dejarlas a conciencia.

Sea como sea, ha hecho bien. No quiero olvidar lo que esas criaturas de hermosos rostros son capaces de hacer. Tal vez engañen al resto con su apariencia, pero a mí no. Detrás de tanta belleza se esconden monstruos.

—¿Y ella? —pregunto, con la voz rasposa, señalando a Faera entre sus brazos.

Mientras estaba inconsciente —una vez más—, ha envuelto el pequeño cuerpecito en una sábana blanca. Quiero pensar que ha sido un gesto de decencia. Sin embargo, da igual que no pueda verlo, tengo su imagen grabada en las retinas.

—Primero, el pago.

No suelto ningún tipo de queja; simplemente asiento.

—Está bien. Dime qué tengo que hacer.

—Esa es la mejor parte. No tienes que hacer absolutamente nada.

De nuevo, esa sonrisa bella y cruel.

—Sentirás la pérdida, pero no será doloroso —me asegura—. ¿Estás lista?

—¿Y después le devolverás la vida a Faera?

Sé que sueno como una niña pequeña, asustada y perdida.

—Así es. Una vez tenga tu alma conmigo, le devolveré la vida.

No puedo evitar que mi cuerpo se tense. Una parte de mí espera sentir dolor de un momento a otro; la otra teme confiar ciegamente en ella. No hay cosa más mortífera que la esperanza. Pese a ello, no me queda otra que creer que sus palabras son ciertas.

Cierro los puños preparándome mentalmente para lo que sea que venga. La ausencia de gente del pueblo y de ruido me hace plantearme si realmente seguimos aquí o si, en realidad, hemos sido trasladadas a otro lugar. No obstante, mire donde mire, todo me es conocido. Es el pueblo en el que he pasado semanas vagando, intentando en vano integrarme para luego ser traicionada. Solo permito que, durante unos segundos, el paradero de la mujer y del leñador asalte mi mente, aunque rápidamente los dejo atrás, concentrada en lo que tengo ahora por delante.

Los ojos verdes de Lilith brillan tanto como los jades. Extiende los dedos al frente y los mueve como un amante llamando a su amado. No hay palabras, chispas de colores que revelen la magia ni nada que cambie a nuestro alrededor y delate lo que está sucediendo. Tal y como dijo, siento la pérdida. Es como si alguien estuviese arrancando algo que está bien adherido a mí. No es doloroso, sino incómodo. De mis labios escapa un sonido de sorpresa, parecido a aquel que haces cuando metes el pie en el agua fría. Inconscientemente, me llevo las manos al pecho, como si el gesto fuese a detener esta sensación extraña. Entreabro los labios dejando que el aire salga en un siseo y entonces lo veo. Una pequeña bruma de color gris sale directamente de mi boca y viaja hasta Liltih. Sonríe satisfecha dejando que se cuele por los orificios de su nariz. Su pecho se infla, la piel le resplandece y sus labios adquieren un tono más rosado. Parece que mi alma, de alguna forma, le ha insuflado vida.

—¿Ya está hecho?

A pesar de todo, sueno exhausta. Esperaba sentirme distinta, tal vez más ligera. Sin embargo, todo parece seguir igual. No me siento diferente.

—Así es.

—Ahora cumple tu parte del trato.

Si mi exigencia le sorprende, no hace por aparentarlo.

—Debo advertirte de algo —dice, de forma pausada—. A partir de su primer aliento, su condición será humana.

—Lo sé.

—Tú no lo eres. —Al ver que no sigo su línea de pensamiento, prosigue—: Si la llevas contigo, la seguirás poniendo en peligro. Los humanos no pertenecen al mundo de lo sobrenatural. Su creador los condenó a ser criaturas débiles, destinadas a servir y alimentar a los poderosos.

Me guardo mis comentarios. Tal vez debería recordarle lo que esos humanos, a los que llama débiles, han hecho conmigo no hace mucho. No hace falta; ella parece leerme el pensamiento.

—Tu hija es tu punto débil, como lo es cualquier hijo para una madre. Por eso, lo mejor para ambas es que no estéis juntas. Debes dejarla vivir una vida normal, humana, lejos de ti y de todo lo que te rodea. Y tú tienes que centrarte en lo que ahora se te ha concedido. Ya no eres una banshee que juega con plantas; puedes ser poderosa, Evanora.

—Yo no quiero ser poderosa.

—Todas las mujeres acaban queriendo serlo en algún momento. Dime, ¿no lo deseaste cuando te tenían retenida en contra de tu voluntad?

—Nada de eso habría ocurrido si tus hijos no fuesen unos monstruos.

—Existen criaturas bondadosas y otras que son crueles. Puede que mis hijos caigan en la segunda categoría, pero aquí estoy, dándote las herramientas para que no te sientas indefensa de nuevo.

—¿Por qué?

—Sigo siendo una mujer esclava de un hombre. ¿No es ese suficiente motivo para querer ayudar a otra mujer?

He escuchado la historia de Lilith de los labios de Naja varias veces, casi como un cuento antes de dormir. Un poco retorcido, lo sé. La mujer que tengo enfrente se negó a ser menos que el hombre y, como castigo, fue expulsada del paraíso. Y no solo eso, sino que aquel al que los humanos llaman Dios negoció con el ángel caído Lucifer para que Lilith no encontrara la paz jamás y fuese arrastrada a los Fosos, donde arderá por toda la eternidad. Las marcas que decoran sus muñecas y tobillos prueban la verdad de la historia. No es un cuento para niños ni una leyenda, es una realidad.

En su boca se dibuja una sonrisa triste.

—¿Qué será entonces, banshee? ¿Vivirás con tu hija, a pesar de los riesgos, o elegirás el poder?

Clava su mirada en mí y se produce una conversación silenciosa. No hace falta que responda para que sepa mi respuesta. No lo hago por el poder; todo lo hago creyendo que será lo mejor para Faera. Si tenerme a su lado no es seguro, me marcharé. Porque su vida nunca será algo con lo que juegue. Asiente, de acuerdo conmigo, y comienza a murmurar palabras que se filtran en mi entendimiento. Es como si llevara toda la vida hablando ese idioma, cuando la realidad es que, hasta hace un rato, hubiese sido incomprensible para mí. La sábana sigue ocultando su cuerpo, inmóvil al principio, pero que en cuestión de minutos la sacuden unas manos que piden ser liberadas. Un sollozo mezclado con una risa de alivio escala por mi garganta y corro hasta arrebatar a mi hija de sus brazos. No puedo creer lo que ven mis ojos.

Su pelo blanco vuelve a cubrirle la cabecita, sus mejillas recuperan el color y no hay ni una sola marca del fuego en su piel. Esas partes que habían alimentado a las llamas parecen no haber desaparecido jamás. Cuento los dedos de sus manos, comprobando que están todos y que no le duele absolutamente nada. De hecho, deja salir un gorgoteo infantil que mi corazón siente como el mayor regalo del universo. La estrecho contra mi cuerpo, sintiendo el golpeteo de su corazón contra mi pecho y su reconfortante calidez. Nunca llegó a manifestar deseos de sangre humana, lo que me hizo pensar que era más banshee que vampiro, pero siempre hubo una carencia significativa de calor. Ahora es completamente cálida. Humana.

Levanto el rostro hasta mirar a Lilith.

Sonrío, esta vez de verdad.

—Gracias.

—No me las des; has pagado el precio. No ha sido un acto generoso. —Mira a la pequeña—. El amor siempre se paga caro, ¿no es así? Disfruta de ella, pero no olvides lo que hemos hablado.

No desaparece desvaneciéndose en el aire, sino que camina por las calles del pueblo, encargándose de mirar fijamente a cada ventana con una sonrisa de oreja a oreja. Es una mujer desafiante, eso sin duda. Mucho después de que su cabellera rojiza haya desaparecido de mi campo visual, sus palabras siguen resonando en mi cabeza.

No me despido de la señora Sophie ni del leñador. Robo un vestido que cuelga de las cuerdas de la colada y con los pies descalzos, me adentro una vez más en el bosque. Esta vez no tengo miedo porque el mayor horror lo viví hace unas horas. Con Faera en mis brazos, camino por la vegetación sin poder evitar mirar su rostro cada pocos segundos. Cuando me regala un vistazo de sus ojos veo que son de un color normal, parecido al mío, con la única anomalía de un pequeño lunar del color de la sangre en uno de sus iris.

La sonrisa no muere en mi rostro, aunque por dentro la tristeza ante lo que deberé hacer me está ahogando.

Paso toda la noche caminando y solo salgo del bosque cuando un matrimonio de ancianos aparece con un pequeño carromato. Se ofrecen a llevarme hasta su siguiente destino. Los dos quedan maravillados por la belleza de la pequeña y me repiten una y otra vez lo afortunada que soy. Ninguno me juzga por ser una madre soltera. No hace falta que se lo diga para que lo sepan. Estoy harapienta, desnutrida y vagando con un bebé en brazos.

Es evidente que el matrimonio no está demasiado feliz de dejarme a mi suerte una vez llegamos al pueblo en el que viven. Les aseguro repetidas veces que estoy bien, que me detendré en el siguiente pueblo al que llegue caminando. Pero no es así. Sigo alejándome, pasando pueblos y maltratando mis pies hasta que finalmente uno de ellos llama mi atención. Es un poblado pequeño y acogedor; las personas con las que me cruzo sonríen como si me conociesen.

Paso todo el día merodeando y nadie parece perturbado por mi presencia; al contrario, me sonríen, como una invitación a quedarme un poco más. Me oculto antes de que se haga de noche en los bosques que bordean el lugar. Arrullo a Faera en las sábanas y la coloco en una cesta que he robado en un descuido de su dueña. Me muerdo los labios intentando que las lágrimas no salgan, pero es en vano. Las siento bajar por mis mejillas y precipitarse por mi barbilla.

—No te esperaba, Faera, pero me alegro de que llegaras. Me has dado a conocer un amor puro que no creía que pudiese llegar a sentir después de que mamá desapareciera. Es una pena que nunca vayas a conocerla, pero estoy segura de que te hubiese querido. Hubieses sido su niña mimada. También la mía. Pero Lilith tiene razón; estarás mejor sin mí. Vivirás a salvo, y eso es todo lo que quiero para ti. Que vivas a salvo y feliz. Espero que encuentres algo en la vida que te dé la misma felicidad que yo he sentido este poco tiempo contigo. Que conozcas el amor en su forma más pura. Que envejezcas rodeada de gente que te quiera y que, cuando exhales tu último aliento, no haya ningún arrepentimiento en tu corazón. Te quiero, Faera. Ojalá lo supieras. Ojalá no me olvides.

Le doy un beso en la frente y, esa misma noche, la dejo frente a la puerta de una familia. Me marcho evitando mirar atrás, poniendo un pie delante del otro y dejando que los sollozos escalen por mi garganta. Esa noche supe que nunca volvería a ser la misma chica que se fue del campamento.

Regresaría alguien que siempre se sentiría vacía.

Nunca volvería a estar completa.

PARTE II
LA HIJA DE LILITH

18

𝔈𝔳𝔞𝔫𝔬𝔯𝔞

El mejor consejo que podría dar es: nunca te acuestes con un vampiro que está obsesionado contigo. De verdad, no sabes el lío en el que te estás metiendo. Son criaturas con todo el tiempo del mundo; no dudarán en perseguirte y acecharte durante horas, hasta que, en un momento de debilidad, caigas en sus redes.

Por desgracia, me ha pasado varias veces.

La primera fue en ese bosque, y después le han seguido otras más. Quiero pensar que tenía las defensas bajas o que el peligro de una muerte inminente me llevó a tomar decisiones impulsivas. Han pasado demasiadas cosas en el último año; entre ellas, una guerra política entre vampiros y metamorfos —que se creían prácticamente extintos—, en la que, por desgracia, me vi implicada. Me encantaría decir que me involucré por mis amigos, pero estaría mintiendo. Algo en mi interior me impedía mirar a otro lado y huir cuando ese maldito vampiro estaba arriesgando su vida. En todos los años que han pasado desde los sucesos que marcaron mi rostro para siempre, raras han sido las ocasiones en que he utilizado el grito, incluso cuando la muerte se paseaba cerca de mí e intentaba doblar mi voluntad de no gritar. Sin embargo, en dos ocasiones me he visto en la necesidad de hacerlo frente a él. Una de ellas, para salvarle la vida.

No quiero pensar en el significado de eso.

Es lo que llevo meses y meses haciendo. Huyendo de mi propia cabeza cuando esta comienza a hacer preguntas a las que no quiero buscar respuesta.

—¿Otra vez con la cabeza en las nubes?

La voz de Naja me sobresalta sacándome de mis ensoñaciones. Volví hace tiempo al campamento como un intento de reconectar con la vieja yo, tal vez de desintoxicarme un poco de la atracción que se ha despertado sin ningún tipo de lógica hacia Drystan. Cada una de sus caricias se siente como una traición a la muchacha que fui, esa que juró jamás volver a ser la presa de un vampiro, la que los desprecia con todo su ser.

No obstante, no solo sus caricias me atormentan a cada segundo del día; también lo hacen sus palabras. La determinación que mostró en querer ayudarme cueste lo que cueste me conmovió. Ni siquiera yo he tenido el coraje de hacer aquello que él sugirió. Bajar hasta los Fosos es arriesgado. Podríamos no volver o, en caso de hacerlo, las secuelas podrían ser irreversibles. Aun así, él no mostró reservas en ofrecerse a acompañarme o incluso ir solo si creía que era demasiado para mí. Cada vez que lo recuerdo siento malditos insectos revoloteando en mi estómago.

Bebo un vaso de agua con la esperanza de ahogarlos y entonces me digno a mirar a la bruja.

—Perdona, ¿qué decías?

—Te estaba preguntando si has vuelto a tener esos sueños extraños de los que me hablaste hace poco.

A veces dudo de que se traten solo de sueños. Parecen encuentros reales con Lilith. *Muy reales.* En cada una de las conversaciones que tenemos me incita a aumentar mi poder, me recuerda una y otra vez que no estoy cumpliendo íntegramente con nuestro trato. Sí, me alejé de Faera para que pudiese vivir una vida normal, pero nunca me centré en mí, en mis poderes, en convertirme en una verdadera amenaza. Soy capaz de defenderme si es necesario; sin embargo, nunca he sentido esa hambre de poder de la que ella me hablaba. Tal vez mi hambruna sea de otras cosas.

—No, no he vuelto a tenerlos —miento.

No sé bien por qué lo hago, pero mi subconsciente me lo pide.

—¿Y ese vampiro? ¿Te sigue molestando?

Sin necesidad de mirarme, sé que el color rojo ha teñido mis mejillas. Aj, cómo lo odio. No debería permitir que tenga este efecto en mí.

—¿Por qué preguntas si ya sabes la respuesta, Naja?

Se encoge de hombros, aunque no es capaz de ocultar la pequeña sonrisa en sus labios. Consigue enervarme un poco.

Como si la mera mención de su nombre sirviese de invocación, el campamento se tambalea, anunciando la presencia de alguien indeseado en el perímetro, y sé sin lugar a dudas que se trata de él. Las barreras que bordean nuestro territorio no han vuelto a verse afectadas desde el último incidente. Nos costó vidas; perdimos a muchas hermanas. Fue una masacre, y algunas de las pérdidas todavía me persiguen por la noche. Cargo con un sentimiento de culpa del que me han dicho en repetidas ocasiones que debo deshacerme. Sin embargo, sé que mi implicación con los vampiros nos ha convertido en un blanco, y la pérdida de Blyanna tal vez se podría haber evitado si hubiese sido más fuerte, más poderosa, menos cobarde. A veces me cuesta mirar el rostro de su madre, mi amiga, sin apartar la mirada al segundo. Si Sierra se da cuenta de mis sentimientos, nunca lo menciona. Supongo que está demasiado ocupada lidiando con los suyos.

—Será mejor que vayas antes de que ese vampirito tuyo intente alguna tontería.

—No es nada mío.

—¿Él lo sabe?

Arquea una ceja, pero deja el tema ahí.

Me marcho, recorriendo el campamento, que con el paso del tiempo ha vuelto a ser tal y como lo recordaba, a pesar de que hay ausencias que se sienten. Las niñas vuelven a corretear libremente, bordean el pozo jugando al pillapilla y sus risas resuenan por todo lo alto. Una pequeña sonrisa curva mis labios y se queda tallada en ellos el resto del camino. Conforme me aproximo a la linde, el aire cambia. Una tensión eléctrica, como la que se siente antes de una tormenta, lo invade todo. Sé que no tiene nada que ver con el clima, sino con aquello que dejé germinar en el bosque esa noche en la que me rendí a las caricias del vampiro.

No tardo en ver su figura. Va completamente vestido de negro; es imposible no verlo. Tiene los brazos cruzados detrás de la espalda y esa sonrisilla canalla que me saca de quicio en la cara. Me ve aproximarme a él con cierta satisfacción brillando en su mirada ónice. Drystan sabía que vendría. Por desgracia, yo también.

Intento que nada delate el ligero nerviosismo que me produce mirarlo. No entiendo este comportamiento propio de una adolescente. Me ha visto desnuda; su presencia debería darme igual a estas alturas. No obstante, tengo ganas de vomitar cada vez que lo miro.

No son náuseas.

Bueno, mi conciencia y yo discrepamos bastante.

—¿Qué haces aquí, Drystan?

—¿No puedo venir a verte porque me apetece?

Me cruzo de brazos y pongo mi expresión más imperturbable. Durante unos minutos se dedica solo a mirarme, buscando alguna fisura en mi postura para hacer que la línea firme de mis labios se rompa en una carcajada o en el amago de una sonrisa. Le he visto hacerlo decenas de veces. Es increíble cómo puede parecer una persona lógica y seria con los demás y, conmigo, siempre se deshace en bromas o gestos que buscan divertirme, a pesar de que le he mostrado cientos de veces que no quiero que lo haga.

No quiero ser su amiga, mucho menos su amante.

Porque te da miedo perder eso también, ¿no es así?

Cállate.

—¿Solo has venido por eso? —pregunto al fin—. Porque si es así, ya puedes marcharte.

—¿No vas a invitarme a entrar?

—Nada de vampiros, ¿recuerdas?

—Oh, sí, las nuevas normas no tan nuevas.

Nunca nos hemos sentido bien recibiendo a extraños; mucho menos, a aquellos de rostros pálidos. Nuestra estrecha relación con la muerte nos hace muy sensibles a su presencia. También creo que se debe a la lealtad que sienten estas mujeres que me han visto crecer. Saben lo que los vampiros hicieron conmigo y no permitirán que perturben nuestro lugar sagrado. Los dejamos entrar no hace tanto, y las consecuencias fueron fatídicas. Tal vez la culpa no sea completamente de ellos, pero, una vez más, hemos comprobado que estamos más seguras siendo solo nosotras, escondidas del mundo tras nuestras barreras.

—Sé lo que estás haciendo —dice, interrumpiendo mis pensamientos.

—No sé a qué te refieres.

Su rostro me demuestra que no me cree.

—Te estás escondiendo. ¿De qué? No lo sé a ciencia cierta, pero tengo mis teorías.

—Deja de intentar meterte en mi mente.

—Lo haré cuando tú dejes de huir como una cobarde.

Sabe qué palabras decir y qué botones pulsar para obtener reacciones viscerales de mí. De hecho, consigue que ponga un pie fuera de las barreras. Nadie puede verlas; son invisibles para el ojo, pero físicamente siento un cosquilleo por todo el cuerpo en el momento en que una parte de mí queda fuera de la seguridad que estas nos brindan.

—Si no vienes al castillo por ti, hazlo por Sierra. Pregunta por ti. Le gustaría que asistieras al cumpleaños de Elowen.

Sierra, a pesar de oponer bastante resistencia al principio, ha acabado sucumbiendo a su pasión por el vampiro. Tal vez debería decir *amor*. Pese a que Viktor Vitalle es la criatura más cruel y fría que he conocido en mi vida, es imposible negar que ama a mi amiga. Lo he visto arriesgarlo todo por ella, alisar sus bordes afilados para que se acoplen mejor a los de Sierra, y el afecto que se refleja en sus ojos cada vez que la mira a ella o a la hija fruto de su amor es imposible de ignorar.

El primer cumpleaños de Elowen. También habría sido el primero de Blyanna, si no hubiese sido víctima de una guerra que se cobró vidas inocentes de forma indiscriminada. Todavía resuena en mis oídos el grito desgarrado que salió de la garganta de Sierra, y en mis retinas está grabada la imagen del vampiro más poderoso de Drystia rompiéndose en pequeños pedazos que, por un momento, pensé que jamás volverían a unirse. No dudo que algunos de esos trocitos se perdieron y nunca volverán a conformar a las personas que una vez fueron. Todos aprendemos a vivir sin las partes que perdemos por este camino al que llamamos vida. Algunos perdemos más que otros; no obstante, nadie acaba este viaje completo. La pérdida nos alcanza a todos en algún momento.

—¿Cómo está?

—Lo sabrías si no te hubieses escabullido en mitad de la noche —replica.

Después de los acontecimientos del bosque, de esa intimidad que desarrollé con Drystan, el mundo no se paró. Los peligros siguieron sucediéndose uno tras otro y, cuando al fin parecía que llegaba la calma, la tormenta se despertó en mi cabeza. Los recuerdos de Faera, ver en el rostro de mi amiga el dolor por la pérdida de un hijo y la culpa por no haber hecho más para evitarlo empezaron a consumirme. La proximidad con Drystan tampoco era lo más saludable en ese momento. Su obsesión empezaba a parecerse al amor, y eso era algo para lo que no estaba preparada.

A veces dudo que vaya a estarlo alguna vez. Al menos para el amor romántico, porque la amistad la conozco, y la presencia de Drystan aquí me ha recordado que la he dejado de lado.

—Iré —afirmo—. Por ella.

—Lo sé.

Me ve retroceder de nuevo a la seguridad del campamento. No añade nada mientras me alejo. Sabe que no tardaré en volver. Esa es una de las cosas que me da rabia. El hecho de que parezca conocerme tan bien cuando yo no sé nada de él.

Tampoco te has molestado en hacerlo.

Porque no tiene sentido.

En una bolsa meto un par de cosas que creo que necesitaré y deshago, una vez más, mis pasos. No me despido de nadie; estoy segura de que, a estas alturas, todas conocen el único lugar al que iría fuera de aquí. Antes de que Sierra pusiera un pie dentro por primera vez, habían pasado varias décadas sin que saliera del campamento. Llámalo trauma o, tal vez, prudencia.

Traspaso las barreras con la mirada del vampiro firmemente puesta en mí.

—¿Lista para el viaje de vuelta?

—¿Contigo? Jamás.

No pide permiso ni me pregunta si me parece bien. Pasa un brazo por debajo de mis rodillas y otro tras mi espalda, y me alza en volandas. Por puro reflejo, mis brazos acaban envueltos en su cuello y, por mucho que mis ojos pretendan fulminar su rostro, este no prende en llamas. Me deja solo unos segundos para colocarme antes de emprender la marcha con esa velocidad que solo puede ser producto de algo diabólico.

Cruzamos el Bosque Torcido, aquel que nos sirve, una vez más, como barrera. Nadie quiere hacer frente a las horribles criaturas que viven en él. Tampoco a su veneno, que te necrosa lentamente. Sin embargo, en esta ocasión no tendré que preocuparme demasiado de encontrarme con alguno de ellos. La velocidad de Drystan no deja ocasión a que eso ocurra. El bosque es simplemente una mancha de color marrón pasando a nuestro lado. El resto de los sonidos queda amortiguado por el rugido del aire al ser cortado por nosotros dos. Su agarre se hace más fuerte alrededor de mi cuerpo y no puedo evitar enterrar el rostro en su pecho con la esperanza de resguardarme del viento que hace que mis ojos lloren. Sé que con ese pequeño gesto me ha ganado de vuelta su atención. No tiene explicación lógica, pero siento sus ojos sobre mí sin necesidad de comprobarlo.

Hacemos en horas el trayecto que para un humano requeriría días. Unas horas que se me hacen dolorosamente largas. Baja el ritmo lentamente según nos aproximamos al castillo Vitalle, lugar que mi amiga ha convertido en su hogar.

Parece sentirnos llegar, puesto que, en cuanto Drystan me deja en el suelo, las imperiosas puertas dobles se abren de par en par y un torbellino de pelo negro sale corriendo a mi encuentro. Solo tengo el tiempo justo para decir su nombre antes de verme envuelta en su abrazo. Tiene algo de calor corporal, aunque no el mismo de un humano. Todo eso es cosa del pasado. Su nueva condición, al ser la hija de Lilith y del dios Atarothz —el que juzga las almas—, la convierte en una anomalía, en alguien sumamente especial, única en su especie.

—¡Has venido!

—No me lo perdería por nada en el mundo.

Al pasar por mi lado, veo cómo Drystan pone los ojos en blanco. Se reúne con su mejor amigo en lo alto de las escaleras donde este sostiene a una niña de pelo negro y ojos azules como el océano. Es un calco exacto de su padre, no solo por sus atributos físicos, sino por el aura que desprende. Es como si supiese que en sus venas corre la sangre de una familia poderosa. Cuando Sierra me libera del abrazo, voy hasta ellos y, aunque esperaba algún tipo de resistencia por parte de Viktor, me deja cargar a su hija en brazos sin problemas.

—¡Cómo has crecido en estos meses, mujercita!

Sonríe, mostrándome sus pequeños colmillos, a pesar de no entender nada de lo que digo.

Con ella en brazos, sigo al resto al interior del castillo. Todo está tal y como lo recuerdo. El recibidor, si es que a algo de este tamaño se le puede llamar así, tiene techos altísimos, unas escaleras imperiales recubiertas por una alfombra de color rojo y un gran rosetón por el que la luz se filtra en un arcoíris de colores. Hay algunos bustos repartidos por aquí y por allá, pero no les presto demasiada atención en nuestro recorrido hasta una salita que es mucho más acogedora que el frío y lujoso recibidor. Al menos aquí parece que alguien hace vida.

Hay un par de juguetes tirados sobre la alfombra próxima al fuego, dos sillones a ambos lados en los que puedo imaginarme a Sierra leyendo alguno de sus libros mientras Viktor se dedica a consumirla con la mirada. Las cortinas están corridas, dejando que sea solo la luz de las llamas la que ilumine la estancia. Hay una bandeja en una pequeña mesita con tazas humeantes de lo que parece ser té.

—¿Cómo has estado estos meses? —pregunta Sierra, tomando asiento junto al fuego.

Me siento con la pequeña en mi regazo.

—Bien, había muchas cosas que hacer en el campamento.

No profundizo, y ella tampoco pide más detalles. Sin embargo, por el rabillo del ojo veo la expresión seria de Drystan. En sus ojos creo ver reproche.

Lo sabe. Sabe que huiste de aquí por la culpa y el miedo que tienes a sentir algo por él.

Si hubiese sido más valiente, más poderosa, tal vez podría haber hecho más cuando los metamorfos atacaron el campamento y se cobraron la vida de la pequeña Blyanna, la gemela de Elowen, quien juguetea en mi regazo completamente ajena a todo.

—La próxima vez agradeceríamos una nota de despedida —añade Viktor, apoyado contra la chimenea—. Preocupaste mucho a Sierra.

No me extraña que ese sea el único motivo por el que mi marcha le causó malestar. Digamos que nuestra relación se limita a la cordialidad. No obstante, cuando dice esas palabras, no es a Sierra a quien mira, sino a su mejor amigo. Mi amiga, al notar que el ambiente está a punto de enrarecerse, procede a llenar el silencio con preguntas.

—¿Cuánto te quedarás? Ya sabes que puedes quedarte todo el tiempo que quieras; el castillo es lo suficientemente grande para una persona más.

Escruto su rostro en busca de algo que delate que miente y que, en realidad, dice todo esto por educación. Sin embargo, su sonrisa parece sincera. No me pasan inadvertidos los pequeños surcos violetas debajo de sus ojos. Me pregunto qué es lo que no la deja dormir. Un pinchazo de culpa me atraviesa el pecho. Lo sabría si hubiese estado aquí.

—No lo sé —respondo con la garganta seca.

—¿Has traído algún vestido? —Arqueo una ceja con aire divertido—. Vaya pregunta la mía. Claro que no has traído ningún vestido. No pasa nada, en tu habitación hay ropa preparada para ti.

—¿Cuáles son los planes para el cumpleaños?

—Haremos una pequeña celebración íntima.

—¿Aquí?

—No. —Niega con la cabeza—. Ya sabes que a Viktor no le gusta tener a tanta gente en casa.

Llamar casa a este castillo es un insulto.

—Perdóname por no querer a gente ensuciándolo todo y utilizando cada pequeño rincón para darse el lote —replica el aludido.

—¿Lo dices porque eso es lo que haces tú cuando acudes a las fiestas de los demás? —bromea Drystan.

El tono rosado en las mejillas de mi amiga es respuesta suficiente. Mis ojos chocan por un segundo con los del vampiro y creo que ambos comenzamos a recordar escenas que me incomoda revivir con un bebé en mi regazo.

—Entonces, ¿dónde tendrá lugar la celebración?

—En la villa de Ciro —responde Viktor, no muy contento.

—¿Ciro?

—Sí, se ofreció a organizarla. —Mi amiga se encoge de hombros—. No tienes derecho a quejarte. Eres tú el que se niega a celebrar fiestas aquí.

Entre la pareja tiene lugar un intercambio de quejas que realmente nadie se toma en serio. A estas alturas, todo el mundo sabe que a estos dos les encanta pelear por el simple placer de hacerlo.

—Creo que discutir los excita —susurra Drystan en mi oído.

Pego un respingo. No esperaba para nada tenerlo tan cerca. Elowen levanta la cabeza y nos observa con interés. Finjo una sonrisa, como si la pequeña me hubiese pillado haciendo algo malo. Sí, lo sé, es ridículo.

—¿Cómo puedes vivir con ellos todo el tiempo? —murmuro, rezando para que no me escuchen.

—Duermo en el ala más lejana a ellos. Supongo que eso ayuda.

166

—Tiene sentido.

—Anda, ven, te llevo hasta tu habitación. Seguro que quieres descansar, y está claro que estos van a estar así un buen rato. —Extiende los brazos hacia mí—. ¿Te vienes con el tío Drys, Elowen?

No creo que la niña entienda realmente lo que dice, pero es imposible negar su entusiasmo. Empieza a moverse inquieta en mi regazo y no se tranquiliza hasta que está en los brazos del vampiro de ojos negros. Dejo que me guíe hasta mi habitación como si no supiese ya dónde se encuentra. Por suerte, yo tampoco comparto ala con la pareja. Al quedar frente a las puertas de mis aposentos, guardamos silencio. No me atrevo a mirarlo, y él parece concederme un respiro no haciéndolo.

—Todo está tal y como lo dejaste.

Asiento en silencio. Agarro el pomo de la puerta y doy un paso al frente. No miente al decir que sigue igual. Todo está tal y como la última vez. Posiblemente más de lo que me gustaría. La cama está sin hacer, con las sábanas enredadas, y estoy segura de que, si me acerco y las huelo, todavía olerán a él y a sexo. Aprieto los puños e inflo las mejillas para contener el gruñido rabioso que sube por mi garganta.

Al darme media vuelta para soltar una retahíla de cosas, descubro que estoy sola.

El muy cobarde ha desaparecido con la niña. Muy bonito. Sé que esta es otra de sus estrategias para hacerme caer rendida a sus pies. Cree que ver las pruebas de lo que hice aquí —y no solo en esta habitación— despertará algo en mí que me haga darle lo que quiere. Busca una confesión por mi parte, y nunca la obtendrá. Porque nunca lo querré.

Me acerco a la cama y arranco las sábanas de un tirón.

Ojalá fuese tan fácil arrancar los recuerdos de mi mente, sus caricias, el calor de sus brazos cada vez que he sentido que me volvía a romper. Ojalá.

Pero parece que no se puede olvidar tan fácilmente a alguien que te devolvió las ganas de gritar en vez de callar; a aquel que te devolvió una parte de ti que creías perdida.

19

Evanora

Todo está en silencio.

La muerte tiene las manos alrededor de nuestros cuellos; nos recuerda, una y otra vez, que está dispuesta a arrebatarnos algo más. Si es que todavía nos queda algo que perder. Hace tan solo unos días tuve que enterrar a varias de mis hermanas. Si cierro los ojos, veo sus cuerpos inertes acumulándose unos sobre otros, la sangre bañando el suelo, el olor metálico asfixiando mis sentidos. La guerra que vino después fue igual de brutal y fue la que terminó de romperme, de sumergirme en un estado de alerta del que aún soy incapaz de salir. No puedo evitar preguntarme cómo, una vez más, mi amante celosa, la muerte, se ha negado a llevarme con ella y, en cambio, se esfuerza en arrebatarme a todos los que están a mi alrededor. Una punzada me roba el aliento cuando pienso en que casi lo pierdo a él.

En la guerra nunca hay bando vencedor, aunque ahora la historia nos dibuje como tal. Nuestros corazones han perdido hoy. Nos hemos roto y, por mucho que luchemos por volver a juntarnos, nunca será lo mismo. Lo sé.

Ya me rompí una vez.

Me siento junto a la chimenea apagada y me planteo la posibilidad de encenderla, pues el frío se ha metido dentro de mí y me hiela los huesos. Sin embargo, no creo que tenga fuerzas para hacerlo, así que me quedo ahí, en silencio, observando las cenizas. Me pierdo en mi cabeza, reviviendo la batalla, tanto la que libramos en el campamento cuando los metamorfos consiguieron hacer caer nuestras barreras y arrasaron con parte de nosotras, como la que se libró poco después entre ellos y los vampiros. Ambas fueron brutales y dejaron un reguero de cadáveres. No obstante, estoy congelada en un momento concreto. Aquel en el que casi vi morir a Drystan, rodeado de metamorfos dispuestos a hacerlo pedazos.

Grité. Grité hasta hacerme pedazos, porque sabía que ver su cuerpo inerte en el suelo y sus ojos sin vida me rompería todavía más. Maldito sea él por haberme hecho sentir aquello que llevo tanto tiempo negándome. Aquello de lo que huyo cada vez que me da la espalda. Todavía no he sido capaz de hablar con él. Estoy aterrada. Temo que, si lo miro a los ojos, vea en mí la confirmación de lo que ya sé. He caído en sus garras; sus palabras bonitas han conseguido convertirme en una estúpida. Y, en mitad de ese campo de batalla, él se ha dado cuenta.

Estaba destinada a fracasar desde el principio. No hay mujer que pueda luchar contra algo así: el peso de su mirada recayendo en mí cada vez que entro a una habitación; la certeza de que sería el único en sentir mi ausencia si desapareciera; que habla el idioma de mis silencios y se comunica con ellos; que, pese a mis rechazos, no se rinda, sino que estos lo incitan a seguir intentándolo con más fuerza.

Como si valiese la pena.

Como si yo fuese todo lo que importa.

El sonido de unos nudillos golpeando mi puerta me saca de mis pensamientos. Suspiro, preparándome mentalmente para quien sea que me espere al otro lado. Creo que no estoy preparada para enfrentarme a nadie. Suena egoísta, teniendo en cuenta que no soy la única que ha perdido seres queridos.

Ank, la salamandra de fuego, ha dado su vida para proteger a Viktor y Sierra. Blyanna, la pequeña Vitalle nacida de su amor, ha sido otra víctima de la que ninguno de nosotros podrá recuperarse jamás. Era tan pequeña, pura, indefensa, que un acto así se me hace tan atroz como impensable.

Abro la puerta y, de todos los rostros que podía ver, me encuentro frente a frente con el que menos quería. Debajo de sus ojos negros hay dos oscuras ojeras; aun así, se las apaña para ser arrebatadoramente bello.

Frunce el ceño.

—¿Por qué estás llorando?

Me llevo las manos a las mejillas y, efectivamente, puedo tocar algo húmedo en ellas. Parpadeo unas cuantas veces con el objetivo de espantar esas lágrimas silenciosas que ni siquiera sabía que estaba derramando. Drystan no espera a que me haga a un lado para dejarlo pasar; irrumpe en mi habitación como si tuviese todo el derecho a hacerlo. Cierro la puerta a mis espaldas con resignación. Sé que no se marchará hasta que diga o haga lo que sea que ha venido a hacer.

Echa un vistazo al hueco de la chimenea y después a mí. Sé que tengo un aspecto horrible. Chista con la lengua antes de agacharse y ponerse manos a la obra para encender el fuego. Estoy a punto de decirle que no es necesario; sin embargo, algo me dice que seré ignorada, así que me guardo la energía. Estoy segura de que la voy a necesitar pronto.

Me siento en la butaca junto a la chimenea y lo veo trabajar en silencio. Admito que me sorprende que no haya llamado a nadie del servicio y haya preferido hacerlo él mismo. A veces parece tan elegante y estirado que se me olvida que no le importa mancharse sus propias manos.

—¿Estás bien? —pregunta.

No respondo, sino que me limito a mirar a un punto aleatorio sin decir nada. No insiste, solo sigue enfocado en el fuego hasta que consigue prender las llamas. Se queda de cuclillas, observando cómo estas cogen fuerza y dibujan sombras sobre su rostro pálido. O, al menos, eso hace hasta que se cansa de este intenso silencio y me agarra de la mano con fuerza. Tanta que, por un momento, creo que va a romperme los dedos.

—Estás congelada.

No se hace una idea de hasta qué punto esa afirmación es cierta. Hace además de calentar mis manos soplando sobre ellas para hacerme entrar en calor y me mira por debajo de las pestañas. Ahí está otra vez, intentando hacer aquello por lo que lo odio: leerme, entenderme.

—No quieres hablar —afirma, y asiente para sí—. Está bien. Seré yo quien hable. Ya sabes cuánto me gusta escucharme a mí mismo.

Aunque intente engañarnos a ambos con su sentido del humor, sé que ninguno encuentra nada de esto divertido.

—Me has salvado. ¿Por qué, Evanora? ¿No es eso lo que quieres? ¿Que desaparezca? —Busca en mi mirada una respuesta—. Porque te aseguro que la única forma de que muera mi interés por ti sería matándome a mí mismo.

Arrugo el rostro con desagrado.

—Tienes que parar, Drystan.

—¿Por qué? ¿Porque si sigo intentando conocerte lo conseguiré y no estás preparada para conocer otra cosa que no sea el odio y el miedo?

Me levanto de la butaca, más que dispuesta a cruzar la puerta de la habitación y desaparecer en cualquier rincón de este castillo. No, mejor, huiría al bosque. Correría con la esperanza de que esta vez no fuese detrás de mí. Volver ahora al campamento no es una opción; hay demasiada muerte allí. Soy una criatura cruel y no puedo hacer frente a tanto horror, a pesar de que mis otras hermanas siguen allí, lidiando con lo que deja a su paso la guerra.

Supongo que no soy mejor que aquellos que me hicieron daño.

Toda idea queda frenada en seco cuando su mano agarra con firmeza mi muñeca y me obliga a detenerme. Si quisiera seguir avanzando para evitar esta conversación, estoy segura de que no me lo permitiría. Puedo sentir la determinación saliendo de cada uno de sus poros.

—Hoy no, brujita. Hoy vamos a hablar.

—Siempre hablamos y mi opinión nunca cambia.

—Esta vez sí. Esta vez me has salvado.

—Le estás dando demasiada importancia a algo que no la tiene.

—¿Si no importa, por qué no me miras a los ojos?

Sabe lo que tiene que decir, sabe dónde están mis puntos débiles.

Desvío la atención de la puerta de mi habitación y me enfoco en él. Todavía está en el suelo, prácticamente tirado a mis pies y, aun así, no me siento la poderosa de esta habitación. Estoy lejos de ser la que gane esta noche, porque algo me dice que hoy me voy a quedar más desnuda que nunca y no recuerdo ni una sola vez en que ser vulnerable haya acabado bien. Si me quito la armadura, solo seré piel y huesos, unos huesos que no necesitarán de mucho de él para convertirse en polvo.

—¿Y bien? —pregunto, fingiendo arrogancia—. Ya te estoy mirando. ¿Cambia eso algo?

—Mucho. No te haces una idea de cuánto me dicen tus ojos. Ahora dime, ¿por qué me has salvado si tanto te molesta que te persiga?

Aprieto los labios en una línea firme y, cuando se hace más que evidente que de mi boca no saldrá una respuesta, sonríe ligeramente y chista.

—Qué mal se te da eso de la comunicación, brujita. Menos mal que yo puedo hablar suficiente por los dos.

Sin previo aviso, tira de mí y me obliga a reunirme con él en el suelo. Quedo de rodillas frente a él. Las llamas calientan un lado de mi perfil y las veo reflejarse en su mirada. No rompe el silencio de inmediato; estudia mis rasgos con la misma intensidad que yo. No lo diré en voz alta, pero mis ojos lo recorren palmo a palmo, buscando cualquier señal que delate que nada de esto es real, que en realidad estoy soñando y su cuerpo descansa en el suelo, mucho más frío que ahora y con unos ojos lechosos que ya nunca me mirarán con picardía.

—Sé lo que estás haciendo.

—Te estoy mirando —respondo, cortante.

—Sí, me estás mirando como si fuese a desaparecer.

—Ojalá.

Me pellizca la mejilla.

—Mentirosa. —Pasea el pulgar justo ahí donde me ha pellizcado—. ¿Cómo estás?

—Bien.

Niega con la cabeza.

—Ahora, la respuesta de verdad.

—¿Qué es lo que quieres que te diga?

Forcejeo para soltarme; sin embargo, no me deja. Sus dedos tienen un control férreo sobre mi muñeca sin llegar a hacerme daño. Aprieto los dientes e intento ahogar un sonido de rabia, aunque no tengo demasiado éxito al disimularlo.

—Me has abierto la puerta llorando, Evanora. Sé que no estás bien.

—¿Y qué diferencia hay si lo digo en voz alta?

—Mucha. Tienes que dejar de pensar que, si ocultas tu tristeza, eso la hará menos real. Tu tristeza es válida, no incomoda a nadie. A mí no me incomoda.

—Qué palabras tan dulces para venir de la boca de un monstruo.

El gesto de su boca se convierte en una sonrisa amplia y, por primera vez desde que ha entrado en la habitación, parece del todo real y sincera.

—Y qué palabras tan duras para salir de una boca tan dulce.

Con el pulgar tira de mi labio inferior, deshaciendo así la apretada línea que he formado con la boca.

—Siento mucho todo lo que has perdido, brujita. Ojalá no os hubieseis visto involucradas en nada de esto. Sé que mis palabras y mi compañía son lo que menos deseas, pero te las ofrezco de todas formas. Y, sobre todo, te ofrezco mi gratitud. Gracias por salvarme la vida.

Sus palabras evocan las imágenes del campo de batalla. Lo veo a él, a los metamorfos rodeándolo poco a poco, amenazando con hacerlo pedazos. Tal vez no hubiese muerto; su condición lo hace casi imposible, pero no estaba dispuesta a dejar eso al azar. El grito subió por mi garganta sin pensarlo y, para cuando quise darme cuenta, la tierra temblaba bajo mis pies. Recuerdo sus brazos rodeando mi cuerpo, palabras de alivio susurradas en mi oído, los vítores de los Diluidos y los Puros tras ganar la batalla, el llanto desconsolado que después dio paso a la alegría de Sierra y el silencio del campamento una vez volvimos y tuvimos que enterrar a los caídos.

Un escalofrío me eriza la piel.

—No tienes que agradecérmelo; ni siquiera sé por qué lo hice.

Su risa retumba contra mi pecho.

—Yo sí. —Me aparta el cabello de un lado y se acerca hasta hacerme cosquillas en el oído—. Te gusto. Mucho más de lo que piensas.

El calor sube de forma inmediata a mis mejillas. Intento rehuir su mirada de cualquier forma, pero todavía me tiene sujeta por las muñecas y evita que escape de él.

—Tú también me gustas mucho, brujita, a pesar de que solo sepas dedicarme palabras crueles. Esperaré, paciente, a que te des cuenta de que no está mal que yo te guste. Esperaré hasta que te des la oportunidad de querer y de ser querida. Esperaré hasta que me des la oportunidad.

Libera una de mis muñecas, hunde la mano en mi pelo y, al contrario de lo que creía que haría, me acerca a su pecho. Me abraza con delicadeza; no obstante, noto su fuerza, que parece querer invocar la mía. Escondida en su pecho, dejo que unas lágrimas silenciosas bajen por mis mejillas. No sé bien qué las provoca. Tal vez sean mis hermanas caídas, la caída en picado de todas las emociones acumuladas estos días, sus palabras o la realidad que me atropella y me confirma que tiene razón. Me gusta. Me gusta mucho más de lo que creía posible. Mucho más de lo que es sano para mí.

20

Evanora

Esa noche nuestros cuerpos no se comunicaron; lo hicieron, por primera vez, nuestros corazones. Fue una conversación silenciosa. La primera vez que sentí el miedo real a lo que su afecto por mí podría hacerme. No fue entonces cuando hui. Fue mucho después. Cuando sus manos habían tocado mucho más que mi cuerpo desnudo. Cuando las noches dejaron de ser un momento solitario para pasar a ser nuestro momento, y la habitación, el lugar sagrado donde dejaba de ser esa banshee fría y reservada para pasar a ser solo una mujer que se dejaba desear por un hombre, aunque ese hombre fuese un vampiro.

Durante un tiempo pensé que había dejado atrás el miedo.

No fue así.

Y entonces volví al punto de partida.

21

Drystan

Mantener al servicio alejado de la habitación de Evanora, prohibiéndoles reiteradas veces limpiar ni un solo mueble, ha sido un poco complicado, teniendo en cuenta que nada de esto es mío. Soy la mano derecha y el mejor amigo de Viktor; nada de este castillo me pertenece. Nunca he querido nada para mí, solo conozco lo que es estar a su lado; sin embargo, recientemente he empezado a arrepentirme de mis decisiones del pasado.

Tal vez debería haber utilizado toda la riqueza que me dejaron mis padres para comprar un lugar bonito donde vivir o para evitar que nuestro antiguo hogar se volviese un cementerio de recuerdos y polvo. Solo he estado una vez desde que los perdí y nunca más he regresado. A lo mejor ahora sea un buen momento para hacerlo, para ver si el sitio puede volver a ser lo que un día significó para mí sin que sus fantasmas me persigan.

Un sitio en el que compartir mi vida con Evanora.

Porque, da igual cuánto intente negarlo o luchar, sé que ella también siente esta atracción. Es posible que la palabra *amor* aún no esté en nuestro vocabulario, pero es solo cuestión de tiempo. Ha pasado más de un año, mucho más del que cualquier dama podría decir que ha sido objeto de mi atención, y sé que esto no es el típico encaprichamiento de mi especie. Sé que es real.

Reconozco que lo de conservar las sábanas tal cual las dejé después de despertar en su cama ha sido una jugada un poco sucia. También lo fue despertar solo y darme cuenta de que se había marchado durante la madrugada como una cobarde. Ella sabe que al campamento puedo seguirla, pero no entrar sin que me den permiso. Lo hice, la seguí. Y ella me ignoró durante días, en los que acampé al límite de sus barreras, hasta que Naja, la única bruja que queda en el continente, se acercó a mí. Supongo que fue un acto de empatía. Me dijo que me marchara, que Evanora no vendría a mi encuentro ni abandonaría el campamento, que por tanto tiempo ha sido su hogar.

Me enfadé, pero también sentí pena. Lástima.

Supe lo que estaba haciendo.

Huir.

Porque la idea de querer a alguien y perderlo la aterra. Porque el saber que no se encontrará con ninguno de sus seres queridos cuando abandone este sitio la paraliza. Y yo no voy a permitir que todo eso le impida dejarme estar a su lado.

Sé lo que tengo que hacer.

Y lo haré con o sin ella.

CAPÍTULO 22
Evanora

Los días previos a la celebración en la villa de Ciro han sido extraños. He intentado recuperar el tiempo perdido con mi amiga y su hija. Me ha asegurado que todo está bien, que es feliz. Yo sé que no es del todo cierto. A veces la pillo perdida en sus pensamientos y entiendo perfectamente a dónde va su cabeza cuando permanece en silencio. La mía lleva décadas vagando en esa misma dirección. La única diferencia es que yo vi a mi hija morir y revivir; respiro sabiendo que está a salvo, lejos de mí. En cambio, Sierra la vio morir y desaparecer. El dolor que sentí es el que ella carga en el pecho cada día y no me imagino mayor agonía que esa.

Pese a todo, nada de eso parece nublar este día. Todo el mundo está feliz, celebrando el primer año de vida de Elowen. No voy a negar que me sorprende que esta fiesta, organizada por nada más ni nada menos que Ciro Amery, sea tan apta para todos los públicos. Tanto él como el resto de su especie tienen fama de pasar sus noches de fiesta en un entorno de puros excesos. Sin embargo, esta celebración parece normal; tanto que diría que es un poco mundana. Hay incluso un pastel con una sola vela que dentro de poco apagará la niña con la ayuda de sus padres.

—Vaya, es una sorpresa verte por aquí —dice un hombre con ojos impresionantemente verdes.

Entrecierro los ojos y creo que incluso arrugo un poco la nariz.

—Perdona, ¿nos conocemos?

Finge estar herido, llevándose una mano al pecho.

—Auch, me siento profundamente ofendido. —Sus labios dicen todo lo contrario, pues tiene que hacer un gran esfuerzo por mantenerlos apretados y no reír—. Soy el hermano de Ciro, Abraxas. Creo que nos conocimos en la batalla contra los metamorfos hace un año.

Sí, bueno, intento no pensar mucho en ese acontecimiento de mi vida. Como en tantos otros. Ahora que lo menciona, sí que me suena un poco. Creo que mi amiga me contó lo extraordinario que es su don: puede cambiar de rostro. Recuerdo el secreto que me susurró Sierra. El brillo de su mirada es la clave para saber si estás mirando su verdadera apariencia o si forma parte de su truco. Por lo vívidos que son sus dos orbes verdes, diría que me encuentro frente a frente con el verdadero rostro de Abraxas Amery.

—Encantada de conocerte… otra vez.

Niega con la cabeza.

—Qué va, no estás encantada de conocerme. Más bien pareces estar deseando huir de aquí.

Esbozo una sonrisa de disculpa.

—No es por ti.

—¿No es por ti, es por mí? Qué cliché —dice burlón.

—En este caso es verdad. No me gustan mucho las fiestas.

—Tengo oído que a vosotras, las banshees, os encanta una buena noche baileteando alrededor de la hoguera.

—Supongo que yo soy un poco más aburrida.

—No te dejes engañar, es muy divertida —interrumpe una voz con la que, a estas alturas, estoy muy familiarizada.

Siento el peso de sus manos caer sobre mis hombros y su olor me envuelve en cuestión de segundos, haciendo que me resulte imposible pensar con claridad y, mucho menos, pronunciar un comentario ocurrente. Abraxas mira a Drystan con la diversión baileteando en sus ojos verdes. Inclina la cabeza a modo de saludo.

—Me preguntaba si me concederías el próximo baile.

Nuestra compañía pasa a un segundo plano. Solo existe la mano extendida en mi dirección y el brillo desafiante de sus ojos. Piensa que diré que no. Debería negarme e irme. Lo sé. Sería lo prudente, dadas mis circunstancias, pero nunca he hecho lo sensato cuando se trata de él. Siempre caigo en sus provocaciones. O tal vez la palabra *caer* no sea la adecuada.

—A lo mejor tengo el siguiente baile apalabrado.

—¿Lo tienes?

Arquea una ceja y, cuando hago ademán de mirar a Abraxas, veo que este se ha esfumado. Me reprimo de poner los ojos en blanco y encaro a Drystan de nuevo. Tiene una sonrisa que estira sus comisuras de oreja a oreja. Me cosquillea el puño con las ganas de borrársela de un puñetazo. Sin decir nada, agarro su mano extendida y soy yo quien nos conduce hasta la pista de baile. Hay algunas parejas bailando, entre ellas Aeron, uno de los Puros más poderosos, y Walter, el saciador con el que mantiene una relación romántica desde hace tiempo. Ninguno de los dos parece molestarse cuando nos incorporamos a la pista y la bañamos con nuestra hostilidad.

Drystan coloca una mano en el bajo de mi espalda y me atrae hacia él. Mi vientre roza el suyo, duro por las horas de ejercicio físico. O tal vez la naturaleza lo bendijo con eso también. Mi mano se calienta cuando él la rodea con la suya y comienza a movernos por la sala. Con la que tengo libre, me apoyo en su hombro.

—¿Vas a reconocer al fin que huiste?

—¿Crees que ahora es el momento para esto? Estamos en el cumpleaños de Elowen.

—No creo que a Elowen le importe que discutamos esto ahora mismo.

Aprieto los dientes.

—No hui, simplemente quería un cambio de aires. —Da una vuelta por la pista con tanta fuerza que, por un momento, creo que mis pies se despegarán del suelo—. Además, no pienses que por acostarnos te debo explicaciones. No somos nada, Drys.

—Oh, cómo me gusta cuando me llamas así.

Mi sangre hierve, en parte de enfado y en parte por la sensación extraña que me produce escuchar el pequeño gemido retenido en su garganta.

—No seas ridículo.

—No seas ridícula tú y admite algo por primera vez en tu vida.

De mi garganta escapa un sonido estrangulado que queda a medio camino entre una risa y un gruñido. Permanezco en silencio el resto de la canción; no pienso darle lo que quiere. Giramos sin parar por la pista capturando miradas curiosas a nuestro paso. Realmente no soy capaz de concentrarme en la música, ni siquiera en nuestros movimientos. Me dejo guiar por él, rezando para que llegue el momento en el que me libere y pueda seguir poniendo toda la distancia posible entre los dos. Sin embargo, la canción acaba y otra empieza sin que él se dé por vencido ni me deje marchar. Mis protestas y forcejeos no sirven de nada. Me contiene con su fuerza; nuestras miradas chocan y sé, por la profunda oscuridad de sus ojos, que no va a dejarme ir tan fácilmente. No hasta que haya dicho u obtenido todo lo que ha venido a buscar. Intento evitarlo mirando las decoraciones del gran salón. Hay frescos pintados en las paredes, algunos cubiertos por su contenido explícito. Supongo que su dueño no quería corromper la mirada de una joven niña. Hay jarrones repletos de flores blancas por todas partes, bañando el aire con su aroma y camuflando el olor metálico de la sangre que rellena las copas. Hay algunos sirvientes por la sala llevando comida en bandejas, aunque creo que son pocos los asistentes que se alimentan de algo que no sea líquido carmesí.

—¿Has pensado en lo que te dije hace un tiempo?

—No sé de qué hablas —miento, todavía fingiendo estar concentrada en algo más.

—He hablado con Atarothz. Estaría dispuesto a darnos paso a los Fosos si llegamos a su territorio.

No permito que la sorpresa se refleje en mi rostro, a pesar de que el hecho de que hable en plural me conmueve. No quiero que lo haga, pero lo hace. Se está incluyendo en los planes; está dispuesto a ir conmigo al lugar al que nadie quiere ir para que recupere mi alma. Todo esto cuando no paro de alejarlo y asegurarle que no es nada para mí. Lo trato como si fuese basura pegada a mi zapato y todavía sigue aquí.

Y eso que ni siquiera sabemos si podré recuperar mi alma.

Se está exponiendo al peligro sin saber si merecerá la pena.

Se forma un nudo en mi garganta que tardo un par de segundos en hacer desaparecer antes de hablar.

—Lilith no me la devolverá.

Hablo tan flojito que creo que no me ha escuchado; sin embargo, me demuestra otra vez que estoy equivocada. Se para en seco en mitad de la pista y alza mi mentón con su dedo índice y pulgar.

—Lo hará. No nos marcharemos hasta que lo haga.

—Solo podemos permanecer tres días antes de que el daño a nuestros cuerpos sea irreversible.

—Me sobran dos.

Esta vez no me contengo y pongo los ojos en blanco.

—Toda esa seguridad en ti mismo nos conducirá a la ruina.

Un torbellino de pelo castaño pasa por mi lado y no tengo suficiente tiempo antes de que el eterno fiestero, Ciro Amery, nos rodee a ambos por los hombros.

—Mirad, ¡si es mi pareja favorita!

—No somos pareja —protesto.

—No lo parecía desde donde yo estaba mirando —guiña un ojo.

No digo nada más; me detengo a observarlo. Tiene los ojos más extraños que he visto en mucho tiempo. Son de un color rosado claro y están enmarcados por unas espesas pestañas negras que lo convierten en la envidia de muchas mujeres. Su don es la belleza y es que es imposible no sentirse atraída por él, aunque solo sea un poco. Su presencia te invita a gravitar a su alrededor. Lleva uno de sus clásicos chalecos, pero el pelo despeinado y los primeros botones de la camisa desabrochados le restan seriedad, aunque nunca me ha parecido el vampiro especialmente serio. Lo envuelve siempre un aura juvenil que te hace olvidar los cientos de años que carga a sus espaldas.

—¿Qué quieres, Ciro? —pregunta Drystan.

No hay ni rastro de ese tono divertido que suele usar conmigo. Frente a mí se encuentra la mano derecha de Viktor, impasible y serio. Aprieta los puños con fuerza y me pregunto si, de alguna forma, ha podido escuchar mis pensamientos sobre Ciro y eso ha despertado su lado irascible.

Aprieto los labios para no reír.

—Nada, solo venía a comprobar que mis invitados están disfrutando de la velada. —Se lleva a los labios una copa cargada de un espeso líquido rojo—. ¿No creéis que la joven Elowen está encantadora?

Los dos miramos en la dirección que indica y encontramos a Elowen sonriendo como una loca en los brazos de Viktor. Da pequeñas palmaditas al ver cómo una serie de artistas interpreta varios trucos para sorprenderla. Lleva unos guantes de cuero a juego con los de su padre. Definitivamente, la pequeña aspira a ser el vivo retrato del vampiro.

Al devolver mi atención a Ciro, me parece ver un atisbo de tristeza en su mirada que desaparece tan rápido como un parpadeo. Hay algo diferente en él desde hace un tiempo; nadie sabe el motivo, pero lo rodea una nube de tristeza que intenta que nadie más perciba. A veces se muestra muy cómplice con Sierra y me pregunto si el vampiro estará enamorado de ella.

—Espero no veros con estas caras largas la próxima vez que mire en vuestra dirección. ¡Venga, a bailar! ¡Disfrutad de la noche!

Su tono suena demasiado entusiasmado para ser real, pero ninguno de los dos le pregunta nada. Lo vemos marcharse hacia sus próximas víctimas, que resultan ser Aeron y Walter. Uno disimula mejor que el otro su descontento al ver su charla interrumpida. Drystan suspira, devolviendo mi atención a él.

—Las cosas no son como antes —reflexiona, con la mirada un poco perdida.

—¿Eso es malo?

—No, pero ya sabes a lo que me refiero. —Vuelve a atraerme hacia él, tanto que mi pecho queda totalmente presionado contra el suyo. Sé que nuestra posición no es para nada decorosa. Suerte que estamos en una fiesta de vampiros, donde el decoro importa poco y el exceso se aplaude—. Sierra y Viktor parecen felices, pero es como que falta algo, ¿sabes?

Sé perfectamente de lo que habla. Llevo sintiendo que falta algo desde hace mucho tiempo. Solo que él y yo tenemos motivos diferentes para sentirnos así.

No reanuda el baile; parece estar saboreando mi cercanía un poco más. Cierra los ojos e inspira fuerte por la nariz. Suelta la zona baja de mi espalda y solo me sujeta por la punta de los dedos de mi otra mano. El frío me baja de puntillas por la columna y me eriza toda la piel. Da un paso atrás, abriendo más la distancia.

—Piensa lo que te he dicho, ¿vale? Dentro de tres días, en la biblioteca favorita de Sierra. Espero tu respuesta.

Se marcha sin decir nada más y en toda la noche no vuelve a hacer ademán de aproximarse a mí. Intento sonreír cuando se requiere que lo haga y disfrutar de la celebración como si la culpa no me ahogara cada vez que miro a Elowen y pienso en su hermana. Ignoro el sabor amargo que se acumula en el fondo de mi garganta y el baileteo extraño que hace mi estómago cuando pienso en lo que significaría para mí hacer lo que Drystan propone. No puedo negar que en mi pecho brota cierta esperanza, que me encargo una y otra vez de sofocar al imaginar todo lo que puede salir mal.

23

Evanora

Los tres días de margen que Drystan me dio para decidirme se han convertido en una agonía lenta, una en la que he repasado una y otra vez todo lo que puede salir mal. Me he paseado frente al espejo repitiendo en voz alta por qué no debería hacerlo. Incluso me he dado una charla en la que he intentado convencerme de que el hecho de no tener alma y no reencontrarme con nadie una vez muera no es tan terrible.

Conozco al dios del Medio, Atarothz no puede ser tan malo, ¿no? Es el padre de mi amiga, después de todo. Tal vez le dé un poco de pena y me haga compañía de vez en cuando.

Pero no será lo mismo.

Porque no veré a la hija que tuve que dejar atrás para que pudiese vivir en paz, ni tampoco a los amigos que he hecho en el camino.

Estarán tus hermanas, aquellas que sirven a Lilith.

Por algún motivo, eso no termina de reconfortarme del todo. Habrá quien crea que todos estos pensamientos son inútiles, ¿quién se preocuparía tanto por su vida después de la muerte? ¡Estaré muerta, por favor! Sin embargo, toda criatura se pregunta alguna vez qué será de ella cuando exhale su último aliento. ¿Las Tierras Venideras o los Fosos? La eterna pregunta que nadie se atreve a formular en voz alta. ¿Qué pasa cuando la respuesta no es ninguna de las dos opciones?

¿Cuándo, desde hace tiempo, tienes la certeza de que vagarás por una tierra desconocida y desierta, donde lo más probable es que ninguno de tus seres queridos te encuentre? La idea te consume, te roba noches de sueño. Como es el caso ahora mismo.

Doy una vuelta más entre las sábanas, que hace ya rato quedaron completamente enredadas a mis pies. Lanzo un suspiro exasperado y salgo por completo de la cama. Camino con los pies descalzos hasta la puerta y la abro de un tirón. No tengo que pensar demasiado hacia dónde me dirijo. Recorro los pasillos del castillo con paso firme, sin titubear, a pesar de que, de noche, este sitio da escalofríos. Bajo las escaleras principales y luego me dirijo a uno de sus laterales, donde sé que hay una pequeña puerta con unas escaleras en forma de caracol que dan a la biblioteca favorita de Sierra. Me sorprendo cuando, al abrir, veo que el sitio está iluminado y no en las tinieblas que esperaba encontrar. Bajo los escalones sin prisa por hacer frente a Drystan y su propuesta.

Antes de colocar mi pie en el último escalón, sé que no estoy sola. Su figura está recortada en las sombras de la luz de las velas. Lleva el pelo suelto a la altura de los hombros, una camisa blanca algo suelta y sus característicos pantalones negros. Creo que nunca le he visto de otro color que no sea ese. Siente mi presencia a su espalda y se da la vuelta. No tiene su sonrisa habitual, como esperaba ver una vez se diera cuenta de que he cedido a su idea.

—¿Ya te has decidido? Todavía tienes unas horas más.

De repente, noto la boca completamente seca y las palmas de las manos húmedas, así que me limito a asentir.

—Puedo ir solo si tienes miedo.

No lo dice como una provocación. En su rostro puedo ver que lo dice con total sinceridad y sin ánimos de incitarme a nada para lo que no me sienta preparada. Sin embargo, la idea de dejarlo ir solo para conseguir algo que por tanto tiempo he soñado me parece impensable.

—O vamos los dos o no va ninguno —respondo.

Eso le arranca una sonrisa sincera que le ilumina el rostro. Reconozco que incluso yo estoy sorprendida de mis palabras. Su cuerpo se desinfla con aparente alivio. No me había dado cuenta hasta ahora de que estaba tan tenso como me encuentro yo. Se limpia las palmas de las manos en la delantera del pantalón.

—Entonces, ¿cómo lo hacemos?

Durante unos segundos estoy desorientada, mirando a nuestro alrededor y haciéndome la misma pregunta, aunque no la exprese en voz alta. Sé lo que tengo que hacer; no obstante, la confirmación de lo que estamos a punto de intentar me ha dejado completamente fuera de juego. Parpadeo un par de veces con la intención de salir de ese pequeño trance y me pongo manos a la obra. A estas alturas, después de todas las semanas que estuve aquí abajo conversando con su antigua guardiana, Ankhiale, conozco el contenido de estas estanterías como si fuesen la palma de mi mano. Camino con paso decidido hasta las repisas más altas y alejadas de la vista, donde se encuentran aquellos libros destinados a la magia. Paso mis dedos por los lomos empolvados y encuentro el que estaba buscando. Está revestido de un cuero marrón y de su interior no solo parecen sobresalir hojas añadidas y garabateadas a mano, sino que hay algunas plantas secas que sirven como muestra para aquel que lo necesite.

Llevo el tomo hasta una mesa redonda, lo abro y recorro con la yema de los dedos las palabras escritas en él. Sé lo que estoy buscando, porque no es la primera vez que leo el conjuro, y me permito fantasear con la posibilidad. Solo que esta vez no es una fantasía. Vamos a hacerlo.

El vampiro no dice nada al principio; me deja leer tranquila, aunque su presencia ya es distracción suficiente. Me duele el lado de mi cuerpo que está próximo al suyo, como si un enjambre furioso estuviese revoloteando en ese pequeño espacio, dejando picaduras a su paso. Supongo que es una buena comparativa, porque esta atracción es dolorosa.

—Necesitamos decírselo a los demás —digo casi en un susurro.

—¿Por qué?

—¿Aparte de que no podemos dejar nuestros cuerpos aquí como si nada, esperando a que los encuentren y se lleven el susto de sus vidas?

Estaría bien que alguien cuidara de nosotros estando en una posición tan vulnerable.

No me replica; al parecer está de acuerdo con lo que digo.

—¿Qué más necesitas?

Suelto una retahíla de cosas, entre las que se encuentran velas negras, sal, una daga y mandrágora. Le hago recitarme la extensa lista varias veces antes de desaparecer y dejarme a solas en la biblioteca. Las ventanas están completamente cerradas, aunque estoy segura de que pronto llegará el amanecer. Aprovecho para despejar la zona donde dibujaré el pentagrama. No soy consciente del tiempo, o Drystan es muy rápido, pues me parece que solo han pasado un par de minutos cuando vuelve con los brazos llenos de todo lo que he pedido. Utilizo una tiza para trazar el dibujo en el suelo y, con la sal, creo un círculo que espero que nos proteja de toda la maldad que se desatará en el momento en que descendamos a los Fosos. Mezclo las hierbas que formarán la poción que durante tres días hará que nuestro cuerpo muera, pero se mantenga de alguna forma intacto. El olor no es tan fuerte como pensaba; sin embargo, para un vampiro es suficiente. Arruga la nariz al olfatearlo.

—¿Ya está? —pregunta cuando me ve sacudirme las manos en las faldas de mi camisón.

—La poción se encargará de hacernos parecer muertos y de encontrarnos directamente con Atarothz en el Medio. Lo demás es solo un medio de protección para que nada le pase a nuestros cuerpos ni traigamos con nosotros algo no deseado —respondo—. La carga reside realmente en las palabras y en nuestra sangre.

Echo un rápido vistazo a la daga que descansa en la mesa. Me relamo los labios y voy hasta ella.

—¿Los despertamos para contárselo o les dejamos una nota?

Levanto la mirada hasta la suya y no puedo evitar poner los ojos en blanco. El tono de su voz invita a pensar que está bromeando, cuando la realidad es que lo dice completamente en serio.

—Deberíamos hablarlo.

—Pero Sierra intentará convencerte de lo contrario, ya la conoces.

—No podemos dejar nuestros cuerpos aquí —rechisto.

—Y el mío tampoco —añade una tercera voz.

Ambos nos giramos de inmediato hacia la nueva incorporación. Ahí, al pie de las escaleras, se encuentra el hombre del baile, el de los ojos de un impresionante color verde, Abraxas. Siento que mi mandíbula se abre por la sorpresa.

—¿Qué diablos haces aquí y cómo has entrado? —protesta Drystan.

Por sus palabras se desliza una irritación que mi corazón traicionero quiere confundir con celos. Abraxas se apoya en la barandilla con los brazos y los tobillos cruzados. Puedo ver su sonrisa juguetona a pesar de que lleva la cabeza cubierta por una capa espesa que dibuja sombras en su rostro.

—Sierra me permitió acceso total; soy su entrenador, ¿recuerdas?

—Dudo mucho que se refiriera a que puedes vagar por aquí en mitad de la madrugada.

—No es algo que haya hecho antes. Esta es una ocasión especial.

—¿Qué haces aquí, Abraxas?

Se puede distinguir cierto hastío en mi voz.

—Sé lo que vais a hacer y no pienso dejar que vayáis sin mí.

—No sé de qué hablas.

Drystan habla de forma tan convincente que hasta yo misma lo creería. Tiene su mejor cara de póker.

—¿Debería recordaros que, en una sala llena de vampiros, lo que digáis nunca está a salvo? —Se da un golpecito en la oreja—. Ciro lo escuchó todo y yo lo confirmé.

—¿Nadie te ha dicho que escuchar conversaciones ajenas es de mala educación?

El vampiro de ojos negros da un paso al frente y parece dispuesto a dejar clara su opinión de todo esto a base de violencia. Lo detengo antes de que pueda hacerlo, rodeándole el puño con mi mano. Es ridícula lo pequeña que parece en comparación. Para nuestra compañía el gesto no pasa inadvertido, y sonríe, consciente de haber encontrado el talón de Aquiles de Drystan, si es que no lo conocía antes.

—Está bien, nos escuchasteis hablar —digo—. ¿Qué oísteis exactamente?

—Sabemos que queréis ir hasta los Fosos. Quieres algo que Lilith tiene en su poder.

No dice el qué; no descarto que también oyese de qué se trataba.

—¿Y por qué querrías venir con nosotros?

—Digamos que hay algo que mi hermano quiere encontrar.

—¿Y no puede venir él? ¿Es demasiado importante como para ensuciarse las manos él mismo? —replica Drystan.

Abraxas arquea una ceja con aire irónico. Ambos ponemos los ojos en blanco, conociendo la respuesta a la pregunta.

—Ciro se manchará las manos cuando llegue el momento.

Ninguno sabe bien a qué se refiere, pero carece de importancia en este momento.

—Olvídate, no necesitamos llevar más compañía. Ya llamaremos suficiente la atención —sigue Drystan.

—Puedo seros de utilidad.

—¿En qué?

—Mi don. Podría hacerme pasar por alguien en concreto si la ocasión lo requiere.

En mi cabeza se despliega un sinfín de posibilidades. Si adquiere el aspecto de Lucifer, tal vez podría conducirnos a sitios a los que solo él tiene acceso. No se equivoca al decir que podría sernos de utilidad. Drystan también debería considerar su propuesta.

Como se mantiene en silencio, tomo las riendas y decido ser yo quien la tome.

—De acuerdo.

—¿Qué? —El vampiro clava sus ojos negros en mí—. No lo necesitamos, Evanora. Cuantos más seamos, más riesgo corremos de que nos descubran.

—¿De verdad crees que Lucifer no se dará cuenta de que alguien ha entrado en sus dominios? —Abraxas suelta una carcajada—. Eres más iluso de lo que pensaba.

Esta vez poco puedo hacer por contener el temperamento del vampiro. Admito que me toma por sorpresa esta faceta suya. Siempre me ha parecido un hombre templado, la voz de la razón. Hay algo en el vampiro de ojos verdes que lo saca de quicio y no logro entender del todo qué es.

Drystan agarra a Abraxas del cuello de su camisa y acerca el rostro al suyo. Estoy convencida de que me tocará intervenir, con el riesgo correspondiente de salir escaldada; sin embargo, es otra mujer la que se encarga de relajar el ambiente y de que estos dos se separen.

Sierra está en los primeros escalones con una bata blanca de encaje envolviendo su cuerpo y su cabellera azabache cayendo en espesas ondas por sus hombros. A pesar de tener el rostro con signos de sueño todavía, está preciosa.

—¿Se puede saber qué diablos estáis haciendo? —Mi amiga detiene la vista en cada uno de nosotros, en especial en quien se ha convertido en su entrenador en estos meses—. Abraxas, no tenemos entrenamiento hoy.

—Lo sé, estoy aquí por otras cuestiones.

—¿Antes de que salga el sol? —inquiere, y después nos mira a nosotros en busca de respuestas—. ¿Y vosotros dos qué hacéis despiertos aquí abajo?

Se produce un silencio en el que podría escucharse una aguja caer al suelo. Drystan me mira pidiendo permiso o que sea yo quién dé las explicaciones que me sienta cómoda dando. Tomo una respiración profunda y decido ir con la verdad. El hermano de Ciro tampoco se pierde detalle mientras narro nuestro plan. Al decirlo en voz alta compruebo una vez más lo loco que es y todo lo que puede salir mal. Sierra tiene la consideración de no decir nada mientras hablo y mantiene el rostro impasible. Incluso cuando termino, se toma su tiempo antes de responder.

—Es una locura y no voy a negar que me da un miedo terrible lo que pueda pasaros, pero te entiendo. —Dibuja esa sonrisa a la que ya estoy acostumbrada. Es sincera, bondadosa y, sobre todo, empática.

Ella también es madre; entiende el dolor de la separación mejor que nadie y estoy segura de que haría lo mismo que yo si tuviese la certeza de que jamás verá a sus seres queridos al pasar al otro lado. Porque yo tengo esa garantía. Me espera un vacío perpetuo—. Velaré por vosotros mientras estáis fuera; nada les pasará a vuestros cuerpos.

—Gracias —respondo casi en una exhalación.

Me regala otra de sus sonrisas.

—Viktor va a matarte por esto, lo sabes, ¿verdad? —Encara a Drystan—. Si algo te pasa, lo destrozarías.

—No va a ocurrirnos nada.

No me atrevo a decirle que ninguno tenemos esa seguridad. Abraxas permanece como un espectador sin decir nada. Mantiene una postura alejada, apoyado contra la barandilla. Se hace ligeramente a un lado para dejar que Sierra descienda las escaleras por completo y se reúna con nosotros.

—¿Y tú qué tienes que ver en todo esto?

—Ciro me ha pedido que le haga el favor. Tiene sus propios motivos.

Se miran intensamente y, por un momento, me parece que tienen una conversación silenciosa con la mirada. Es Sierra quien rompe el contacto visual y deja salir un suspiro. Devuelve su atención a nosotros y se sacude una suciedad invisible de la ropa.

—Bien, ¿cómo lo vais a hacer?

Por un momento veo de nuevo a mi amiga aventurera, aquella que no dudaba en meterse en líos, ya fuese por diversión o por deber. Esta vez no me acompañará en esta aventura, pero sé que cuidará de lo que dejo atrás para que, cuando vuelva, todo siga igual.

Me pongo manos a la obra, comprobando que todo está donde debe estar, y me coloco en el centro del pentáculo que he dibujado en el suelo. Mando a los dos hombres que apaguen todas las velas que hay repartidas por la biblioteca y nos sumimos por completo en las tinieblas. Una corriente nerviosa me atraviesa el cuerpo. Siento la presencia de ambos a los lados de mi cuerpo. Comienzo a recitar el cántico grabado en el libro y que he memorizado de tantas veces que he abierto las solapas, fantaseando con la posibilidad. Las velas negras se encienden de repente, sin necesidad de acercarlas a una llama. Creo escuchar un pequeño jadeo retenido en la garganta de mi amiga, que observa todo desde fuera del círculo.

Agarro la daga y hago un corte en mi palma; después se la extiendo a Drystan y este hace lo mismo antes de pasársela a Abraxas. Luego agarro sus manos y quedamos los tres conectados por la sangre. El pentagrama se ilumina, indicando que esta parte del ritual ha sido completada. Respiro hondo, suelto a los dos vampiros y observo mi palma manchada con nuestras sangres.

—Solo falta beber —digo con la voz floja mientras sostengo el pequeño vial donde está el líquido elaborado con las plantas—. No dolerá. El círculo nos mantendrá a salvo; nuestro cuerpo no se deteriorará mientras sigamos en su interior y nada lo altere.

Lanzo una mirada significativa a Sierra, quien asiente, asegurándome que se encargará de que todo salga bien aquí.

Abraxas es el primero en dar un sorbo. Veo la rapidez de los efectos. Sus ojos parpadean con pesadez y, de un momento a otro, se desploma en el suelo. Soy la siguiente en beber y, tal y como les dije, no es doloroso. Solo siento mareo y confusión. Pierdo los sentidos, pero no lo suficientemente rápido para no ver cómo los brazos de Drystan me rodean. Nuestras rodillas golpean el suelo con firmeza y lo último que siento antes de perderme es cómo mi cabeza reposa en su pecho.

24

Drystan

Abro los ojos con la sensación de estar sufriendo la peor resaca de mi vida. A mi alrededor todo carece de brillo o color. El cielo está encapotado por nubes que lo envuelven todo en un aura de tristeza. Debajo de mi espalda siento la dureza del suelo y sobre mi pecho descansa una melena de color blanco por la que no me importaría pasar mis dedos una vez más. Estoy a punto de hacerlo cuando Evanora se remueve encima de mí. Contengo el aliento y, sin pensarlo, vuelvo a hacerme el dormido. No sé bien el motivo. Tal vez solo quiero ver qué hace cuando cree que no soy consciente.

Vuelvo a sentirla moverse y de sus labios sale un jadeo que me despierta por completo. Lucho para mantener los ojos cerrados y la boca también. No es momento para dejar salir uno de mis comentarios. No sé si Evanora es consciente de que es la única capaz de sacar ese lado de mí. Debería molestarme la facilidad que tiene para restarle importancia a todo lo que tiene que ver conmigo, con nosotros. Durante estos meses no he podido dejar de darle vueltas a lo que pasó en el bosque, no solo a la parte física, sino a la manera en que se desnudó sentimentalmente. Y ahora quiere hacer como si nada de eso importara.

—¿Drystan?

No respondo de inmediato a su llamada. Me toca el rostro con los dedos fríos y, por los Dioses, qué no daría porque me tocara así todas las mañanas y no solo ahora.

—Sé que estás despierto —susurra.

—¿Entonces por qué estás susurrando? —respondo aún con los ojos cerrados, imaginándome su cara furiosa.

Mis comisuras se estiran en una sonrisa.

—Abraxas todavía está inconsciente.

—No, no lo estoy, pero no os cortéis, por favor. Ya estoy acostumbrado. Cuando éramos jóvenes, mi hermano traía chicas a la habitación creyendo que estaba dor...

—No hace falta que nos cuentes las perversiones sexuales que lleváis a cabo los Amery, gracias —respondo, cortante, mientras me yergo.

Desde esta nueva postura observo mejor lo que nos rodea. Una larga extensión de tierra donde no parece verse el final. El suelo está resquebrajado por la falta de humedad. No hay vegetación y el cielo está tan gris que me sorprende la ausencia de lluvia. Parece como si en cualquier momento este fuese a abrirse y arrastrarnos a la peor tormenta del siglo.

—Bien, ¿qué hacemos?

Abraxas se pone completamente de pie y se sacude los pantalones. Da una vuelta sobre sí mismo, viendo lo mismo que yo.

—Se supone que Atarothz nos dará paso a los Fosos.

—¿Y dónde está? —pregunta Evanora.

—No lo sé. A lo mejor tenemos que caminar y encontrarlo, o él se encargará de hacerlo.

Ninguno de los dos parece muy convencido de lo que digo; no obstante, tampoco tenemos otras opciones. Estamos en la puta nada. Me alzo y me acomodo la ropa, asegurándome de ayudar a la banshee antes de ponernos en marcha. Caminamos los tres como un frente unido. Por un segundo me dan ganas de reír. En caso de tener que enfrentarnos a algo aquí, dudo que ninguno de nosotros tenga mucho que hacer.

Estamos en el territorio de un dios.

Incluso el hermano de Ciro se contiene de hacer ningún comentario mordaz o una de sus bromas. Caminamos con los cuerpos rígidos, a la espera de que aparezca una amenaza. La falta de ruido resulta inquietante. No sé qué normas sigue el tiempo aquí, pero parece que llevamos andando horas para cuando distingo en el horizonte una figura que, por sus proporciones, no puede ser otro que el dios. Atarothz es un hombre de dimensiones grandes, se acerca a los dos metros de alto y, sin duda, su cuerpo es puro músculo bajo toda esa ropa negra con elaborados detalles de metal. Su pelo negro casi le besa los hombros y el mechón gris que lo caracteriza descansa a un lado de su cabeza. Sus ojos son pura plata líquida y lo rodea un aura violeta que lo señala como la deidad poderosa que es.

Con los brazos cruzados encima del pecho y el rostro serio, no hace por reconocer nuestra presencia hasta que estamos a apenas centímetros de él. No es la persona más agradable, aunque a veces su comportamiento alrededor de su hija, Sierra, me haga creer lo contrario.

—Así que finalmente lo habéis hecho —rompe el silencio—. No sé si sois valientes o unos dementes.

—¿Ambas? —replica Abraxas.

Evanora no dice nada. Tampoco lo necesito para saber que está nerviosa. De ella emana la preocupación en oleadas.

—¿Qué debemos hacer? —pregunto.

Atarothz dirige su mirada hacia mí y, por un rato, se mantiene en silencio. No sé si lo hace para inquietarme o si realmente está pensando. Resulta ser la primera opción, pues la respuesta que me da me deja completamente atónito.

—Nada.

—¿Cómo que nada? —interviene al fin la banshee.

—Normalmente juzgaría vuestras almas y os encontraría merecedores de un destino u otro. En este caso, dadas las circunstancias, me saltaré todo eso. —Clava los ojos en ella—. No tienes alma, banshee, y eso lo vuelve mucho más peligroso. Los Fosos intentarán robarte otra cosa de igual valor. El resto, tened cuidado también: no hagáis pactos, intercambios ni favores con los demonios que os encontréis. Mucho menos con Lucifer. Pedirá vuestra alma como pago y no podréis salir de allí.

—Pensaba que nuestra alma era sagrada.

—¿Por qué crees que nadie quiere ir a los Fosos? —Esboza una sonrisa que, poco a poco, se vuelve siniestra—. Así que portaos bien si queréis ir a las Tierras Venideras. Os aseguro que lo que os espera en el otro sitio no es algo que queráis vivir.

—Supongo que somos afortunados; vamos a tener un pequeño adelanto —aventura Abraxas.

El dios levanta el dedo índice y el corazón y comienza a dibujar un círculo en el aire. De su mano salen pequeñas chispas de color violeta y sus ojos, que ya parecían irreales, brillan aún más intensamente. Su cabello vuela hacia atrás por una corriente de viento, aunque realmente es la fuerza de su poder sacudiéndolo todo. Creo sentir el suelo temblar bajo mis pies y, en un acto reflejo, mi brazo busca el cuerpo de Evanora, dispuesto a protegerla con el mío en caso de ser necesario. Por suerte, nada de eso parece serlo por el momento. El suelo deja de moverse y, en medio de la nada, se abre un vórtice que parece hecho de agua. Si me fijo bien, puedo ver en esa superficie húmeda vetas del color del poder del dios.

—Volveré a abrirlo cuando pasen tres días. Tenéis que cruzarlo sin falta; si no, os quedaréis atrapados para siempre.

Estoy seguro de que escucho a Abraxas tragar con fuerza, y Evanora ha dejado de respirar por un par de segundos. Busco su rostro y encuentro exactamente lo que esperaba ver: arrepentimiento.

—Eh. —Agarro su rostro entre mis manos—. Todo va a ir bien.

—¿Y si os ocurre algo por mi culpa?

—Yo estoy aquí por mi hermano, así que no tienes que sentirte culpable —dice Abraxas.

—¿Te importa? —Le lanzo una mirada molesta—. Es una conversación privada.

Se encoge de hombros y alza las manos dando un par de pasos hacia atrás para darnos privacidad.

Pista: no existe algo como eso cuando tu compañía es un vampiro y un dios.

—Todo va a ir bien, brujita. Estamos aquí por decisión propia, así que ahora solo céntrate en conseguir lo que tanto tiempo llevas deseando, ¿vale?

Cree que es buena ocultando sus sentimientos; sin embargo, para mí es demasiado fácil leerlos. Los lleva escritos por todo su ser. Me gusta pensar que soy el único que conoce el idioma de su cuerpo. No me responde con palabras; se limita a asentir y respirar hondo. Le hago una señal al dios para que sepa que estamos listos. El hermano de Ciro es el primero en cruzar. No hace ningún sonido, simplemente desaparece sin dejar rastro. Alargo mi mano hacia la de Evanora y esbozo en mi cara una sonrisa reconfortante.

—¿Vamos?

No puede ocultar el miedo a equivocarse, pero deja que la guíe. Mi rostro rompe la superficie, seguido poco después por mi cuerpo. El contacto con el agua me roba la respiración. Está demasiado fría como para ser agradable. No aparecemos de inmediato al otro lado, sino que flotamos durante un minuto completo en una oscuridad absorbente. Aterrizo de rodillas en el otro lado con el estómago revuelto y una presión en la cabeza. El calor que hace aquí es insoportable. Cada respiración es similar a inhalar fuego.

Mi ropa, mojada por el viaje, solo necesita unos minutos para secarse con estas temperaturas. Miro a mi alrededor buscando una melena de color blanco y no respiro del todo hasta dar con ella. Está poniéndose de pie. La tela de su camisón se pega a todas las zonas de su cuerpo, pero no parece importarle estar expuesta ante nosotros. Camina con el mentón alzado y da una vuelta completa, estudiando este sitio.

Me pongo de pie y apoyo las manos en mis rodillas, esperando a que el mundo deje de darme vueltas por completo. Se escucha levemente un sonido a lo lejos.

—Creo que alguien está dando una fiesta —dice Abraxas, todavía con la respiración agitada.

Si guardamos silencio se puede escuchar el jaleo de muchas personas. El aire nos trae risas y gritos de júbilo.

—Chicos…

La voz de la banshee me pone alerta de inmediato. Busco su rostro, el cual parece mucho más pálido de lo normal. Camino hacia ella, preparado para examinar su cuerpo en busca de alguna herida.

—¿Sí? —canturrea Abraxas, todavía ajeno a todo.

—Creo que deberíamos correr.

Las palabras tiemblan al salir de su boca.

No entiendo qué es lo que está pasando hasta que sigo la dirección de su mirada. Ahí, mirándonos con las aletas de la nariz bien infladas, se encuentra una criatura de cuernos retorcidos, cuerpo larguirucho y encorvado, pezuñas en las patas traseras y largas garras a modo de manos. Trago con fuerza y me preparo para correr, porque la forma en que nos está mirando solo me invita a pensar que tiene mucha, *mucha* hambre. Y nosotros estamos a punto de convertirnos en su banquete.

25

Evanora

Un simple vistazo a la apariencia de la criatura basta para helarme la sangre en las venas y hacer que eche a correr. No me detengo a mirar si me están siguiendo, aunque puedo sentir la presencia de Drystan a mi espalda y, en apenas unos segundos, Abraxas pasa por mi lado. Solo es cuestión de tiempo que me quede rezagada. Ellos son vampiros, mucho más rápidos, y yo, a pesar de mis dones, no tengo ninguna superhabilidad física, sin contar la potencia de mis cuerdas vocales. Me atrevo a echar un vistazo por encima del hombro y lo que veo es lo suficientemente malo como para instigar a mi cuerpo a llegar a su límite. La bestia no parece cansada ni un ápice. El suelo tiembla bajo el peso de su cuerpo.

Aprieto los puños y sigo corriendo a pesar de que el calor de este sitio no hace las cosas más fáciles. Cada bocanada de aire es fuego que entra a mis pulmones y quema mi garganta y mis fosas nasales a partes iguales. Me sobresalto cuando mis pies dejan de tocar el suelo y ahogo un grito, creyendo que la horripilante criatura ha dado con su primer objetivo.

—Soy yo —dice Drystan, demasiado cerca de mi oído—. Agárrate bien.

Obedezco sin pensar. Enredo mis brazos alrededor de su cuello y me aprieto todo lo fuerte que puedo. Recorro con los ojos su mandíbula apretada. Su mirada está fija al frente y no hay ni una sola señal que me indique que está cansado. Ahora mismo siento un pelín de envidia. Qué bien tiene que sentirse ser tan poderoso.

Hay una vocecita dentro de mi cabeza que me pide que me rebele, que exija que me deje en el suelo y corra por mí misma. Sin embargo, me gusta pensar que no soy idiota y solo una negaría el hecho de que yo sola no tengo nada que hacer. Necesito la velocidad de Drystan si no quiero acabar siendo el tentempié de esa cosa. Frente a nosotros se alzan formaciones rocosas que hacen de muros.

—¿Qué hacemos? —exclamo.

No se lo piensa ni un segundo antes de responder.

—Entrar.

Tanto él como Abraxas siguen hacia adelante y pronto queda claro que, lo que al principio parecían simples muros rocosos, se trata de un laberinto. Giramos pasillo tras pasillo sin detenernos a pensar si vamos en la dirección correcta. No hay tiempo para meditar cuando llevas una amenaza detrás que no parece cansarse.

Miro por encima del hombro y mis ojos conectan con los de la bestia. Parecen contener en su interior las propias llamas de este lugar. Tiene las fauces ligeramente abiertas y de ellas caen hilos de saliva viscosa, de aspecto putrefacto. Estoy segura de que ya nos está saboreando. No soy capaz de apartar mi atención de la criatura, con el pensamiento infantil de que, si lo hago, avanzará más deprisa. Abraxas va a la cabeza tomando las decisiones de nuestro rumbo. Escucho el repiqueteo de las armas al golpear contra su cuerpo, pero todo se detiene bruscamente cuando llegamos a un callejón sin salida. El muro se extiende hacia el cielo y puedo ver que acaba en rocas tan afiladas que podrían descarnarte hasta el hueso. Nos damos la vuelta lentamente, o debería decir que Drystan lo hace. Aún sigo firmemente sujeta a él.

La bestia saca la lengua, larga y de color morado, y se relame gran parte del hocico. Es alargado, como el de un zorro. De hecho, mirándolo bien, parece la combinación de varios animales: un zorro, un lobo o una hiena. El conjunto es una aberración salida de tus peores pesadillas.

—Abraxas —dice el vampiro de ojos negros en tono autoritario. El aludido entiende de inmediato lo que este quiere con solo pronunciar su nombre. El guerrero se cruje el cuello, relaja los hombros y desenvaina la espada que lleva a la espalda. El filo reluce y, sin necesidad de comprobarlo, sé que está lista para partir a alguien por la mitad. En el momento en el que el vampiro blande la espada, algo cambia en él. Se mueve con una gracia que nunca le hubiese atribuido a un hombre de su tamaño. El color de sus ojos verdes brilla con más fuerza.

Se planta frente a nuestro enemigo y se produce un momento de quietud y silencio en que ambos parecen estar midiéndose con el otro. Entonces, la bestia da un paso adelante y Abraxas no se lo piensa. Se abalanza. Pensaba que el vampiro tenía todas las de ganar, pero la criatura me sorprende con una velocidad que hasta ahora no había mostrado. Clavo las uñas en la camisa de Drystan.

—Tienes que ayudarlo —digo.

—Él es completamente capaz, no me necesita.

—Eso no lo sabes. ¿Y si muere? No podemos dar nada por sentado en este sitio.

—Por eso mismo no pienso separarme ni un metro de ti. Cualquier cosa puede ser un peligro. Todo aquí es engañoso.

Y como si el lugar tuviese oídos, de la piedra surge lo que parece ser un hombre, aunque toda su piel está cubierta de roca. Lo único capaz de distinguirse son sus ojos. Drystan actúa rápido, abalanzándose y retorciendo el cuello entre sus manos. Lo que sea esa cosa cae a sus pies, pero el vampiro no parece del todo seguro de que esté muerta.

—¿Entiendes a lo que me refiero? —añade, con una ceja arqueada.

Me muerdo la lengua porque en el fondo sé que tiene razón. La punta de mis dedos cosquillea exigiendo que utilice aquello que se me dio. La magia circula por mis venas en un torrente poderoso e irrefrenable.

Justo en ese momento se escucha el sonido sordo de algo caer al suelo y mi corazón se salta un latido pensando en la posibilidad de que se trate del guerrero. No obstante, al alzar la vista, es la cabeza de la bestia la que rueda hasta mis pies. Examino a Abraxas en busca de heridas. Su pecho sube y baja mientras intenta recobrar el aliento; el sudor empapa su frente y su rostro, cubierto de sangre, resulta aterrador. No parece que ni una gota pertenezca a él.

—Propongo que salgamos de aquí antes de que nos encontremos con otra maldita cosa —resuella.

No hace falta que lo diga dos veces. Por fin haciendo uso de mis dos piernas, comienzo a caminar y hago precisamente lo que la sangre que recorre mis venas me está pidiendo con tanta vehemencia. Las palabras brotan de mis labios casi sin pensarlo y, frente a mis ojos, se dibuja un camino que solo yo puedo ver.

—Seguidme.

El hechizo nos marca la ruta a tomar y la seguimos sin detenernos ni un momento. Cuando los muros dejan de cernirse sobre nosotros, la temperatura desciende, aunque no tanto como para que el clima sea agradable. Hasta ahora no me había dado cuenta de que ese laberinto de piedra parecía una olla en ebullición. Me llevo las manos a las rodillas y respiro profundamente, llenándome de un aire menos cargado. Estaba tan concentrada en seguir las indicaciones que no me había dado cuenta de que frente a nosotros se puede ver una aglomeración de gente. Todavía no estamos lo suficientemente cerca para que nos vean ni para ver con exactitud qué es lo que los tiene reunidos; sin embargo, el ruido de su fiesta nos llega a la perfección. Sus risas me taladran los oídos y no puedo negar que me sorprende escuchar ese sonido aquí. Esperaba gritos, lamentos, sollozos, no risas.

—Deberíamos ignorarlos —comenta Drystan.

—No hay dónde esconderse; propongo que nos integremos.

El vampiro de ojos negros le echa una mirada al guerrero que va de la molestia a la incredulidad.

—Creo que llamaremos la atención hagamos lo que hagamos.

—Algo me dice que esa gente está demasiado ocupada divirtiéndose como para prestarnos atención.

Sin darme cuenta, se ha llevado a cabo una votación en la que no he participado, pues nos ponemos en marcha y, efectivamente, es muy improbable que esta gente no repare en nosotros. Las mejillas se me encienden como si tuviese un hierro candente presionándolas. El revoloteo en mi bajo vientre es inexplicable. No me tapo los ojos porque me recuerdo a mí misma que lo que está sucediendo delante no es nada que no haya visto o experimentado antes.

Demonios de todas las formas, sexos y razas, se encuentran desnudos en esta explanada dedicada al placer. Hay géiseres de los que sale vapor y agua caliente. A nadie parece molestarle cuando se ven rociados por ello; sus cuerpos están acostumbrados a las altas temperaturas, y nada hará que dejen de disfrutar. Abraxas se deshace de su capa y me la tiende para que me cubra. Tal vez haya percibido que me siento vulnerable en un sitio así. El impulso de cubrir las marcas de mi rostro está ahí, latente.

Una mujer con la piel demasiado blanca y unos cuernos negros saliendo de su cabeza se encuentra con las piernas extendidas mientras otra se encarama entre ellas y la hace gemir, recorriendo con la lengua su sexo desnudo. Aparto la mirada y la poso en otro lugar. Una mujer y dos hombres disfrutan entre ellos. Me quedo hipnotizada viendo cómo uno penetra a la mujer mientras él es penetrado por detrás por un hombre cuyo tamaño es intimidante. La chica se estruja los pechos y echa la mirada atrás, observando cómo sus amantes también se dan placer entre ellos. La sonrisa de sus labios es lobuna y deja a la vista una hilera de dientes en forma de sierra.

—Eres una mirona —susurra Drystan, apartándome el pelo de la oreja—. Y me apuesto todo lo que tengo a que esto te está poniendo cachonda.

No pienso darle la razón, aunque el latido de mi corazón esté golpeando con fuerza en mi pecho y la sangre parezca a punto de hervir dentro de mis venas. Ojalá poder atribuirlo todo a las temperaturas de este sitio. Por momentos, cuando miro a esta gente entregada a la lujuria, nos veo a nosotros. Los gemidos se transforman en las palabras sucias susurradas en mi oído en mitad de la noche, entre árboles y también entre sábanas. Hace meses desde la última vez que me dejé caer de esa manera en sus atenciones, y juré no hacerlo más.

Siempre se me ha dado bien separar lo corporal de lo sentimental, pero con el vampiro de ojos negros fallé estrepitosamente. ¿Cómo pude pensar que esto me funcionaría con él? Con Drystan no es solo follar. Cada caricia de sus manos era una oración; las palabras en mi oído, hechizos; y sus miradas, un amarre del que no podría escapar por muchas noches que pasemos lejos el uno del otro.

No puedo escapar de esta aura sexual porque allá donde pose los ojos hay una pareja dejándose llevar. Una demonia pasa por nuestro lado moviendo sus caderas al ritmo de una música que no existe. Eleva las manos por encima de su cabeza y camina con seguridad hasta que un macho le rodea el cuello con la mano y ella sonríe maliciosamente, como si hubiese conseguido su objetivo. El demonio la sujeta con firmeza y la hace volverse. Sube la mano hasta apretarle las mejillas. Ella entreabre los labios y él aprovecha para dejar que un rastro de saliva caiga dentro. Baja la otra mano hasta el vértice de sus piernas y hunde los dedos entre sus labios, arrancándole gemido tras gemido. Rápidamente se une otro de ellos, con el miembro duro y listo para embestirla por detrás mientras es penetrada con los dedos por delante.

—Creo… que deberíamos irnos —susurro.

—¿Segura? Esto parece divertido.

No puedo apartar la mirada de lo que estoy viendo, pero creo que asiento. Estoy tan absorbida por esta vorágine sexual que no protesto cuando los dedos del vampiro se entrelazan con los míos y nos lleva por esta fiesta dedicada al desenfreno del placer y a la lujuria.

No hay ni un solo sitio al que pueda mirar donde no haya cuerpos desnudos. El sonido de la carne golpeando entre sí es ensordecedor, al igual que los grititos de júbilo y los gemidos de satisfacción. Están por todas partes, tirados en el suelo o apoyados en la primera superficie que encuentran, aunque sean rocas. Nada parece sacarles del trance del éxtasis. Tengo que sortear a una pareja retozando en el suelo.

Los pechos de ella se sacuden por la fuerza con la que su amante la penetra.

—Parece que los vampiros no somos los seres más sexuales después de todo.

Su voz me saca de la escena que estoy viendo, aunque no por mucho tiempo. Pasamos cerca de un géiser que lanza agua caliente y me sobresalta, haciendo que me choque con Drystan. Su cuerpo se sacude con una carcajada.

—¿Y Abraxas? —pregunto.

—Oh, no quieres saber dónde está.

Justo eso es lo que tiene que decir para que la curiosidad se apodere de mí. Empiezo a pasear la mirada por todo el mundo, buscándolo. Un hombre —o debería decir demonio— está de rodillas mientras otros se masturban a su alrededor, mordiéndose el labio y preparándose para acabar en su cara. Este no parece perturbado por lo que está a segundos de ocurrir. Sigo mi escrutinio pasando por varios tríos o cuartetos. Compartir no parece un problema. Ninguno de los presentes tiene la apariencia de un vampiro; cada uno tiene una característica que los hace diferentes: cuernos, tonos de piel que van del verde al violeta, garras afiladas, colmillos que sobresalen como los de una bestia, ojos con pupilas de reptil. Las posibilidades son infinitas.

Tengo que devolver mi vista hasta dos veces para comprobar que lo que estoy viendo es real. Ahí, entre un hombre y una mujer, se encuentra Abraxas. Ambos parecen estar alabándolo, como si fuese su dios. No sé por qué me sorprendo; ese es el efecto que tienen estas criaturas en cualquier parte. Su rostro sigue manchado de sangre, pero eso no parece importarle a nadie. Se han deshecho de su camisa dejando a la vista un pecho lleno de cicatrices blancas, otras rosáceas, y grandes superficies de músculo. Estos están tan marcados por el entrenamiento que sus filos podrían cortarme. La mujer le besa el cuello, mientras que el hombre está de rodillas y pasea su mano de forma provocadora hacia la cinturilla de sus pantalones. El vampiro de ojos verdes parece encantado ante la proposición y sonríe de forma más amplia. Desde aquí solo alcanzo a ver la melena negra y larga y el tono de piel grisáceo del demonio, que mete la mano dentro del pantalón y saca la erección más que lista de Abraxas. Es gruesa, llena de venas y la punta brilla furiosa con gotas de líquido preseminal.

—¿Debería estar celoso?

El susurro de Drystan junto a mi oído solo añade más gasolina al fuego incontrolable que avanza por mis venas.

El demonio se introduce el miembro en la boca, al menos la punta. No creo que con ese tamaño sea capaz de acogerlo todo. Abraxas echa la cabeza hacia atrás, dejando aún más expuesto su cuello, donde la mujer no duda en enfocarse, plantando besos y pasando sus colmillos exageradamente grandes por la nuez del vampiro. Este no parece preocupado por estar en una posición tan vulnerable. Mientras su amante masculino le da placer con la boca, hunde una mano en su pelo y con la otra tortura el pezón de la mujer. Lo pellizca entre sus dedos y baja lentamente hasta su ombligo. Aparta la mano para llevarla hasta su boca y escupir saliva en los dedos. Los ojos de la demonia se encienden con expectación, y esta se ve recompensada cuando el vampiro comienza a dibujar círculos en su clítoris.

—Es solo carne —consigo decir.

El latido de mi corazón es insoportable; es tan fuerte que acalla mis propios pensamientos. La temperatura de mi cuerpo hace que tenga el deseo de arrancarme el camisón de cuajo. Está empapado de sudor y soy muy consciente de las zonas de mi cuerpo que quedan expuestas. Nadie parece preocupado por su desnudez, así que yo no debería estarlo, aunque tenga al vampiro más insoportable y atractivo que he conocido nunca susurrándome al oído.

—Mi polla no parecía solo carne para ti, brujita.

A pesar del calor, un escalofrío me recorre de pies a cabeza. Sus dedos se pasean por mi brazo, desde el hombro hasta mi mano, tocando la piel que él mismo ha erizado con sus palabras.

—Creo que tienes en demasiada estima tus habilidades —respondo.

—No tenías ninguna queja hace unos meses.

Ahora el demonio tiene gran parte de la erección del vampiro en la boca, mientras con una mano sujeta el resto y con la otra masajea sus testículos. Pasea la lengua desde la base hasta la punta en un gesto juguetón, que el vampiro responde hundiendo la mano en su cabellera y conduciéndolo hacia sí de nuevo. Esta vez Abraxas es quien lleva el control. Arremete contra su boca con furia. Se lo está follando.

Sus ojos se cruzan con los míos y, lejos de apartarlos, se queda mirándome, a la vez que Drystan acaricia cada pedacito de mí que tiene al alcance. Mis manos vagan por su cuenta, jugueteando con el filo empapado en sudor de mi camisón. Mi mente me grita que debería parar, pero la presencia de un vampiro tras mi espalda y la mirada del otro puesta en mí, mientras actúa de una forma tan brutal y pecaminosa, solo despierta partes de mí que pensaba hacía largo tiempo perdidas. He conocido el sexo de la mano de hombres crueles y otros que creían que me transformarían con su polla como si tuviesen algo mágico. Nada en ellos era destacable. Sin embargo, Drystan despierta mi cuerpo como nadie antes. Me hace querer actuar con imprudencia, experimentar, vivir.

—¿Ver cómo se folla la boca de ese demonio es lo que te ha puesto cachonda, o es el pensamiento de que podrías hacer cualquier cosa en este momento y Abraxas no despegaría la mirada ni un solo segundo?

—No estoy cachonda.

Ni siquiera yo me creo mis palabras.

—Sé cómo sabes, cariño, y también cómo hueles cuando quieres que te follen.

—¿Y se supone que ahora quiero?

Me aparta el pelo del cuello.

—No, no quieres que te follen. Quieres que *yo* lo haga.

Me agarra la mano que ya tenía escondida debajo de la falda y se la lleva hasta los labios. Escupe su saliva en ellos y después la conduce de nuevo entre mis piernas. La mete debajo de mi ropa interior y la yema de mis dedos toca mi pubis. Con la rodilla golpea la parte de atrás de mis piernas de forma que estas ceden y acabo sentada en el suelo.

Alrededor de nosotros nadie parece extrañarse. Drystan deja que apoye la espalda en su pecho. El vampiro de ojos verdes sigue mirándonos con atención, aunque ya no tiene la boca del chico sobre él. Tiene el pelo de la demonia enredado en el puño, mientras la penetra por detrás con fuerza.

Me quedo sin respiración. No puedo pensar con claridad. El calor parece haberme robado toda coherencia.

—Abre las piernas, vamos a enseñarle lo mojada que estás.

No entiendo por qué obedezco, pero lo hago. Lentamente abro las piernas y el ligero roce de sus dedos al apartarme la ropa interior hacia un lado me pone toda la piel de gallina. Estoy ardiendo. Me ayuda a bajar la mano por los labios de mi sexo y, aunque no es él directamente quien me está tocando, lo siento como si así fuera. Resbalo gracias a su saliva y tiento mi entrada siguiendo sus movimientos. Al principio solo deslizo la punta del dedo y mi espalda se encorva.

—¿Solo la punta del dedo y ya estás así de cachonda? —me chista—. Eres una brujita muy, muy sucia. —Me ayuda a seguir deslizando el dedo corazón en mi interior—. Estoy deseando escuchar los sonidos que harás cuando te ensucie aún más.

La combinación de mi dedo, sus palabras y los ojos de Abraxas sobre mí me arrancan un pequeño jadeo que se convierte en un gemido cuando pellizca mi pezón por encima del camisón y desliza uno de sus dedos junto al mío. Siento la fricción, aunque sé que he estado mucho más llena de él antes. Sé lo que es ser follada por Drystan.

Abraxas, desde el otro lado, deja de embestir a la demonia, saca el miembro de ella y lo aprieta en un puño. Comienza a bombear al ritmo al que Drystan me ayuda a masturbarme. Curva su dedo y lo imito, rozando esa zona rugosa que promete darme un orgasmo de los que parecen romperte por dentro. Con el pulgar frota mi clítoris y abro aún más las piernas, como si así fuese a alcanzar antes lo que quiero.

—¿Quieres correrte? ¿Quieres que Abraxas vea lo bien que te follo con los dedos?

Estoy tan cerca que diría ahora mismo cualquier cosa para que me dé lo que quiero. Creo que asiento, aunque tampoco estoy muy segura de mis acciones. Abraxas sigue masturbándose con furia; su pecho está completamente sudado, lleno de marcas de arañazos y mordiscos. Algo de metal resplandece en uno de sus pezones. Recorro el resto de su cuerpo hasta que mis ojos se posan en su glande, del que no tarda en brotar la señal inconfundible de su orgasmo. Se mancha a sí mismo con el semen y no parece importarle, pues poco después sus amantes se acercan a él y comienzan a limpiar el rastro dejado en su vientre con la lengua.

Me doy entonces cuenta de que sus ojos no son los únicos puestos en mí. Distintos demonios, en diferentes fases de desnudez y frenesí, tienen su atención volcada en el espectáculo que estamos dando. Algunos penetran a sus amantes con más fuerza mientras me beben con la mirada; otros gatean hacia mí y se relamen los labios, y solo unos pocos han dejado lo que estaban haciendo para darnos toda su atención. Mi respiración se entrecorta. Puedo sentir la ola del clímax abalanzarse sobre mí. Drystan lame la piel de mi cuello; estoy lista para sentir la punzada de sus colmillos. Mis gemidos se han unido al coro del resto; soy una más de las que se ha entregado al deseo. Ya siento la caída por el precipicio. Sigo penetrándome, cada vez más rápido, más ansiosa de placer. Abraxas, al otro lado, me guiña un ojo con aire pícaro. Abro la boca dejando salir un grito, noto la humedad bajándome por los muslos y, cuando estoy a punto de romperme, Drystan retira su dedo y tira de mi mano, privándome de tan deliciosa promesa.

No tengo tiempo de protestar. Me agarra por la cintura y me carga sobre su hombro. Automáticamente comienzo a aporrearle la espalda con los puños. Detrás de nosotros se pueden escuchar algunos abucheos de aquellos que se quejan de ser privados del final del espectáculo. Probablemente debería sentir vergüenza o algún sentimiento negativo por lo que acabo de hacer. No obstante, no encuentro la capacidad para hacerlo. Solo puedo concentrarme en el dolor entre mis piernas.

—¡Suéltame, animal!

—Lo haré cuando estemos lejos de todo esto, brujita.

—¡Quiero que me sueltes ya!

—¿Tantas ganas tienes de que toda esa gente vea cómo te corres? —A pesar de todo, puedo imaginarme la sonrisa que decora su boca. Juguetona, retadora—. No sabía que eras tan depravada.

—¿Tú me vas a hablar de depravación?

—¿Lo recuerdas? Todas las formas en las que me divertí contigo...

Su mano sube por mi muslo, arrastrando la falda de mi camisón en el proceso. Se acerca peligrosamente a la curva que separa el muslo del culo. Dibuja el contorno y estoy esperando a que haga algo más, pero nunca llega. Poco a poco la fiesta queda atrás y llega un momento en el que me canso de golpearle la espalda y me dejo vencer. Tengo una visión directa de sus nalgas enfundadas en estos pantalones de cuero que le quedan ridículamente bien.

Resoplo.

No debería encontrar nada de él atractivo. Y menos después de lo que acaba de hacer.

El mundo se balancea con cada una de sus zancadas; el ruido de la gente queda atrás y acabamos en un lugar rodeado de grandes rocas. Cuando al fin me deja sobre mis pies, me tambaleo un poco y tengo que sujetarme en una de ellas. El cielo ha adquirido un color violeta casi mágico.

—Debe estar haciéndose de noche. Propongo que la pasemos aquí.

—No tenemos tiempo que perder —protesto.

Me mira divertido y arquea una ceja.

—No parecías pensar lo mismo hace un momento.

—Ni una palabra más.

—El caso es que no es seguro vagar por aquí. ¿Has visto a esa criatura? Estoy muy seguro de que hay cosas peores que esa y dime, querida, ¿cuál es el momento favorito de los depredadores para cazar?

—¿Y crees que estar aquí parados es la mejor forma de evitar que nos coman?

—Creo que es mejor quedarnos aquí; no estamos muy lejos de esa...

orgía, y si hay tantos de ellos reunidos aquí cerca es que no creen que haya ningún peligro del que preocuparse. Si nos alejamos, podríamos acabar en el territorio de alguna criatura que desconocemos.

—¿Y qué pasa con Abraxas?

—Nos encontrará, descuida.

Quiero borrarle la expresión fanfarrona del rostro de un maldito golpe. Giro sobre mí misma, poniendo los ojos en blanco a la vez que estudio bien la zona. Las rocas son lo suficientemente grandes para ocultarnos y forman un semicírculo. Parecen unas garras o, aún peor, las fauces de una bestia que se esconde a nuestros pies. No dejo que ese pensamiento se instale demasiado tiempo en mi cabeza y, por el contrario, me siento en la tierra, asegurándome de mantener las distancias con Drystan. No confío mucho en mí misma después de lo ocurrido, de las sensaciones que he experimentado hace un momento… No puedo asegurar que, si vuelve a acariciarme, no intente acabar lo empezado. Y sé que volver a caer abriría de nuevo algo que pensaba cerrado.

Recuerda, querer a alguien nunca te ha salido bien.

Me tumbo y coloco las manos debajo de mi mejilla. Procuro quedar de espaldas a él. Escucho el ruido que hace, probablemente poniéndose cómodo para dormir o lo que sea que tenga pensado hacer. Aguzo el oído todo lo que puedo, buscando algún retazo de toda esa gente que hemos dejado a nuestras espaldas o tal vez de Abraxas volviendo a nuestro encuentro. Sin embargo, no se escucha nada, ni siquiera el correteo de algún animalillo o insecto. Es inquietante tanto silencio. Solo escucho el latido de mi corazón y mi respiración constante.

Y, por supuesto, la de Drystan. Una presencia demasiado tentadora. Estoy segura de que él también lo sabe.

26

Evanora

El cuerpo de Drystan ocupa buena parte de la cama y no puedo evitar que mis ojos recorran cada palmo de su figura desnuda. A estas alturas, se esperaría que me hubiese acostumbrado a una belleza tan perfecta. Su piel está libre de marcas; no hay una sola arruga, lunar o marca que manche su piel de porcelana ni el despliegue de músculos bien definidos. Las puntas de los dedos me cosquillean con el deseo de tocarlo, pero me refreno. Estos son los momentos más peligrosos, aquellos en los que mis ganas de rozar su piel no tienen nada que ver con sexo, sino con algo más. Es un cosquilleo en la boca del estómago, una sensación de vértigo que me sacude cada vez que pienso en que solo él es capaz de verme. Aunque me niegue a ser encontrada, sus ojos se posan en mí cada vez que entro a una habitación, y estoy segura de que sería el único en notar mi ausencia si desapareciera. Llevo toda la vida intentando pasar desapercibida, pero con Drystan es imposible.

Me ha convertido en el centro de su mundo. Y no sé cómo dejar de serlo.

Un monstruo como él no puede amar, y una persona tan rota como yo ha perdido la capacidad de hacerlo. Enredarme más en su obsesión tendrá consecuencias fatales. Es por eso que mis pies me piden salir huyendo.

—Cuando estás tan pensativa me asustas —dice sin abrir los ojos.

El brazo que tiene posado sobre mi estómago me aprieta con más fuerza, acercándome a él hasta que su nariz y la mía casi se rozan.

—¿Por qué?

—Porque sé que tu mente es un sitio oscuro.

Me quedo callada y me sumerjo en su mirada. Sus ojos parecen observarme como si ya supiese lo que planeo hacer. Puede que, en el fondo, siempre haya sabido que soy como el humo: imposible de capturar con las manos, siempre escurriéndome entre sus dedos.

—¿Cómo te imaginas tu vida en unos años? —pregunto.

Cierra los ojos y apoya la barbilla sobre mi cabeza, estrechándome con fuerza entre sus brazos. Entierro la nariz en la curva de su cuello y aspiro con fuerza su olor, porque sé que una vez me adentre de nuevo en el campamento, nunca más volveré a sentirlo tan cerca. Me aseguro de que cada parte de mí esté enredada en su cuerpo. Mis piernas están atrapadas entre la fuerza de sus muslos; mis brazos rodean su torso en un abrazo, mientras sus dedos serpentean por mi espalda y sus labios dejan besos en mi pelo.

—Nunca lo he pensado.

—¿Nunca?

—Va a sonar bastante patético lo que estoy a punto de decir, pero, desde que he tenido la edad suficiente para tomar mis propias decisiones, he estado junto a Viktor. Incluso cuando él no podía vivir su propia vida porque estaba prisionero y era torturado, me encargué de mantenerlo todo en orden para su regreso, para que encontrara su vida como debía ser.

—O sea que siempre has vivido por y para él.

—Es la única familia que me queda.

—Ese no es motivo suficiente para no vivir tu propia vida. ¿Nunca has querido formar tu propio hogar?

—No le he dedicado suficiente tiempo a pensarlo.

—Deberías. Tal vez Naida no sea una mala opción.

La habitación se queda en completo silencio por un tiempo.

—¿Por qué estás haciendo esto?

—¿Haciendo el qué?

—Buscando la manera de deshacerte de mí, sugerirme a otra mujer como si fuese a saltar sobre la primera que se me cruce.

—Solo te he dicho que es una buena opción. Es guapa, agradable, tiene buen corazón y es obvio que le gustas. Diría que incluso está enamorada de ti.

—Tú también eres guapa, increíblemente preciosa, de hecho, y tienes buen corazón.

Me separo un poco de él y lo obligo a que me mire. Parece sincero. Muy sincero. Y eso es lo que más me preocupa. Sus sentimientos cada vez me parecen más reales. Ya no solo se trata de una obsesión por aquello que no puede tener, sino de atracción por la presa que se le escapa una y otra vez. Empiezo a temer que estaría dispuesto a quedarse encerrado conmigo en el infierno que me gobierna y, pese a todos mis esfuerzos, he llegado a sentir por el vampiro algo más de lo que debería. Lo suficiente para no desearle un destino desgraciado a mi lado. Mis ganas de protegerme siempre serán mayores que mis ganas de amar.

—No hay futuro a mi lado, Drystan. Ya deberías saberlo.

—Eso es porque tú tampoco has dedicado suficiente tiempo a pensarlo. Ahora ha llegado la paz, Evanora. Podemos detenernos a pensar qué queremos hacer con nuestras vidas. —Enmarca mi rostro entre sus manos—. Prométeme que lo intentarás.

—Esa es una promesa estúpida.

—Solo inténtalo.

Asiento y cierro los ojos con la esperanza de que no vea la mentira escrita en ellos. Mi futuro ya está decidido. Lo pasaré dentro de los confines del campamento, ayudaré a todas mis hermanas, mejoraré mis conocimientos sobre medicina y pequeños conjuros; nada demasiado grande como para jugar con la magia negra, lo suficiente para poder ayudar a aquellos que lo necesiten. Si me quedo aquí, llegará el día en que se dé cuenta de que estar a mi lado es una muerte lenta y entonces se marchará, buscará a una chica como Naida y me tocará verlo. O tal vez salir huyendo. Ahora tengo la posibilidad de marcharme bajo mis propias condiciones. Todavía puedo salir ilesa de esto.

Al cabo de un rato de silencio, la respiración de Drystan se hace pesada y, aunque me mantiene cautiva en su agarre, es cuestión de tiempo que sus brazos se aflojen lo suficiente para escurrirme sin que se percate de ello. Busco en silencio por la habitación un trozo de papel, una pluma y tinta. Garabateo lo que quiero decir mientras mis ojos lo consumen desvergonzadamente. Me arden con lo que, sin lugar a dudas, es el comienzo de las lágrimas. No dejo que caigan; no me siento merecedora de derramarlas.

Dejo la nota sobre mi almohada, cerca de su rostro, y siento por última vez el cosquilleo de su respiración contra mis dedos. Quiero tocarlo, apartar el mechón de pelo que ha caído sobre su frente. No lo hago.

Me yergo, dispuesta a marcharme como una ladrona que se mueve de puntillas durante la noche, pero su mano agarra mi muñeca. Contengo el aliento a la vez que bajo la mirada.

—¿A dónde vas? —pregunta, con voz adormilada y los ojos cerrados.

—A por algo de agua.

Espero.

Asiente con la cabeza y me deja ir. No puedo evitar pensar que parece un niño pequeño, con ese rostro tan pacífico, ni una sola señal de que su sueño no sea apacible. Noto una punzada en el pecho cuando doy los últimos pasos hasta la puerta. Me llevo la mano al corazón y vuelvo a contener la respiración cuando la abro y salgo de la habitación. Con cada paso que pongo entre él y yo, me siento peor.

Una lágrima caliente cae por mi mejilla y muere en mi barbilla.

Entonces me doy cuenta de que me he equivocado.

No he salido ilesa.

Nunca tuve la oportunidad de hacerlo. Porque ya ha robado un pedazo de mí y se lo ha quedado, posiblemente enredado entre esas sábanas. Tendré que aprender a vivir nuevamente sin un trozo de mí.

Solo espero que lo cuide.

No pienso volver para recuperarlo.

27

Evanora

El calor que hacía que la ropa se humedeciera y se adhiriera a la piel ha desaparecido, dando lugar a un frío que hace que mis dientes no paren de castañear. Si yo soy consciente, estoy segura de que Drystan, no muy lejos de mí, está escuchando cómo lo paso realmente mal. Me encorvo intentando calentarme. Las rodillas casi me tocan el mentón y, aun así, no hay forma de que el sueño me encuentre. No creo que vaya a pegar ojo.

Abraxas no ha aparecido y, salvo los sonidos de mi cuerpo, no se escucha nada más. Sigue pareciéndome inquietante. Aprieto con fuerza los párpados y empleo todo tipo de técnicas para invocar el sueño. ¡Hasta cuento ovejitas!

—Si fueras menos terca, me pedirías que me acercara a darte calor.

La voz de Drystan me interrumpe cuando voy por la oveja ciento veintiocho.

Respondo sin darme la vuelta.

—¿Te recuerdo que los vampiros no tenéis calor corporal?

—¿Estás segura de eso? Creo que antes conseguí hacerte arder.

—¿Estás seguro de que fuiste tú?

Se levanta una ligera brisa antes de sentir un cuerpo duro junto a mí. Nunca dejará de sorprenderme la facilidad que tienen los de su especie para moverse así de rápido y, lo peor, es que son capaces de hacerlo con gracilidad. Rodea mi cintura con el brazo y me atrae hasta que no queda espacio entre nosotros. Técnicamente, no tiene calor corporal. Su piel, además de ser pálida e impecable, siempre está fría. Sin embargo, el calor que circula por mi cuerpo no tiene nada que ver con eso, sino con las sensaciones que despierta en mí. Supongo que él ya lo sabe y no piensa parar de restregármelo.

Su pulgar dibuja un patrón por encima de mi ropa que, lejos de tranquilizarme o adormecerme, me mantiene tensa y alerta. Mis deseos más oscuros llevan arañando la superficie desde hace rato, exigiendo compensación por lo que antes les fue privado. Deseaba que el sueño me alcanzara como una forma de dejarlo atrás; no obstante, no parece que vaya a ser posible esta noche.

Drystan permanece en silencio; no suelta ninguno de sus comentarios sarcásticos. Parece tan perdido en sus pensamientos como yo.

—¿Has estado alguna vez con un demonio? —pregunto.

Si la cuestión lo pilla por sorpresa, no hay nada en su cuerpo que lo delate; ni siquiera su pulgar deja de moverse por encima de mi estómago.

—No es tan común verlos fuera de aquí y nunca me han llamado la atención. No me gustaría quedar en una posición vulnerable con alguno a mi alrededor. El sexo nubla la mente; sería un buen momento para intentar descubrir tu mayor secreto y proponerte un trato.

—¿Y cuál es tu mayor deseo?

—¿Ahora mismo? —Al hablar, su aliento hace cosquillas en la parte posterior de mi cabeza—. Tú.

Por unos segundos me quedo completamente paralizada. Mis cuerdas vocales no responden a mis órdenes. Sus palabras suenan sinceras de verdad.

—Deberías dejar de decir cosas así —respondo al cabo de un par de minutos.

—¿Por qué? ¿Te incomoda?

—Sí.

—Bien, deberías sentirte incómoda después de todos los esfuerzos que estás haciendo por alejarte de mí y negar que te gusto.

—¿Siempre eres tan emocional con las mujeres con las que te acuestas?

Al fin me digno a girarme para encararlo. Tengo que elevar el mentón para que mis ojos conecten con los suyos. En este sitio no hay luna, pero, de alguna forma, no nos encontramos en una oscuridad absoluta. Veo lo suficiente como para descifrar el brillo de sus ojos. No está molesto por mis palabras, ni un poquito. Al contrario, al girarme parezco haberle dado precisamente lo que quería. Ahora es tarde para dar un paso atrás. No pienso dejarle ganar.

—Creo que tú ya sabes la respuesta.

Por desgracia, la sé. Todo el mundo en el castillo de Viktor rumoreaba que el comportamiento de Drystan no era el habitual. Obviamente, siempre ha sido un caballero que ha tratado a las damas dentro y fuera del dormitorio con respeto, pero nunca nadie lo ha visto mostrar interés por una de ellas una vez obtenida la gratificación que iba buscando. Es por eso que la gente se sorprende de sus esfuerzos conmigo. Debería sentirme halagada, caer rendida a sus pies.

Pero tienes miedo.

—Si alguien me pregunta por qué, nunca sabré decirles el motivo exacto. A pesar de mi naturaleza, nunca me he considerado como los demás, y no lo digo porque me sienta superior. Nuestra raza es dada a los excesos, obsesiva, cazadora, pero yo nunca he experimentado eso. Nunca me he obsesionado con una presa; el sexo no ha dominado mi vida, la violencia tampoco. He vivido demasiado, he visto lugares, personas y acontecimientos de grandísima belleza, así que dime, ¿por qué tú? ¿Por qué eres la única que ha conseguido llamar mi atención de esta manera? Creía que una vez sería suficiente. Sé que tú también lo esperabas y ojalá hubiésemos estado en lo cierto, pero no es así.

La mano que antes dibujaba círculos en mi estómago ahora sube por mi costado en una caricia lenta y suave.

—¿Estás intentando ablandarme con palabras, mosquito insolente?

—No, aunque, si está funcionando, por supuesto.

No debería reírme; sin embargo, lo hago. Mi risa retumba en este lugar escondido entre pedruscos. Sin prácticamente darme cuenta, he dejado de temblar, y todo gracias a él. No lo diré en voz alta. Mi risa muere lentamente sumiéndonos de nuevo en ese silencio que hasta hace no mucho encontraba inquietante y ahora parece ser tan solo el preludio de algo mucho más grande. Mis ojos han quedado completamente capturados por los suyos. Soy plenamente consciente del sube y baja de mi pecho con cada respiración laboriosa y cada latido más fuerte de lo normal. Estoy segura de que lo escucha y sabe perfectamente a qué se debe.

La mano que recorría mi costado serpentea fugazmente en mi hombro y juguetea con el tirante de mi camisón. Mi mente me traiciona, rezando silenciosamente para que baje por completo ese pedazo de tela y alivie el dolor que sacude mi cuerpo desde hace horas. Sin embargo, no lo hace, sino que sigue avanzando hasta que, con las yemas de sus dedos, frías al tacto, me recorre el pómulo, como si estuviese memorizándolo para luego dibujarlo.

—¿Te rindes?

—No sabía que estábamos compitiendo —murmuro.

—Sabes bien a qué me refiero.

Pero como no tengo una respuesta y, en caso de tenerla, no estoy segura de que sea aquella que quiere escuchar, hago algo más imprudente todavía. Me inclino hacia él, con la esperanza de que haga el resto. No me lo pone fácil. No sucumbe de inmediato, sino que juega como el gato con el ratón. Me tienta con sus labios, rozándolos fugazmente. Recorre el contorno de mi boca con la punta de la lengua, dibujando caminos de fuego. Se aleja y deja que el aire frío me golpee ahí donde ha dejado su saliva. Casi espero que se marche por completo y me deje con este fuego interno todavía más avivado; sin embargo, cuando menos me lo espero, su boca cubre la mía.

En mi interior se produce un terremoto, una avalancha, una catástrofe natural.

Al principio no soy consciente de los sonidos que salen de mi boca ni tampoco de lo desesperados que parecemos. Drystan entierra los dedos de ambas manos en mi melena y me atrae aún más hacia él. Nada parece saciarlo ni satisfacerlo. Sus colmillos se pasean por mi labio inferior y, lejos de sentirlo como una amenaza, mi cuerpo lo recibe como una promesa que está deseando que se cumpla.

Todo se acelera con rapidez. Dejamos de estar tumbados para acabar ambos de rodillas frente al otro. Mis manos se pasean por su figura sin control alguno. Recorro la parte delantera de su camisa; mis dedos juguetean con los botones, pero, en vez de desabrocharlos uno a uno, opto por la opción más rápida. Tiro de ella, haciéndolos saltar por los aires, y eso provoca que un gruñido salga de su boca.

—Joder, me vuelves completamente loco.

Me sujeta de la nuca, anclándome en el sitio, haciéndome imposible escapar. Tira con los dientes de mi labio. A cada segundo que pasa nos volvemos más animales. Recorro su pecho desnudo con las uñas, asegurándome de dejar mi marca, aunque sea solo temporal. Uno de los tirantes del camisón se desliza por mi hombro y deja el material lo suficientemente suelto como para que no le sea difícil dejar a la vista mi pecho izquierdo. Roza mi piel con la nariz y lo siento aspirar mi aroma antes de que sus colmillos acaricien mi pezón erizado. Sus labios se curvan en una sonrisa antes de que lo cubra con la boca y comience a torturarme dibujando círculos con la lengua. Me sujeto a sus hombros a la vez que arqueo la espalda para acercarme más. Libera mi pecho con un sonido de succión antes de apartar el otro tirante con los dientes y darle la misma atención al pecho derecho. El camisón se remolina en mis caderas; el frío ha dejado de importar porque estoy ardiendo. Cada roce de sus dedos me abrasa.

—Por favor…

—¿Ya estás rogando? Solo acabo de empezar, brujita.

Cuando se sacia con mis pechos, sigue repartiendo besos por mi esternón, bajando peligrosamente a mi ombligo. No se detiene ahí: engancha los dedos en la tela y lo desliza hacia arriba hasta que quedo solo en mi sencilla ropa interior de algodón. Me mira a la cara pidiendo permiso, aunque creo que mis mejillas sonrojadas, mis labios entreabiertos y mis ojos vidriosos son suficiente para que sepa que tiene bandera verde para hacer conmigo lo que quiera.

El pulgar de su mano dibuja otra vez patrones que pretenden ser tranquilizadores en la piel de mi estómago. No dura demasiado, pues baja los dedos por mi ropa interior y acuna mi sexo en la palma de su mano. Soy consciente de que he empapado la tela.

Chista.

—Mira qué desastre has formado... —Hace lo mismo que ha hecho con mi camisón y desliza la ropa interior por mis piernas. No deja que me recomponga antes de tumbarme en el suelo e instalar su cabeza entre mis piernas—. Brujita, estás goteando.

Tiene razón. Puedo sentir la humedad manchando mis muslos, y eso que casi no me ha tocado. Mi cabeza intenta autoengañarse y decirse que se debe a lo que sucedió hace un rato, todas esas miradas sobre mí... Ahora me siento insaciable.

No puedo apartar mi atención de él. Con los pulgares abre mis labios. Su aliento golpea mi carne sensible y toda mi piel se eriza. No actúa de inmediato; me mantiene expuesta, matándome con la anticipación. Alargo las manos para enredarlas en su pelo e intentar, inútilmente, obligarlo a darme la atención que necesito. Se ríe, haciéndome cosquillas en los muslos con el principio de barba en sus mejillas.

—¿Impaciente?

Entreabro la boca para soltar una respuesta y, en vez de eso, escapa un gemido ahogado cuando siento su lengua recorriendo toda mi entrada y deslizándose peligrosamente hacia abajo. Comienza con lamidas lentas para luego prestarle especial atención a mi clítoris hinchado. Mi espalda se arquea con cada círculo que dibuja sobre la zona y mis dedos tiran de su pelo.

—Joder, sí. Justo así.

No me importa en este momento cómo suene; solo quiero que me dé lo que necesito tan desesperadamente. Bajo la mirada y lo que veo me excita aún más. Sus ojos están puestos en mí mientras me devora y me besa ahí abajo como si fuesen los labios de mi boca. El silencio inquietante de este sitio se traga mis gemidos.

Introduce dos dedos en mi interior para darme lo que necesito. El sonido que hacen cada vez que entran y salen es sucio y erótico. Los curva tocando el punto exacto que puede hacerme explotar. El ritmo con el que me complace aumenta, dejando esas lamidas tentativas del principio. Puedo sentir cómo, poco a poco esa parte escondida de él, salvaje y animal, se libera. Gruñe antes de dejar de penetrarme, rodear mis rodillas con sus manos y llevarlas hacia atrás. Casi me rozan las mejillas. Lo que pasa a continuación es puro descontrol. Me tiene expuesta y servida para él como si fuese su siguiente comida. Hunde la lengua en mi entrada, penetrándome con ella, llenando el aire de sonidos que parecen los de una persona famélica. Mueve tentativamente el dedo corazón en mi culo, jugando con mis fluidos.

Mis gemidos se transforman en gritos extasiados. Drystan no se detiene, aunque le pida que pare porque las sensaciones son tan intensas que creo que voy a llorar. El nudo de mi estómago no deja de apretarse. La sensación de vértigo, de estar a punto de caer a la espiral del placer, es imparable. Mis respiraciones se vuelven aceleradas y entrecortadas. Su lengua no deja nada por recorrer; baja lentamente hasta mi otra entrada, donde dibuja pequeños círculos que se sienten mejor de lo que jamás imaginé. Es una sensación extraña, pero agradable.

—Agárrate las piernas, brujita.

Obedezco sin pensar.

Deja de sujetarme para que lo haga yo y entonces utiliza su mano libre para penetrarme por delante mientras, con la lengua, estimula mi otra entrada. Presiona con la punta, forzando al anillo de músculos. La mezcla de sensaciones hace que mi cabeza dé vueltas sin parar. Estoy mareada, borracha de placer.

Caigo, caigo y caigo…

Soy consciente de la humedad entre mis piernas, mezclada con su saliva, que baja desvergonzadamente por mi muslo. Dejo que mis manos se desenreden de su pelo y caigan a ambos lados de mi cuerpo. Me quedo completamente lánguida en el suelo después de haber sido arrasada por un orgasmo tan intenso. Aun así, él no deja de recorrerme con la lengua, lentamente, como si la idea de parar le pareciera imposible.

—Drys…

Me mira, con la barbilla brillante por mi excitación y una sonrisa en la cara. Me contempla como si fuese una diosa y casi consigue que crea que soy una de esas bellezas de las que hablan los poetas. Se muerde el labio, como si mantener las manos alejadas de mí en este preciso momento presentara todo un reto. Uno de sus colmillos le pellizca la carne y una pequeña gota de sangre brota y se pierde hasta caer por su barbilla.

No sé por qué me parece tan atractivo ni por qué me hace actuar como si ahora el animal fuera yo. Me levanto, con todo mi alrededor dando vueltas aún, y poso mi mano en su plexo solar. Empujo y él cede sin oponer resistencia. Se sienta y no dice ni una sola palabra cuando mis manos desabrochan su pantalón y liberan su miembro. Está tan erecto que parece doloroso.

—Haz algo al respecto, brujita.

Oh, dios…

Paso mis piernas a ambos lados de sus caderas y lo monto como una amazona. Sin despegar los ojos de los suyos, busco su erección y la coloco en mi entrada. Él no hace ni un solo movimiento, dejándome todo el control a mí.

—Cuando sientas cada puto centímetro dentro de ti, quiero que recuerdes que estás hecha para mí. Nadie te hará sentir tan bien como yo, cariño.

—Eres un creído.

—Cuando un hombre te haga llorar con la lengua como lo he hecho yo, dejaré de serlo. —Saca la lengua y la desliza por mi mejilla, limpiando el rastro salado—. Pero no habrá otros hombres, ¿verdad?

Y en ese momento agarra mis caderas y me hace descender, metiendo cada centímetro dentro de mí en una agonía lenta. Mi réplica queda olvidada. Clavo las uñas en sus hombros mientras subo lentamente por su longitud y bajo con fuerza, llegando a ese punto de fricción que hace que pequeñas motitas de luz bailoteen frente a mí. Dibujo círculos y me muelo contra el hueso de su pelvis para estimular mi clítoris.

—Así, justo así. Dioses, me estrangulas como un puto puño.

Clava los dedos en mis nalgas y me hace rebotar encima de él, arrancándome gritos de placer y dolor. No creo que nadie haya llegado a dónde él. No recuerdo que el sexo se haya sentido tan sucio y liberador con ninguna persona antes. Enreda su puño en mi pelo y lo utiliza para tirar de mí y exponer mi cuello. Sus embestidas se hacen más fuertes; el ruido de la carne al golpearme lo ensordece todo y, justo cuando creo que voy a volver a caer, noto una punzada en el cuello que es dolorosa al principio, pero que rápidamente calienta todo mi cuerpo, adormece la punta de mis dedos y hace que un enjambre furioso sacuda mi estómago. Los sonidos que salen de él mientras se alimenta de mi sangre son de placer absoluto, y así me lo hace saber cuando, en mitad del vórtice de emociones, lo noto crecer. Se corre dentro de mí; sin embargo, tarda un poco más en liberarme de sus colmillos.

Lame la herida de las punciones y se queda un rato largo con la cara escondida en el hueco de mi cuello. Mis brazos rodean el suyo, a la espera de que mi corazón vuelva a latir con normalidad. La ausencia de los latidos en él me recuerda las diferencias que existen entre nosotros.

—Perdóname, no debería haber hecho eso.

—Está bien.

—No está bien. No debería morderte sin tu permiso. No después de...

—¿Después de qué?

—De todo.

—No me trates como a una víctima, soy una superviviente.

—Nunca he pensado lo contrario.

Por fin deja de esconderse y me mira. Lo que se refleja en su rostro me asusta tanto que tengo que apartar la mirada.

—Algún día tendrás que aceptar que lo que tienes conmigo no es solo sexo.

—Tampoco es amor —respondo.

—Podría serlo. —Acuna mi mejilla y me obliga a mirarlo—. Vamos a recuperar tu alma y después vas a ser feliz.

—¿Contigo? —replico con ironía.

—Con quien tú decidas, pero lo mínimo que podrías hacer, lo mínimo que te mereces, es ser honesta contigo misma y dejar de huir.

Sus ojos reparan en mi cuello, justo en el sitio en el que me ha mordido. Sus rasgos se ensombrecen con un deseo primitivo. Intento poner distancia entre nosotros, pero, sin necesidad de palabras, me suplica que todavía no me aleje de él, así que dejo que me rodee con los brazos, protegiéndome del frío que me produce escalofríos ahora que la lujuria se ha deslizado de mi piel. Busco a tientas mi camisón con la intención de ocultar mi desnudez. Permanecer así con él se siente demasiado íntimo; sin embargo, no tengo ocasión de hacerlo, pues una voz desconocida interrumpe el silencio y hace que los dos giremos los rostros tan rápido como un latigazo hacia su dueño.

—Vaya, veo que ya os habéis dejado arrastrar por los sentimientos que evoca mi tierra. Bienvenidos a los Fosos, queridos.

28

Drystan

Con los años, he sido capaz de distinguir cuándo alguien supone una amenaza para mí o para los míos, y la persona que tengo delante es una de ellas. No necesito que se presente para saber de quién se trata. Pocos hombres hay en el mundo que puedan conseguir despertar mi estado de alerta.

Lucifer está sentado sobre una roca alta, con una rodilla flexionada en la que ha dejado descansar su mano, y la otra pierna cuelga despreocupada. Tiene el cabello tan blanco que brilla. Lleva los laterales cortos y la parte de arriba más larga. Sus ojos son verdes, de un tono increíblemente claro. Lleva el pecho desnudo, dejando a la vista una piel pálida y libre de marcas. Solo lleva puestos unos sencillos pantalones de algodón. Sin duda, no es lo que esperaba de la persona que controla este sitio y que tanta gente teme. Tiene en el rostro una sonrisa lobuna, y su nariz es recta y varonil, a pesar de que el conjunto lo hace parecer demasiado bello para ser un hombre. Es algo más.

Un ángel.

—¿Os ha comido la lengua el gato? Hace un rato no lo parecía.

Por el rabillo del ojo compruebo la reacción de Evanora. Se muestra tan imperturbable como yo, aunque sé que en el fondo su cabeza se ha convertido en un torbellino de preguntas. Es muy posible que ya haya empezado a enumerar todas las diferentes formas en las que esto podría acabar mal.

—Ya veo, no sois muy habladores con los desconocidos.

Lucifer suspira teatralmente y se deja caer de la roca al suelo. Se sacude la ropa para desprenderse del polvo invisible y se aproxima aún más a nosotros. Automáticamente, utilizo mi cuerpo para ocultar el de la banshee. Aprovecha ese momento para recolocarse de nuevo el camisón; sin embargo, yo no muevo ni un músculo para abrocharme los pantalones. Estoy demasiado concentrado en no perderme ni un solo detalle de lo que haga la nueva incorporación de la noche.

—¿Qué os está pareciendo el lugar? Acogedor, ¿verdad?

—¿Qué es lo que quieres? —pregunto.

—Solo compruebo que mis invitados estén bien.

—¿Has sabido desde el principio que estábamos aquí? —interviene Evanora.

La sonrisa del ángel caído se hace más extensa.

—¿Crees que alguien puede entrar a mi territorio sin que lo sepa, querida? —La estudia de arriba abajo sin que en ningún momento su mirada parezca lasciva—. Desde el momento en que habéis puesto un pie aquí, he sabido de vuestra existencia. Ahora bien, ¿cuáles son vuestros motivos? Nadie quiere venir aquí libremente.

—Necesito ver a alguien —responde ella.

—¿A quién? ¿Un familiar al que perdiste? —Inclina la cabeza como un felino curioso—. No puedo permitir eso, querida. Si alguien ha acabado aquí abajo, debe permanecer sin contacto con los que aún siguen vivos. —Es entonces cuando agranda los ojos, como si hubiese encontrado aquello que estaba buscando—. Oh, ya veo…

—¿Qué ves? —pregunto, con un tono un tanto hostil.

Reacciona con sorpresa; al parecer, mi silencio lo ha hecho olvidarse de mí.

—No tienes alma. —Se carcajea—. Y yo que estaba ya fantaseando con la posibilidad de tenerte aquí abajo con nosotros algún día.

Siento un pinchazo muy parecido al de los celos en el pecho.

—¿Lo haría? ¿Acabaría aquí?

Lucifer vuelve a adquirir esa actitud reflexiva.

—No —dice al fin—. Pero siempre hay tiempo para cambiar y ser una chica muy, muy mala…

Curva los labios en una sonrisa maliciosa. Veo cómo la banshee aprieta los puños y cierra los labios en una línea firme.

—¿Qué vas a hacernos?

No me ando con rodeos. No me fío ni un pelo de él. Su físico angelical pretende despistar, pero solo un tonto se olvidaría de su reputación. Es un zorro astuto que quiere jugar con nosotros; ni por un segundo creo que tenga intenciones honestas.

—¿Haceros? —Finge estar ofendido—. Nada, por supuesto. ¿Por qué clase de bárbaro me tomáis?

Ahora es mi turno de reír.

—No esperarás que creamos que nos dejarás avanzar sin pedir nada a cambio, ¿verdad?

—Os dejaré avanzar; vedlo como una oportunidad de visitar el lugar en el que podríais pasar la eternidad si cometéis las acciones equivocadas, al menos tú… Pero tienes razón, sí pediré algo a cambio.

—¿El qué?

No puedo disimular la tensión que recorre mi cuerpo, aunque lo intente. Lo sucedido hace tan solo unos instantes parece muy lejano. No queda ni un resquicio de esa lujuria en mi interior. Solo puedo concentrarme en la amenaza que tengo delante y en mantener a Evanora a salvo, cueste lo que cueste.

—Un beso.

Lo dice como si estuviese pidiendo una simple limosna. Tanto Evanora como yo nos miramos a la cara, incrédulos, sorprendidos por la petición.

—¿Un beso? —repite Evanora con tiento.

—Creo que estoy pidiendo algo muy pequeño en comparación con lo que se te pedirá a cambio de aquello que has venido a buscar.

—¿Un beso y me dejarás ver a Lilith?

—Así es.

La veo caminar hacia Lucifer dispuesta a darle lo que está pidiendo; sin embargo, mi sangre comienza a hervir. Mi pensamiento se nubla momentáneamente con ideas que nunca me han invadido con ninguna otra mujer. Abro y cierro los puños mientras la impulsividad llama a mi puerta. Antes de que esté lo suficiente cerca de él, agarro su camisón y la atraigo hacia mí. Su espalda choca contra mi pecho y suelta un pequeño gemido de sorpresa.

—¿Qué estás haciendo?

—No vas a besarlo.

Se da la vuelta, mirándome con el ceño fruncido y la boca apretada.

—Es solo un beso.

Por encima de ella veo la cara del ángel caído, que nos observa con aire divertido.

—Debe de haber alguna trampa, brujita. Piénsalo.

Lo hace. La duda baila en sus ojos durante unos segundos, pero la hace desaparecer tan rápido como llegó. Su rostro es el reflejo de la pura determinación. Ahora que estamos aquí, tan cerca de poder hablar con Lilith y traer de vuelta aquello que desea, no piensa dejar que nada se interponga. Está más que dispuesta a dar ese beso. Antes de que ella lo haga, me acerco con grandes zancadas a Lucifer. Lo agarro de los hombros y acaricio su mejilla con mis labios. Dura un momento, el suficiente para que note mi contacto. Después, le susurro en el oído.

—Me he criado siendo amigo de un gran manipulador. Si esto era algún tipo de trampa, siento mucho habértela arruinado. Bueno, en verdad no lo siento. No voy a dejar que juegues con las esperanzas de Evanora.

Doy un paso atrás y observo su rostro. Está tranquilo; sigue rodeándolo ese aire de diversión. No parece para nada molesto por mi atrevimiento. Al contrario, diría que le ha satisfecho. Suspira, sacudiendo sus hombros en el proceso.

—Está bien, nunca especifiqué quién tenía que dar el beso ni cómo tenía que ser este. Ahí está el poder de las palabras. Tendré que ser más específico la próxima vez.

Ninguno de los presentes duda de que, si él quisiera, podría reclamar lo que deseara hasta que alguno de los dos se lo concediera. Está siendo benevolente con nosotros, y eso no hace más que preocuparme y hacerme preguntarme por qué. No obstante, no pienso mirarle el diente al caballo regalado. Al menos no ahora.

—¿Cómo puedo encontrar a Lilith?

—Oh, mi querida Lilith, tan rebelde... —Se pierde en sus pensamientos. Tiene una expresión soñadora en el rostro—. Está en la zona más profunda de los Fosos; es donde guardo a mis invitados más problemáticos.

—¿Invitados? —replico en tono burlón—. Tengo entendido que a los invitados no se les encadena ni se les retiene contra su propia voluntad.

—No tendría que hacerlo si ella entendiera de una vez por todas que su lugar es aquí abajo, conmigo, no con ese dios que solo es uno de nuestros recaderos. No entiendo cómo puede preferir a un hombre que se dedica a hacernos el trabajo.

—No tienes que entenderlo, solo dejarlo estar.

Mi respuesta no le agrada; así lo refleja su rostro por unos instantes, aunque lo hace desaparecer de inmediato. Parece que no es tan buen actor como le gustaría ni lo suficientemente inmune a los sentimientos propios de humanos, como los celos. Por desgracia, yo tampoco.

—No has respondido a mi pregunta, ¿cómo la encuentro? —insiste la banshee.

—Vais en la dirección correcta. Seguid vuestro instinto; os llevará a donde deseáis ir. Este lugar cambia constantemente su distribución con el objetivo de que nunca se esté demasiado cómodo. Al fin y al cabo, quien acaba aquí no viene a pasar una estancia agradable.

—No lo parecía ahí atrás...

—Oh, eso... solo pueden participar demonios. Ningún humano u otra especie tiene permitido entrar. Tampoco es que pudiesen soportarlo.

No, los cuerpos de los humanos sin duda no están hechos para soportar la violencia de los demonios a la hora del sexo. Mucho menos las rarezas fisiológicas que esconden.

—Pues creo que deberíais mejorar vuestra seguridad —añade una voz familiar.

Abraxas aparece con la camisa abierta, lleno de arañazos por el pecho y otras marcas de mordiscos. Lleva la capa doblada sobre el brazo y los pantalones todavía por abrochar. Su pelo tiene el aspecto de haber sido acariciado por muchos pares de manos y sus labios están hinchados y lastimados. La sangre que antes lo cubría parece haber desaparecido. El brillo postcoital es inconfundible en su mirada, por no hablar de su sonrisa…

—Querido, si yo no lo hubiese deseado, no hubieseis participado. —Lucifer le guiña el ojo—. Me ha encantado el espectáculo que habéis dado.

Abraxas no muestra ni una pizca de vergüenza al saber que ha sido observado por el ángel caído. Evanora, por el contrario, tiene las mejillas ardiendo. Reprimo una pequeña risita que sé que en este momento no será muy bien recibida. Las palabras de Lucifer siembran una semilla peligrosa. Me imagino lo que habría pasado si hubiese dejado que toda esa lujuria tomara las riendas. No habría sido delicado ni dulce. Lo que ha ocurrido antes es un juego de niños en comparación con lo que podría haber sucedido si me hubiese dejado llevar en ese ambiente, rodeado de personas sedientas de sexo, con sus gemidos como la gasolina para perder el control.

—No planeamos quedarnos el suficiente tiempo como para disfrutar de la siguiente —respondo.

—¿Seguro?

El color de sus ojos verdes parece intensificarse por el brillo de la diversión. Ante mi falta de respuesta, aparta su atención de mí y la dirige al resto. Abraxas está demasiado ocupado abrochándose los pantalones, aunque no hace por adecentarse mucho más. Los vampiros no nos avergonzamos de nuestra sexualidad; para nosotros es tan natural como respirar. Evanora tiene la mirada perdida, posiblemente esté dándole vueltas a todo lo que el ángel caído nos ha dicho.

Cuando hago por volver a mirarlo, Lucifer ha desaparecido. No ha dejado tras de sí ni una sola señal de que haya estado con nosotros. Los dientes de la banshee vuelven a castañear después de que el efecto de la lujuria se haya disipado del todo y el aire vuelva a ser dolorosamente frío. Abraxas suspira y echa un ojo a su alrededor.

—¿Qué hacemos?

—Deberíamos aprovechar para descansar un poco más. Creo que todos lo necesitamos.

Evanora no dice nada. De hecho, cuando nos tumbamos en el suelo y acerco mi figura a la suya, no protesta. Tampoco cuando la rodeo con el brazo y la atraigo contra mi pecho. No tarda en quedarse dormida, y me tranquiliza escuchar el ritmo de su respiración. Parece estar cómoda, despreocupada, a pesar de que en el fondo sé que en su cabeza no para de darle vueltas a todo. No consigo quedarme dormido, y estoy seguro de que Abraxas tampoco lo hace. La calma que hay aquí es demasiado inquietante.

Solo es cuestión de tiempo que esta se rompa y llegue la tormenta.

29

Evanora

Avanzamos en línea recta cuando creemos que ya ha amanecido. Es difícil decirlo cuando el cielo carece de sol, pero este igualmente se colorea de diversos tonos de rosa y naranja. Sin embargo, en ningún momento parece que el azul vaya a abrirse camino. Es un perpetuo amanecer. El paisaje con el que hemos despertado no se parece en nada al que vimos anoche antes de cerrar los ojos. El ángel caído no mintió cuando dijo que este sitio se transforma constantemente.

Haciendo caso a las palabras de Lucifer, sigo a mi intuición. Marco el rumbo que debemos seguir, o el que creo que nos llevará hasta Lilith. En el centro de mi pecho tengo una mezcla de sensaciones que van desde la emoción ante la posibilidad de recuperar lo que creí perdido hace mucho, hasta el miedo al precio que tenga que pagar para conseguirlo y la tristeza al pensar que tal vez todo este viaje, los riesgos, no sirvan para nada y no haya forma de que Lilith me devuelva mi alma. Puede que lleve tiempo consumida, perdida.

—Piensas mucho más alto de lo que te imaginas.

La voz de Drystan me saca de la espiral en la que estaba empezando a sumergirme una vez más.

—Lo siento.

—Por los dioses, tenemos que sacarte de aquí cuanto antes si todo esto te está afectando tanto como para que te disculpes conmigo —responde en tono juguetón.

Ralentizo mis pasos, lo justo para que quedemos al mismo nivel, y le doy un codazo en las costillas. Ahoga un jadeo, a lo que Abraxas responde con una carcajada. Él va el último, mirando a todas partes, vigilando por si aparece una próxima amenaza. El terreno sigue estando bastante desolado. Solo hay formaciones rocosas por aquí y por allá, y nada de vegetación que indique que aquí puede florecer vida. El frío insoportable de la noche ha desaparecido, dando paso a unas altas temperaturas que son imposibles de soportar. He roto parte del bajo de mi camisón con la esperanza de que, al tener menos tela cubriéndome, vaya a sentir algo de alivio.

Nos hemos repartido el agua que Abraxas trajo consigo en pequeños sorbos para que nos dure lo máximo posible, ya que aquí no hay ni rastro de agua salvo aquella que sale hirviendo de los géiseres. A ninguno de nosotros le entusiasma la idea de acercarse a uno de esos.

—¿Has encontrado aquello por lo que has venido con nosotros? —pregunto, mirando por encima del hombro al vampiro de ojos verdes.

Lleva desde el principio del viaje con el mismo rostro, y tras contarme Sierra el truco para saber cuál es la verdadera cara del vampiro, siempre me cerioro de mirarle a los ojos y comprobar que tienen el brillo de los vivos y no son opacos, sin vida.

—No.

—¿Qué es? —interrumpe Drystan.

—No me corresponde a mí contarlo.

—Venga ya, tú sabes por qué estoy aquí —discuto—. Si nos lo dices, seremos más ojos buscando.

Permanece en silencio, estudiando las posibilidades antes de dejar salir un suspiro y comenzar a hablar de nuevo.

—Estoy buscando el alma de alguien.

—¿De quién?

—No es algo que pueda contar.

Achico los ojos y lo miro recelosa.

—¿Y sabes cómo es su alma?

—Luz. Por lo que me han dicho.

Sus respuestas son muy vagas y confusas, pero ha quedado más que claro que no obtendré nada más de él. Comparto una mirada con Drystan, quien se encoge de hombros, haciéndome saber que está tan perdido como yo en lo que a los hermanos Amery respecta.

Nos sumimos en el silencio durante horas hasta que mis pies se detienen en seco frente a lo que a primera vista parece un simple agujero. Pero un sentimiento demasiado potente tira de mi pecho hacia adelante, instigándome a seguir, a saltar al vacío. Me coloco en el filo y miro al interior. No se ve el fondo, solo paredes de rocas que prometen llevarnos al centro de la tierra. Son de un rojo tan intenso que parecen pintadas con sangre.

—Es aquí. Tenemos que bajar —digo casi sin aliento.

Los dos vampiros se colocan a mi lado y miran el agujero, como si pensaran que me he vuelto completamente loca. Mi pelo vuela hacia atrás, fruto del viento cálido que emana de él, y el camisón, húmedo por el sudor, se pega aún más a mi cuerpo.

—¿Cómo sugieres que bajemos? —pregunta Abraxas.

—Supongo que tendremos que saltar.

Sueno como una demente.

—Ni hablar. —Drystan niega con la cabeza repetidas veces—. No sabemos cómo de profundo es ni qué habrá ahí abajo. Podrías morir en la caída, brujita.

—Lucifer dijo que siguiéramos nuestra intuición, y te digo que tenemos que ir ahí abajo.

—¿Y si es una trampa? —comenta Abraxas.

—No lo sabremos hasta que no lo intentemos. Ninguno de nosotros tiene la certeza de nada.

—¿Te das cuenta de que estás proponiendo una locura?

Puedo ver en el rostro de Drystan un creciente pánico. Abre y cierra los puños como si quisiera agarrarme en este preciso momento y sacudirme para que la idea abandone mi mente. Sin embargo, lo que sea que ve en mi rostro le dice que no pienso ignorar mi instinto.

—No creo que este sitio espere de nosotros que seamos muy lógicos.

Resopla y se pasa los dedos por el pelo, despeinándolo.

—Iré yo primero.

Abro la boca para contradecirlo, pero su mirada refleja una determinación férrea y queda claro que nada de lo que diga va a convencerlo de hacer lo contrario. Tampoco es que me apetezca, después de ver en sus ojos esa pizca de miedo. Sé que no lo siente por él, sino por mí. Al fin y al cabo, la que tiene un cuerpo mucho más frágil de los dos soy yo.

Se acerca al borde y puedo escuchar el latido acelerado de mi corazón. El silencio es sepulcral y nos miramos una última vez antes de que se deje caer al vacío. No sale ningún sonido de él. El efecto de luces y colores hace parecer que va a caer directo en las llamas. Desaparece por completo de mi campo visual y es en ese momento cuando en mi pecho sucede algo extraño. Es como tener un puño alrededor del corazón que aprieta y aprieta con la intención de hacerlo estallar. Coloco la palma encima con la falsa esperanza de que eso alivie la molestia. No obstante, sé bien que no desaparecerá, pues realmente este dolor no viene de algo que esté mal con mi cuerpo, sino de mis sentimientos, de mi mente.

—Si te dejara sola en algún momento, Drystan me mataría, así que creo que eres la siguiente, banshee.

Me lanza una sonrisa pequeña que pretende darme ánimos.

Trago con fuerza el nudo en mi garganta y respiro hondo, con la esperanza de que el dolor de mi pecho se suavice y mi corazón vuelva a latir con normalidad. Me sudan las palmas de las manos y creo que tiene poco que ver con la temperatura de este lugar. Coloco los pies en el filo y miro hacia abajo, a las profundidades. No se escucha absolutamente nada, ni un solo sonido que pueda avisarme de que Drystan está en el final, a salvo. Cierro los ojos con fuerza, me recuerdo por qué hago esto y salto.

La imagen de Faera en su versión pequeña y en la adulta, cruza por mi mente como un fogonazo.

Me atrevo a abrir los párpados, pero la fuerza de la caída, el aire que corta mis mejillas, me obliga a volver a cerrarlos. Mis dedos rozan las paredes y suelto un gemido de dolor al sentir cómo estas queman las yemas de mis dedos. No sé durante cuánto tiempo se extiende la caída, se me hace eterna. La oscuridad parece no terminar nunca y, cuando al fin golpeo sobre algo que no parece ser piedra, las sombras se han vuelto lo suficientemente celosas como para no dejarme escapar.

30

Drystan

Me cuesta despertar, los párpados me pesan y las garras del sueño están bien clavadas en mí. La posibilidad de seguir sumido en esta inconsciencia, en esta paz, tampoco me disgusta. Solo un olor familiar, que lleva largo tiempo desaparecido, consigue que abra los ojos y me reincorpore de inmediato. Miro a mi alrededor y nada me es desconocido. Las paredes son familiares, así como cada óleo colgado en ellas, los jarrones colmados con las flores favoritas de mamá y, en la lejanía, el inconfundible sonido de una de las piezas que más disfruta tocando.

Me pongo de pie y giro sobre mí mismo, todavía sin creer que esté en mi antiguo hogar, aquel que llevo siglos sin pisar. No hay polvo ni sábanas cubriendo los muebles. Todo está igual que la última vez. Hay calidez; parece un lugar habitado y no abandonado, como lo recuerdo. Reconozco perfectamente el recibidor y camino por él, maravillado con lo que estoy viendo. Me atrevo a explorar la habitación contigua, donde hay un pequeño salón. En la mesita baja junto al sofá hay una tetera y una taza humeante con una marca de carmín. Inevitablemente, mi corazón da un vuelco al recordar las incontables veces en las que vi una estampa similar. Mamá adoraba disfrutar de su té mientras que yo me sentaba en el sillón de enfrente y le leía alguno de esos poetas humanos que había descubierto entre el montón de libros viejos que la gente desechaba.

El recuerdo me hace sonreír, pero el sonido de una risa en otra habitación hace que vuelva a ponerme serio.

No es posible. No puede ser real.

La risa de mamá.

Como un hombre poseído, avanzo y dejo atrás habitación tras habitación en busca de ese sonido.

—¿Mamá? —grito.

Estoy seguro de que nadie responderá, que esto simplemente es mi cabeza jugándome una mala pasada, regalándome lo que quiero escuchar.

—¿Drystan?

Me fallan las rodillas; estoy seguro de que me habría caído al suelo si no fuera porque consigo agarrarme al marco de la puerta.

La sala de música.

Frente al piano, recortada por los rayos de sol que entran por la ventana, está mamá. Su cabellera negra cae por la espalda hasta la cintura y solo puedo ver su perfil. Lleva una sonrisa que muestra sus dientes y un vestido negro sencillo que se amolda a ella a la perfección. Consciente de mi presencia en el marco de la puerta, se da la vuelta muy lentamente hasta que quedamos frente a frente. Sus ojos siempre han sido demasiado grandes para su cara, y el tono de su mirada, tan negro que la gente a veces evitaba sostenerla, resultaba incómodo. Sin embargo, siempre ha sido de mis cosas favoritas de ella. Tal vez porque los heredé y siempre me han hecho sentir más unido a ella.

—Mírate, te has convertido en todo un hombre.

Al escuchar su voz, no puedo evitar cerrar los ojos, dejando que cada palabra me acaricie después de siglos sin oírla. Me pellizco el brazo, rezando para que esto no sea un sueño. Vuelvo a abrir los ojos y sigo aquí, en la entrada de la sala de música, con mamá mirándome con expectación desde la banqueta del piano.

—¿Mamá? ¿De verdad estás aquí?

Sonríe todavía más ampliamente y extiende los brazos para que me acerque a darle un abrazo. Mis primeros pasos son vacilantes; todavía estoy esperando a que todo esto se esfume como el humo. No es hasta que estoy a escasos centímetros del abrazo de mi madre que me permito relajar los hombros. Su perfume no tarda en rodearme por completo. Huele a rosas frescas. Su cabeza queda contra mi pecho y apoyo la barbilla encima de su coronilla. La estrecho con fuerza y siento un nudo en la garganta que deshago tragando saliva con fuerza.

—Te he echado mucho de menos —digo con la voz de un niño pequeño.

—Yo también a ti, hijo —Me aprieta tan fuerte que siento sus uñas clavarse en mi ropa—. Cuéntame, ¿qué me he perdido?

Quiero hacer muchas preguntas. Nada de esto es normal y, aunque me muero por obtener respuestas, cedo a sus deseos. Me paso horas hablándole de todo y de nada a la vez. A veces solo nos miramos con una sonrisa y dejamos que el silencio sea uno más en la habitación. Le hablo de Viktor, quien también era como un hijo para ella, de cómo ha cambiado, de la familia que tiene ahora. También le hablo de Evanora y es evidente, por la forma cariñosa en que me mira, que sabe que estoy loco por la banshee. Ella tan solo tendría que decirme que salte y yo le preguntaría desde qué altura.

Le echo un vistazo al piano que hay tras su espalda y me invade la nostalgia. Si es que alguna vez llegó a irse...

—¿Por qué no tocas tu pieza favorita? Hace mucho que no te escucho tocar.

No protesta ni pone ninguna excusa. Sus ojos se llenan de entendimiento, como si supiese perfectamente cómo me siento. Se sienta con la elegancia que siempre la ha caracterizado frente al piano. Flexiona los dedos y toca alguna tecla suelta, cerciorándose de que todo suena como a ella le gusta. Me apoyo en la cola del piano y cierro los ojos, esperando el espectáculo que sé que me dará. Mamá siempre ha sido algo fuera de este mundo frente a las teclas. La melodía que interpreta es un viaje desde la felicidad a la tragedia, con partes tan suaves que relajan tu cuerpo y otras tan sombrías que inevitablemente consiguen removerte por dentro. No abro los ojos para no estropear la experiencia, como ella siempre me ha dicho, aunque la realidad es que me encantaría ver sus dedos moviéndose con agilidad sobre el instrumento y su cuerpo poseído por la música. De pequeño siempre fue algo que me encantaba ver y que envidiaba no ser capaz de replicar.

—No ha perdido ni una pizca de su magia, ¿verdad?

Mi corazón deja de latir por un segundo. Abro los labios, fruto de la sorpresa. La voz cálida y grave de papá me acaricia por dentro. Me doy la vuelta y ahí está, tan grande como lo recuerdo. Siempre ha dado un poco de miedo. Es alto y mucho más robusto que yo. Supongo que heredé los rasgos delicados de mi madre. Sus ojos son como chocolate fundido y su cabello es del mismo color; le acaricia los hombros, como a mí. Va vestido entero de negro, sin chaqueta ni chaleco, solo su camisa. Se coloca a mi lado, posa una mano fuerte en mi hombro y se queda callado, esperando a que mamá acabe la pieza. Tengo tanto que decirle, tantos consejos que pedirle, que me parece todo un reto quedarme en silencio oyendo la música, pero sé que él no responderá a nada de lo que diga. Escuchar a mamá tocar siempre ha sido un acto sagrado para él. Tal vez sea una de las claves de su amor tan fuerte.

Me quedo callado. Ambos la observamos como si fuese todo nuestro mundo, y en parte es cierto. No obstante, hay algo que no me deja tranquilo: unos ojos azules y un cabello blanco. Me pierdo pensando en ella hasta tal punto de que no soy consciente de que mi madre ha dejado de tocar y ahora ambos me miran con curiosidad dibujada en el rostro.

—¿Qué te inquieta, hijo? —pregunta papá.

Quiero decirle que hay demasiadas cosas que me inquietan ahora mismo, pero empiezo por la que parece más obvia e importante.

—Esto es muy extraño. —Vuelvo a mirar a mi alrededor, comprobando una vez más que todo está como fue antaño—. No debería estar aquí y vosotros tampoco.

—¿Dónde estaríamos, si no, en nuestra casa?

—Vosotros estáis…

No soy capaz de terminar la frase, menos aún cuando ellos dos parecen totalmente ajenos a la realidad. A lo mejor, si no lo digo en voz alta, será menos verdad. Podría mirar a otro lado y fingir que esta es mi normalidad.

—Estamos felices de que hayas vuelto a casa —finaliza mamá.

Deja su lugar frente al piano, viene hasta nosotros y pasa un brazo alrededor de cada uno, quedando en medio. Parece tan pequeña y frágil en comparación...

Nos conduce fuera de la habitación hasta la salida que vi antes. Mi cuerpo libra una batalla interna. Quiere que me rebele. *Esto no es real.* Cada uno toma su lugar habitual, así como hago yo. Sé que nada de esto puede ser verdad; yo los vi morir y ahora están aquí frente a mí como si nada hubiese pasado, como si hubiese estado en un largo viaje y hubiese vuelto a casa. ¿Qué significa todo esto? ¿Por qué los estoy viendo en este lugar? ¿Mis padres acabaron en los Fosos y por eso puedo verlos? Ese último pensamiento me desuela.

—Parece que nuestro hijo ha conocido a una chica muy interesante.

Mamá me saca de mis pensamientos y la veo llevarse una taza de té a los labios. Papá tiene el brazo rodeando el respaldo del sofá, a su lado.

—¿Sí? ¿Quién es? ¿De qué familia se trata?

No es que mi padre sea —no puedo evitar pensar en él en presente cuando lo tengo justo delante— uno de esos a los que solo les importan el apellido y la riqueza, aunque no me extraña que su primera suposición sea que se trata de una de los nuestros.

—Oh, qué va, querido. Es una banshee.

Mi madre parece ser dueña de todas las respuestas. No me molesto en preguntar cómo sabe eso. Es solo una confirmación más de que nada de esto es real. Papá no puede disimular la sorpresa ante sus palabras, aunque no parece que sea en un mal sentido.

—Una banshee... Qué curiosa elección, hijo, aunque estoy seguro de que debe ser una muchacha excepcional si ha conseguido llamar tu atención de esa forma. Nunca te ha interesado mucho el amor.

A pesar de que me encantaría estar del todo presente en la conversación, no puedo evitar que mi mente se disperse. Me encuentro en la encrucijada de querer disfrutar esto como si fuese normal y, a la vez, en la tristeza de saber que esto posiblemente sea un sueño del que tenga que despertar. El dolor será muy intenso después. Miro a mi alrededor, buscando ese detalle clave que me corrobore que todo esto solo es una cruel ilusión.

—¿Qué ocurre, Drystan? ¿Algo va mal?

Puedo notar que algo ha cambiado. No sé de qué se trata. Simplemente, el aire parece cargado de una energía distinta. Hay algo que tira de mi cuerpo y me insta a buscarlo.

—¿Drys?

Ahí está.

Esa manera de llamarme.

Sale de los labios de mamá, pero no es su voz la que escucho. Es una menos delicada, más guerrera. Con fuerza y seguridad.

—¿Drys?

Esta vez el sonido es más fuerte.

Miro a la salida de la habitación y veo a Evanora. Lleva el camisón arrugado, sudado y pegado a la piel, igual que su pelo. Tiene las mejillas manchadas de hollín y parece haber sido escupida directamente de una pesadilla. Sacude los brazos intentando llamar mi atención y su voz llega a mí como un eco lejano.

—¿Qué te pasa, hijo? Pareces distraído.

Me levanto como un resorte del sillón.

—Tengo que irme.

Son las palabras más dolorosas que he tenido que decir en mucho tiempo. Siempre pensé que, si tuviera la oportunidad de estar con mis padres de nuevo, no volvería a alejarme ni un segundo, pero los ojos de Evanora me miran desde la distancia, suplicantes. Jamás pensé que podría tomar una decisión así tan rápido. Pensé que mi familia siempre sería lo primero y ahora llega ella y hace saltar todas mis convicciones por los aires.

—¡Drys, tenemos que salir de aquí!

Cierro los ojos y no los miro para que esto no sea más difícil. Solo he dado un paso cuando la mano fría y pálida de mi madre me agarra de la muñeca.

—¿A dónde vas? Acabas de llegar, todavía tenemos mucho de lo que ponernos al corriente.

Soy más débil de lo que pensaba, pues acabo mirándola una vez más. No hay maldad en sus palabras, su rostro solo refleja cariño. No obstante, en sus ojos veo una profunda tristeza. Tal vez ella también sepa que esto no es real, que es solo una ilusión o una oportunidad que nos ha dado este sitio de reencontrarnos, aunque no sea todavía nuestro momento.

—No puedo quedarme, mamá.

Papá rodea entonces los hombros de mamá y la abraza con fuerza contra su costado. Él parece saber la verdad tanto como yo.

—Todavía no es su momento.

Asiento y no me deshago de su agarre en mi muñeca de inmediato, sino que rodeo su mano con fuerza, grabándome la sensación de tocarla una vez más. Dejo salir el aire poco a poco de mis pulmones antes de armarme del valor para darme la vuelta y correr hacia Evanora. Cometo el error de echar un último vistazo a mi espalda, creyendo que los veré tal cual los he dejado, pero lo que encuentro es el último recuerdo real que tengo de ellos: mamá sobre un charco de sangre y papá a su lado, con la cabeza en su regazo y un puñal saliendo de su pecho.

31

Evanora

Me despierto en el campamento que siempre he considerado mi hogar. No hay ni rastro de las demás, pero todo parece estar tal y como lo recuerdo. Una brisa que alivia mi piel sacude los abalorios colgados sobre las puertas. Grito algunos nombres, comprobando que no hay absolutamente nadie. Esa es la primera señal de que esto no puede ser real. Hace un momento estaba cayendo por un agujero y, al siguiente, estoy aquí. No, no puede ser verdad. Y mucho menos si aparezco en mi campamento, vacío, sin nadie. Todo el mundo sabe que las banshees raramente abandonan este lugar.

Deambulo por el sitio encontrando objetos aquí y allá, como si sus dueños hubiesen salido corriendo y hubiesen dejado todo lo que estaban haciendo. Paso frente a la gran cabaña de Naja desde la que se puede oler el incienso. Compruebo que ella tampoco está y sigo mi camino. Llego a mi cabaña. Desde fuera sigue tal y como la dejé. Es pequeña y, aunque se me ofreció cambiarla, nunca he querido renunciar a ella. Abro la puerta y me sorprende descubrir el fuego de la chimenea encendida, aunque no tanto como ver a la figura sentada frente a él, en el camastro.

Mamá está tal y como la recuerdo. Tiene el pelo de un negro casi azulado, entrelazado hasta casi la cintura, y los ojos del mismo azul que los míos. Lleva un camisón gris, con los bajos algo sucios y raídos.

Observa impasible las llamas, con las manos cruzadas sobre el regazo. Ni siquiera mi entrada es capaz de perturbarla. Mi corazón se salta un latido al verla, a pesar de que no actúo en consecuencia. No dejo que los sentimientos me arrastren. Camino con tranquilidad hasta sentarme en el camastro de enfrente y la miro fijamente. Me recuerdo, otra vez, que nada de esto es real.

Me pican los ojos, con lágrimas no derramadas, al ver su rostro una vez más. Parece que nunca se fue. Por fin, parece darse cuenta de mi presencia y desplaza la mirada hasta dar con la mía. Sonríe lentamente, con ternura.

—Evanora.

Su voz es igual. Es la de mamá.

—No puede ser —susurro—. No eres real.

Asiente, de acuerdo.

—Ha pasado mucho tiempo, ¿verdad?

No tengo la paciencia para formalidades. Pregunto aquello que me hizo abandonar la seguridad de mi hogar y enfrentarme a peligros que ojalá nunca hubiese tenido que experimentar.

—¿Qué te pasó? ¿Por qué nunca volviste?

Deja de mirarme devolviendo su atención al fuego. Su piel, pálida como el alabastro, está bañada de naranja, pero sigue tan perfecta como la recuerdo. No hay marcas del paso del tiempo ni cicatrices que no conozca.

—Seguro que llevas mucho tiempo haciéndote esa pregunta.

—Salí a buscarte.

—Lo sé, y eso te costó demasiado. Lo siento, hija.

No dejo que esos recuerdos se filtren en mi mente ahora. Solo me arrastrarían al lugar oscuro del que tantas veces me ha costado salir.

—No tenía intención de desaparecer. Salí a por algunas plantas medicinales que no se encontraban cerca de la zona. Pensaba que volvería antes de que oscureciera, pero me alejé demasiado y tuve que pasar la noche en el bosque. No conseguía dormirme y escuché ruidos. Acudí a descubrir de qué se trataba; ya me conoces, siempre he sido demasiado curiosa para mi propio bien. Era un grupo de vampiros y salí corriendo, asustada. Me alejé aún más, me perdí y, en la oscuridad, caí por un desnivel. Escuché el chasquido de mi pierna al partirse y, aunque luché por arrastrarme, fue inútil. Solo era cuestión de tiempo que los depredadores nocturnos me encontraran por el olor de la sangre de mis heridas. Ahora que lo pienso, tal vez los vampiros hubiesen sido más misericordiosos que las bestias.

Su voz carece de vida. Cuenta su muerte como si le hubiese ocurrido a otra persona, mientras que yo no puedo evitar horrorizarme ante su relato. Me imagino la escena, el dolor, la sangre, y se me revuelven las tripas.

—Siempre supe que no me habías abandonado, que era imposible que no hubieses vuelto por elección propia.

El nudo en mi garganta se hace más fuerte. Recuerdo todas las noches en vela, preguntándome qué había pasado y cómo todo el mundo me decía que debía dejarlo estar. Si hubiese hecho caso, tal vez no hubiese ocurrido nada de lo que vino después, aunque no creo que hubiese podido sentirme bien conmigo misma si no lo hubiese intentado.

—A veces me consolaba pensando que tal vez habías ido a buscar al hombre con el que me creaste.

Papá nunca ha sido una palabra dentro de mi vocabulario.

—No hubiese sido justo que apareciera después de tanto tiempo para alterar su vida. —Sonríe con añoranza—. El tiempo que tuvimos juntos fue breve; siempre supe que lo sería, y para mí fue suficiente.

—Ahora deseo que de verdad fuese ese el motivo por el que desapareciste.

Porque la verdad es horrible. Nunca encontré su cuerpo. Tampoco tuve mucho tiempo para hacerlo antes de que me capturaran y pasara por aquel infierno. Después no tuve fuerzas para retomar la búsqueda y, para cuando volví a ser yo, o al menos lo que quedaba, había pasado tanto tiempo que cualquier esperanza de encontrarla se había esfumado.

—¿Por qué estás aquí? En los Fosos.

Sacude la cabeza.

—No estoy en los Fosos, cariño. Nada de esto es real, ya lo sabes. Solo estás viendo aquello que quieres ver.

—¿Y lo que has dicho? ¿Es verdad o se trata de aquello que quiero escuchar? ¿Una explicación después de tanto tiempo?

—Nunca te he mentido, ¿no es así?

Ya sabía que nada de esto era verdad; sin embargo, lo parece. Sería muy fácil dejarse atrapar por esta fantasía. Como si mamá hubiese leído mis pensamientos, alarga la mano hacia el fuego. Tengo el grito de alarma en la garganta, pero se queda ahí, retenido por la sorpresa. Sus dedos acarician las llamas sin dolor y estas empiezan, poco a poco, a subir por su piel y a consumir su vestido.

—No puedes quedarte aquí.

—¿Por qué?

Sé que sueno como una niña pequeña.

—Porque eso es lo que quiere este sitio. Te tienta con lo que más deseas para que no quieras marcharte. Ya renunciaste a tu alma; no renuncies también a la vida. Ya sabes la verdad, hija, nunca te abandoné y nunca podrás encontrarme, porque dejé hace mucho tiempo de existir.

—Nos volveremos a encontrar —aseguro—. Estoy aquí para conseguirlo.

Me mira con pena, como si supiese algo que yo desconozco. Las llamas avanzan rápidamente, llegan a su rostro y consumen su pelo como si fuese hierba seca. Lo último que veo, antes de que sea engullida por completo, es su sonrisa. Cuando quiero darme cuenta, el fuego se ha extendido por la cabaña, consume la madera, las sábanas de los camastros y poco a poco se acerca a mis pies. Me cubro la boca con el antebrazo y me levanto poniendo rumbo a la puerta. Esta parece estar más lejos, como si el lugar se hubiese hecho más grande y los metros que me separan de la salda se alargaran más y más. Toso contra mi piel, notando cómo el humo entra en mi interior y me raspa la garganta.

En mi cabeza solo se concentra el deseo de salir de aquí. No puedo dejar que esto acabe conmigo ahora. He sobrevivido a mucho; me he enfrentado a demasiadas cosas como para que este sea el punto final de mi historia. Los ojos me pican a causa del humo y tengo que parpadear varias veces, con la esperanza de encontrar alivio. El pomo de la puerta se ve borroso; sin embargo, me aferro a él como si mi vida dependiese de ello. Lanzo un alarido de dolor cuando el metal candente entra en contacto con mi palma. En el segundo intento, me ayudo de la falda de mi camisón para abrir. Al cruzar el umbral, la pesadilla en llamas desaparece dando paso a un lugar desconocido, en el que mis pisadas hacen eco y se escucha el murmullo de varias personas. Camino sin pensar si voy a hacer frente a un nuevo peligro, pero mi pecho se desinfla con alivio al ver a Drystan. Hay un hombre y una mujer junto a él y, aunque al principio no sé de quiénes se trata, es cuestión de tiempo que empiece a ver las similitudes, sobre todo entre Drystan y la mujer.

Todo hace clic en mi cabeza y, aunque la escena no puede parecerme más entrañable, sé que esta es su prueba. Él no parece darse cuenta de lo que sucede a su alrededor, pero la sala en la que se encuentran poco a poco ha empezado a deteriorarse, el polvo cubre los muebles y el suelo se llena de hojas secas que han caído de los jarrones. En la mesita de té, la taza ha caído al suelo haciéndose pedazos, y un charco de sangre ha empezado a bañarlo todo.

El golpeteo de la sangre cayendo al suelo, con la consistencia de un reloj, es angustioso.

Plof.

Plof.

Plof.

Veo cómo abraza a la que, sin duda, es su madre, ajeno a que sostiene en sus manos su cadáver. No puedo soportarlo más. La escena cada vez se está volviendo más siniestra y me hiela la sangre, así que grito su nombre. Se queda inmóvil unos segundos y se gira hasta mirarme a la cara. La sorpresa cruza su rostro. Se vuelve hacia ella y me parece que dice algo. Sigue sin darse cuenta de lo que le rodea y sospecho que soy la única que puede ver la realidad.

—¡Drys, tenemos que salir de aquí!

Da un paso hacia mí antes de que una mano huesuda le rodee la muñeca, reteniéndolo. Hay un intercambio de palabras y la inquietud por el hecho de que pueda quedarse aquí, atrapado en esta fantasía, me asfixia. Vuelve a mirarme, con decisión en el rostro, y comienza a correr hacia mí. Extiendo la mano, deseando sentir el contacto de su piel contra la mía. Mira atrás y su rostro pierde el poco color que le queda. Mi corazón se encoge, consciente de la escena que ha visto.

En cuanto su mano entra en contacto con la mía, tiro de él y lo rodeo en un abrazo. Aspiro su aroma, siento su pecho subir y bajar con fuerza contra el mío y me acaricia la curva del cuello con la nariz. Por un momento, creo estar a punto de llorar de alivio.

—Me has escuchado.

—Claro que te he escuchado.

—Pero tenías a tu familia ahí delante. Podrías haberte quedado con ellos.

—Por desgracia, ellos pertenecen al pasado, brujita. Tú eres mi futuro.

—No digas eso.

Acuna mi cabeza entre sus manos.

—Sabes que lo digo en serio.

Trago el nudo de emoción en mi garganta y pestañeo un par de veces para evitar convertirme en un desastre emocional. Mi visión se enfoca más allá de su rostro y entonces me doy cuenta de que hemos cambiado de escenario. A nuestro alrededor, largas llamaradas de fuego se extienden hacia arriba, como si quisieran acariciar un cielo carente de sol, luna o estrellas. Se escuchan gritos, alaridos como los de un animal herido y risas parecidas a las de las hienas. El vello de mi cuerpo se eriza de la impresión.

—Parece que hemos encontrado lo que estábamos buscando.

Los dos nos separamos al escuchar a Abraxas. Miro hacia donde tiene puesta su atención y, efectivamente, hemos dado con lo que vinimos a buscar.

Lilith está frente a nosotros, con grilletes al rojo vivo en las muñecas y una sonrisa que pretende camuflar el dolor.

—Oh, ¿habéis venido a hacerme una visita? Qué honor.

32

Evanora

El primer pensamiento que cruza mi mente es: «¿Cómo es posible que se vea así y tenga todavía ganas de sonreír cuando lleva siglos aquí abajo, encadenada y torturada?». Porque así es. Viéndola, pensarías que es fácil estar aquí. Tiene el cabello perfecto, brillante, y cae a su alrededor en suaves ondas rojizas. Sus ojos verdes contrastan con la piel blanquecina y los rasgos angulosos de su rostro. Sus pómulos son tan altos que provocan envidia y sus labios son rojizos sin necesidad de carmín. Es tal y como la recuerdo. Su vestimenta deja poco a la imaginación, aunque tampoco voy a juzgarla con las temperaturas extremas que hay aquí abajo.

Hasta yo misma me planteo arrancarme la ropa a tiras y después incluso la piel.

A pesar de que tiene un aire curioso en la mirada, no dudo que sepa los motivos que nos han traído hasta aquí. No se concentra solo en mí; pasa la vista por los dos rostros que me acompañan y parece satisfecha de verlos.

—¿A qué debo el placer?

Su voz suena como un ronroneo.

—No me creo que no sepas por qué estoy aquí.

No me ando con rodeos.

—Evanora… —degusta cada sílaba de mi nombre—. Cuánto tiempo sin vernos.

No la corrijo haciendo mención de los encuentros en mis sueños.

—Sí, demasiados años, pero no nos andemos con rodeos. No tenemos demasiado tiempo y no me creo que seas tan inocente como para no saber qué me trae hasta aquí.

—¿Sigues desaprovechando la oportunidad que te di y teniendo miedo de alcanzar tu verdadero potencial? La magia siempre ha sentido debilidad por ti; deberías abrazarla y utilizarla. La vida te iría mucho mejor si no desperdiciaras tu poder.

—No estoy aquí por eso, y el porqué utilizo o no mi magia es algo que solo me concierne a mí. Entiendo que en su día creíste que me estabas haciendo un favor y no seré tan idiota ni tan desagradecida como para no reconocer que me ayudó en ocasiones en las que necesitaba de la magia, pero mi objetivo nunca ha sido ser poderosa ni una gran bruja. No es lo que soy. Nací banshee y quiero morir siéndolo.

—Puedes ser ambas cosas. Una banshee y una gran bruja.

Al ver que no va a hacerme cambiar de opinión, intenta atacar al que ve que es mi nuevo punto débil.

—¿Crees que es la decisión más acertada, Drystan Dravenor?

No puedo evitar abrir los ojos con sorpresa al escuchar su apellido. Nadie lo pronuncia nunca; no sé si por desconocimiento o por deseo explícito del vampiro. Este hace una mueca al escuchar su nombre completo.

—¿Qué? ¿De verdad pensabas que había algo sobre vosotros que pudiese desconocer?

Drystan recupera ese aire despreocupado que le caracteriza y planta en el rostro una sonrisa desenfadada.

—Por supuesto que no. Solo me sorprende escuchar mi nombre completo después de tanto tiempo. —Suspira, haciendo una pausa dramática—. En cuanto a qué opino sobre las decisiones de Evanora, la respuesta es que no opino. Es su vida, es su poder. No voy a decirle cómo vivirla ni cómo utilizarlo.

El alivio me atraviesa. Por mucho que no quiera aceptarlo, lo que diga u opine Drystan tiene importancia para mí. Si no fuese por él, tal vez no hubiese reunido el coraje para bajar aquí. Saber que estaría a mi lado me dio el empujón que necesitaba. Si él me dijera que también cree que estoy desaprovechando una gran oportunidad, un increíble poder, podría cuestionármelo todo de nuevo. Me fastidia que sea así. No me gusta ser esa clase de mujer. Quiero ser una a la que no le importe la opinión de los demás, ni siquiera la de una persona que sin permiso está forzando su paso a mi corazón. Uno que lleva tiempo acumulando polvo, latiendo únicamente a base de recuerdos.

—Sí, muy bonito —responde Lilith, sacudiendo la mano y restándole importancia—. Todo muy políticamente correcto. Y tú debes de ser el cambiarostros, Abraxas. Tenía muchas ganas de conocerte. Un don muy peculiar el que tienes.

—Así es, señora.

—¿Señora? Por favor, no me llames así, llámame Lilith. —Sonríe y me parece que sus colmillos son más afilados que unos normales. Demasiado parecidos a los de un vampiro, a pesar de que sé que ella no lo es—. ¿Y a ti qué te trae a los Fosos, joven Amery?

—Estoy buscando el alma de alguien. Mejor dicho, un pedazo de su alma.

—Dos almas… —dice, paseando la mirada hacia mí—. No son peticiones pequeñas.

—¿Puedes devolvérmela? —pregunto, con la voz cargada de esperanza.

—Me la diste libremente.

—Lo sé, pero estaba desesperada. Deberías entenderlo, eres madre.

—¿Te arrepientes de tu decisión?

Sé lo que pretende. Quiere que me sienta culpable por intentar recuperar el pago que hice a cambio de salvar la vida de Faera.

—No me arrepiento de haber salvado a mi hija.

—Sabes que no es eso a lo que me refiero.

—No pensé en la repercusión de un pago así. Seguí tu consejo, dejé que tuviese una vida humana, me he mantenido alejada, pero pensar que ni siquiera cuando llegue mi hora de descanso podré verla me lleva atormentando mucho tiempo.

—Asumes que no acabarás aquí.

—Si acabo aquí, entonces no mereceré descansar con mi hija —respondo con rotundidad—. No querría que estuviese cerca de mí si soy una mala persona.

—¿Insinúas que yo lo soy?

—Tampoco pretendas que creamos que eres una santa —interrumpe Drystan, con tono burlón, a lo que respondo con una mirada fulminante—. Sabemos el papel que tuviste en todo lo relacionado con Sierra y las gemelas. Por no hablar de que la creaste con propósitos más que cuestionables.

—Hice lo que era mejor para todos.

—Todos sabemos el verdadero motivo por el que estás aquí —digo, intentando aligerar la tensión—. Dios quiso castigarte por no doblegarte a sus deseos y órdenes y, a su vez, Lucifer vio la oportunidad perfecta para poseerte. Con lo que no contaba era con tus sentimientos por Atarothz, y ahora te castiga con la esperanza de que renuncies a ellos y cedas a los suyos.

Si no estuviese más que convencida de que Lilith en el fondo es una víbora, sentiría pena. Su historia de amor trágica conseguiría ablandarme. Los amantes condenados a no tenerse nunca. Cada vez que consigue escapar de aquí abajo, toda caricia robada se paga con dolor después. Me sorprende que no se haya rendido. Nunca hubiese pensado que su amor fuese tan grande. La simple mención del nombre del dios parece tener un efecto calmante en ella. Todo su cuerpo se relaja, dejando atrás esa postura de animal salvaje preparado para atacar. Por un momento, me permito soñar con la posibilidad de que tenga corazón y pueda ablandarlo.

—Me encanta toda esta charla, pero ¿podemos pasar a lo importante? —Abraxas da un paso al frente—. ¿Está aquí el pedazo de alma perdido de Blyanna?

Tanto Drystan como yo miramos entonces a Abraxas, sorprendidos por el motivo de su búsqueda. ¿Por qué estaría buscando algo relacionado con la pequeña hija de Viktor y Sierra? La sorpresa pasa rápidamente a algo parecido a la inquietud.

—No, joven Amery, no está aquí, ni estaría en mi poder dártelo si así fuese.

Abraxas aprieta los labios en una línea firme y se sume en el silencio. Por nuestra parte, no podemos dejar de darle vueltas a lo que ha dicho. Escuchar el nombre de la pequeña solo ha vuelto a abrir una herida que ninguno de nosotros parece tener cerrada. No espero que sane. Lo que ocurrió fue una tragedia, de esas de las que pocos se recomponen.

—¿Y qué pasa conmigo? —pregunto.

—¿Serías capaz de pagar el alto precio?

—¿No puedes devolvérsela y punto? —dice Drystan, perdiendo la paciencia.

Es tan impropio de él comportarse así. Siempre ha parecido estar lleno de paciencia y sensatez, en cambio, ahora no hay ni rastro de ese Drystan que creía conocer.

—Un trato es un trato. Si Evanora decide romper su parte, tiene que aportar una compensación de igual valor.

—¿Qué quieres decir?

—Un alma por un alma. Si quieres la tuya de vuelta, tienes que ofrecerme otra.

—¡Eso es una locura! —protesto—. No puedo ofrecerte el alma de otra persona como si fuese cualquier cosa. Nadie en su sano juicio lo haría sabiendo las consecuencias.

—Tal vez, con la motivación adecuada, encuentres a alguien dispuesto a entregar su alma a cambio de la tuya...

—No pienso hacerlo —sentencio.

—¿Cómo se haría? —pregunta Drystan, tomándome por sorpresa—. ¿La persona dispuesta a intercambiar su alma por la de Evanora debería bajar aquí y ofrecértela? ¿Firmar algún tipo de acuerdo mágico?

—Puede bajar hasta aquí abajo o podéis invocarme allí arriba.

La sonrisa de sus labios es maliciosa. No dudo de que, si se diese la segunda opción, intentaría huir como tantas otras veces.

—De eso ni hablar, querida. Ya he sido suficientemente magnánimo permitiendo esta visita. No sueñes con que te invoquen y escapar; volveré tus grilletes tan fuertes que ni por invocación podrás salir de aquí.

Todos nos sobresaltamos al escuchar la voz de Lucifer a nuestras espaldas, salvo Lilith, que lo mira con los ojos repletos de ira. Él no parece mínimamente perturbado. Inclina la cabeza a modo de saludo y, aunque aparenta una persona agradable, no pienso dejar que esa fachada me confunda.

—¿Qué haces aquí, Lucifer? Creía que habíamos dejado claro que no te quiero aquí abajo.

—Todo esto sigue siendo mío.

No sé si es reflejo de su furia, pero los grilletes que encarcelan a Lilith se vuelven aún más rojos. Ella no hace ni un solo gesto que delate sufrimiento.

—Pero, respondiendo a tu pregunta, he venido a escoltar a tus invitados fuera de mis dominios. No quiero a personas que están vivitas y coleando más por aquí; ponen nerviosos a los muertos.

—No necesitamos un guía —protesta Abraxas.

—No creo que te apetezca escalar el Túnel de los Perdidos; con la bajada ya has tenido bastante, ¿no es así? Ver la muerte de Haelyn una vez es suficiente.

Miro a Drystan en busca de respuestas, pero su rostro no revela nada. Tal vez haya tiempo más tarde para las preguntas.

—¿Qué va a ser entonces, querida? ¿Tu alma a cambio de otra? ¿O seguirás viviendo sin ella, sabiendo cuál será tu destino cuando mueras?

Lilith ignora por completo la presencia del ángel caído. Estoy segura de que lo hace consciente de que eso enfurece a Lucifer. La suya es una relación retorcida. Él se muere por poseerla y ella, por huir.

—¿No hay otra forma?

Todo el mundo guarda silencio, incluso Lucifer, quien espera con paciencia. Se ha cambiado de ropa y ahora va completamente vestido de blanco. Nadie pensaría que se dedica a gobernar un lugar pensado para atormentar a sus habitantes.

—Un reemplazo es la única manera en la que podría liberar la tuya. Alguien tiene que ocupar tu lugar.

—No puedo hacerlo.

No lo digo mirándola a ella, sino a Drystan. Su rostro no me reprocha nada; parece entenderme a la perfección, aunque en el fondo él desearía que fuese un poco más egoísta y aceptara las condiciones. El solo pensamiento de condenar a otra persona a la agonía que llevo viviendo décadas, con el conocimiento de que no me esperará nada después de la muerte, es demasiado angustioso como para plantearme hacer pasar a otro por ello.

—Entonces me temo que todo este viaje ha sido en vano.

Ni Abraxas ni yo hemos conseguido aquello por lo que nos hemos arriesgado en este viaje a lo desconocido. Creo que su silencio refleja la decepción que yo también siento. Ante mí se ha presentado una opción que claramente no iba a escoger. Me pregunto si Lilith puede ver de qué estamos hechos, cuáles son los valores que nos forman, y si pone ante nosotros elecciones imposibles.

—Está bien, os ayudaré a subir hasta arriba. Estoy seguro de que tu querido dios gris se encargará de proporcionar una vía de escape a nuestros invitados.

Oigo los celos en la voz del ángel caído. Echo un vistazo al rostro de la madre de los vampiros y, a pesar de que todavía está llena de rabia, parece que la mención de Atarothz hace que se suavice un poco. Estar enamorada de alguien con quien no puedes estar y, aún peor, ser castigada por ello tiene que ser horrible. Lilith no es una buena persona, de eso no me cabe duda, y aun así encuentro partes dentro de mí capaces de empatizar con ella.

Lucifer no necesita nada más que un chasquido de dedos para hacernos desaparecer y reaparecer arriba. Veo el hueco por el que nos dejamos caer sin saber lo que encontraríamos. Me alejo sin deseos de volver a vivir la experiencia. Todavía huelo el humo bajo mis fosas nasales y la imagen de mi madre consumida por las llamas será difícil de borrar. Al menos ahora sé lo que realmente pasó; una respuesta después de tanto tiempo de preguntas.

—¿Cuánto tiempo llevamos aquí? —pregunto.

—Algo más de dos días —responde Lucifer, sin entusiasmo.

—Atarothz prometió abrir el portal cuando lleváramos exactamente tres días. Ni un minuto más ni uno menos —recuerda Drystan.

—Entonces os sugiero que descanséis. Estoy seguro de que lo que hayáis visto en el Túnel de los Perdidos ha sido lo suficientemente agotador, si no para vuestros cuerpos, sí para vuestras almas.

Con otro chasquido de dedos desaparecemos de nuevo y reaparecemos en lo que parece una habitación lujosa.

—El portal os encontrará, así que podéis descansar tranquilos. El vampiro de los ojos bonitos está en la habitación contigua, así que os sugiero que no hagáis demasiado ruido.

Nos guiña el ojo y hace ademán de marcharse.

—¿Por qué estás siendo amable con nosotros?

Se detiene en seco y me mira por encima del hombro.

—¿Amable? —Sonríe de medio lado, mostrándome los dientes perfectamente blancos—. Más bien estoy intentando que os guste este lugar, con la esperanza de que os portéis muy, muy mal en el futuro para volver.

Sale de la habitación cerrando la puerta a sus espaldas, pero ambos podemos escuchar su risa al otro lado.

33

Evanora

La habitación rezuma elegancia desde dondequiera que se la mire. Mis pies se hunden en las caras alfombras del suelo y parece que camino sobre las nubes. La cama es tan grande que podríamos dormir seis personas de mi tamaño en ella y un simple roce de mis dedos me confirma que las sábanas son de exquisita seda cara. Todo está decorado en tonalidades de rojo, con detalles que no dudo que sean de oro. Hay un balcón cuyas vistas dan a un paraje rojizo, donde se alza una fuente con ángeles atormentados y terroríficos. No hay agua, sino lava fundida que brota de las jarras que transportan en sus hombros y que cae de sus ojos a modo de lágrimas. Drystan está muy callado, haciendo lo mismo que yo. Lo veo entrar a una sala contigua, que imagino que corresponde a un baño. Hay una mesita llena de comida y una jarra con algo que parece vino. Desde que hemos entrado en la habitación, suena el rumor del agua al caer, un sonido que ya no puedo seguir ignorar. Movida por la curiosidad, sigo los pasos de Drystan y entro a la estancia aledaña. Lo que veo me deja sin respiración.

Las paredes están recubiertas de roca y la bañera, lejos de ser una de esas de porcelana, es una extensión más de la pared rocosa, como si fuese la entrada a una gruta marina. El aire se llena de nubecillas humeantes provenientes de ella, y la invitación a bañarse es imposible de resistir. Tal vez sea ese el motivo por el que no opongo resistencia cuando escucho la orden salir de los labios del vampiro.

—Desnúdate.

Solo vacilo unos segundos antes de deslizar los tirantes del camisón por mis hombros y dejar que este caiga al suelo. Su color blanco ya es solo un recuerdo, fruto de dormir en el suelo, el sudor y las manchas de hollín de una pesadilla que parece haber sido más real de lo que esperaba. La iluminación aquí no se debe a las velas, sino a algún tipo de magia que hace que me sienta más expuesta. Inconscientemente, mis manos buscan tapar las cicatrices de mi cuerpo. La mirada de Drystan se oscurece más allá de su negro natural y las aletas de su nariz se inflan. Siento el paseo de sus ojos sobre mí; dejan un rastro cálido a su paso.

Recuerdo entonces quién soy y las veces que me he prometido no dejar que ningún hombre vuelva a intimidarme como lo hicieron antaño. Levanto el mentón y aparto las manos, dejándolas caer a ambos lados del cuerpo. Camino con decisión hasta los pequeños peldaños que conducen a esta maravilla natural. En cuanto mi pie entra en contacto con el agua, una oleada de alivio me recorre de arriba abajo. La sensación del agua caliente es bien recibida. Me sumerjo por completo, dejando solo los hombros y la curva de mis pechos a la vista. Drystan está apoyado en el mueble del lavabo, también formado por roca rojiza. Tiene los brazos y los tobillos cruzados mientras me estudia con interés.

—¿Por qué nunca utilizas tu apellido? —pregunto, con la esperanza de romper la tensión.

No parece ser una pregunta que tenga ganas de responder.

—Por nada en concreto —responde.

Huelo la mentira desde aquí. Dibujo una sonrisa de listilla y, con la mano, me aseguro de salpicarle agua en la ropa.

—Mentiroso.

—¿Vamos a discutir ahora quién de los dos miente más?

—No sé a qué te refieres.

—Se te da fatal mentir.

Sacude la cabeza y comienza a quitarse la camisa por los hombros. Los botones se perdieron la otra noche, facilitándole el trabajo ahora. Es inevitable que mis ojos quieran beber de su imagen. A veces me cuestiono si es una criatura tan demoniaca como creo o si, en realidad, tiene algo celestial, porque su apariencia no tiene nada de demonio y todo de ángel. Ese es el problema con estos seres; son tan bellos que confunden el pensamiento, acallan la razón y el instinto de supervivencia. Te conviertes en un simple insecto acercándose a las fauces de una planta carnívora, en una mosca atrapada en la tela de araña. Y, por mucho que me esfuerce, creo que estoy justo en el centro, a minutos de ser devorada.

Lo peor es que cada vez me importa menos.

Se deshace de los pantalones y de las botas, quedando completamente desnudo delante de mí. Las yemas de mis dedos cosquillean con el impulso de tocar todas las superficies de su cuerpo, desde sus hombros, las ondulaciones de su abdomen, la firmeza de sus muslos o el miembro más perfecto que he visto en mi vida. Me relamo los labios al sumergirme en el recuerdo de cómo se sentía en mi boca, de la fuerza con la que me dominó. Estoy segura de que sabe dónde están mis pensamientos. Camina con decisión hasta el agua y se sumerge en ella lentamente, con los ojos clavados en los míos. No me doy cuenta de que he dejado de respirar hasta que mis pulmones arden, reclamando una bocanada de oxígeno.

—¿Cómo estás? —Estira los brazos detrás de él, rodeando los salientes de la bañera natural—. Aparte de cachonda.

Vuelvo a salpicarle agua en la cara, a lo que responde con una risa grave.

—No estoy cachonda y estoy perfectamente, gracias.

Su risa muere. Recorre mi rostro y, de pronto, hunde la mano en el agua y pesca mi tobillo. Me atrae con fuerza hacia él, encajándome sobre sus caderas y creando olas que salpican el suelo.

—Mentirosa —murmura a centímetros de mis labios.

—Estoy bien —aseguro.

—¿Intentas que yo te crea o creértelo tú? —Sus dedos suben por mi espalda, erizando mi piel a su paso—. Está bien si te duele, Evanora. Si estás decepcionada, enfadada o triste. Yo lo estoy.

—Me había hecho ilusiones —confieso.

—Lo sé. —Vuelve a acariciarme—. Y también sé que la alternativa que te ha dado Lilith nunca iba a ser una opción para ti. Eres demasiado buena para este mundo, incluso para mí.

—Te equivocas.

—No lo hago —me sujeta con firmeza por la nuca y me acerca todavía más—, porque, si la decisión la hubiese tenido que tomar yo, te aseguro que hubiese antepuesto tu mayor deseo a la vida de un inocente.

—No puedes decir eso —susurro.

—¿Por qué? ¿Te asusta el alcance de lo que puedo sentir por ti? No respondas; ya sé la respuesta, y te diré que tus miedos tienen fundamento. Si me permites entrar, te aseguro que acabarás queriéndome, brujita. Y sé que te da miedo querer a alguien y perderlo, pero a mí no vas a perderme. Nunca.

No se hace una idea de la verdad de sus palabras.

—Eso es lo que piensa todo el mundo cuando se enamora. Se creen invencibles.

—¿Y qué tiene de divertido ser racional todo el tiempo?

—Moriré y nunca podré reencontrarme contigo.

—No me importa; habremos tenido mucho tiempo juntos.

Está mintiendo. Sí le importa. Lo sé porque mis palabras han hecho que sus ojos se opaquen durante una milésima de segundo. Los vampiros son inmortales; eso los lleva a ser promiscuos, pero he escuchado los rumores. Cuando encuentran a su compañero, aquel que consideran su otra mitad, el amor de su vida, no pueden vivir sin él. Su pérdida puede llevar fácilmente a un vampiro a cuestionarse seguir viviendo, porque para ellos es como estar incompletos.

—Si te dejo entrar, si me dejo ser vulnerable contigo, ¿de verdad esperas que me crea que te conformarás con unos cuantos años?

Él cree que me conoce. Lo que no sabe es que yo también he tenido meses para empezar a conocerlo. Lo que empezó como algo molesto se convirtió en algo que buscaba diariamente. Un chute de felicidad que no era consciente de que estaba sintiendo. Por mucho que haya intentado lo contrario. Y he empezado a creer que, tal vez, sus intenciones sean tan genuinas como dice.

Sonríe de medio lado, no de manera tan amplia como estoy acostumbrada a ver. No puede engañarme; sé que la negativa de Lilith da vueltas en su cabeza. Puede que tanto o más que en la mía. La tristeza tiene hincadas las uñas en mi corazón y, con cada latido, siento cómo las arrastra, despedazándolo. Es jodido tener esperanzas y ver cómo, en tan solo unos minutos, el castillo de naipes que habías construido sobre una posibilidad salta por los aires.

—No, tienes razón. Es posible que no me conforme. Por eso no voy a rendirme hasta encontrar la manera de devolverte tu alma. Te lo prometo.

—No me hagas promesas.

—Las voy a hacer y espero que creas en ellas.

Me deja sin palabras, o al menos sin la capacidad de negar lo que está diciendo, porque quiero creer en él. Sigue acariciándome la nuca con los dedos y la mano que descansa bajo el agua se posa en el hueco de mi cintura, haciéndome cosquillas con el pulgar. Tiemblo bajo su toque y el oxígeno se queda retenido en mis pulmones. Jugueteo con las puntas mojadas de su pelo, enrollándolas en mis dedos. Rehúyo su mirada y él sabe que lo estoy haciendo, por eso me da un apretón y enreda los dedos en mi cabello.

—No estarás sola ni en la vida ni en la muerte, Evanora.

Nos miramos. La intensidad de su mirada me desarma. Siento ganas de llorar porque le creo, porque tengo miedo y porque empiezo a creer que me quiere.

Sella sus palabras posando sus labios sobre los míos. Al principio es un beso lento, en el que nuestras bocas interpretan una coreografía que parece llevar bailando toda la vida. Mis pechos rozan sus pectorales y mis uñas se clavan en sus antebrazos buscando apoyo. Gruñe contra mi boca y aprovecha que entreabro los labios para colar su lengua y acariciar la mía. Mi cuerpo actúa en consecuencia, buscando estar más cerca de él. Muevo las caderas, rozando su incipiente erección entre mis piernas. Sisea entre dientes, como si mi contacto ardiera y le produjera quemaduras.

—¿Por qué me lo pones tan difícil? —murmuro—. Tenía que ser algo de una sola vez.

—Deja de castigarnos a ambos y acepta que te gusto por mucho más que por lo que mi cuerpo le hace al tuyo.

Lo callo con otro beso. Esta vez soy yo quien se atreve a juguetear con su lengua. Sus manos me acarician bajo el agua, recorriendo mis costados y erizándome la piel. Sus caricias no me son desconocidas. La sensación de sus manos sobre mí es como volver a casa, como si mi piel tuviese memoria y reconociera que estamos bajo las atenciones de aquel con quien siempre debimos estar. Como si hubiésemos sido amantes en muchas vidas y en cada una de ellas nos reencontráramos. Nuestros cuerpos se conocen, cantan el uno al otro.

El beso se profundiza y se vuelve violento. Mis dientes tiran de su labio inferior; sus manos se clavan en mis nalgas con tanta fuerza que estoy segura de que dejarán marca. Acaricio fugazmente su muslo y subo de manera tentativa hasta que envuelvo su miembro con los dedos. Paseo el pulgar por la punta y lo noto temblar en mi palma.

—Esta no es simplemente una vez más entre tantas. Si vas a montarme, tienes que saber que se acabó lo de correr o dejarme fuera de ese mundo que tienes dentro de tu cabeza.

Posiciono la punta justo en mi entrada y contengo la respiración, porque le creo. Estoy segura de que no va a dejar que esta sea otra vez más; no podré desaparecer a la mañana siguiente. Sé que, una vez volvamos a Drystia, esperará cosas de mí que ya no sé si estoy en la posición de negarle, porque yo también las quiero.

La pregunta es si seré capaz de aceptar lo que deseo por encima del miedo que me paraliza.

Escucho el latido de mi corazón yendo a toda prisa y desciendo centímetro a centímetro, notando cómo se desliza dentro. Siempre he creído que era propaganda barata, cursilerías que dicen los bobos enamorados, pero esta vez es diferente. Estoy segura de que estamos conectados de una manera que va más allá de lo físico y me asusta que la emoción que veo reflejada en sus ojos haga eco dentro de mi pecho.

Cierro los ojos y dejo que me bese, pero no dura demasiado porque rompe el contacto y roza mi oído al hablar.

—No hace falta que lo digas en voz alta, sé que lo sientes.

Todo mi interior se revuelve, porque a veces las verdades son incómodas de digerir. Casi no me deja tiempo para pensar. Se pone de pie, obligándome a rodear sus caderas con las piernas. Aprieta mis nalgas con más fuerza y sale del agua sin importarle empaparlo todo. Me apoya contra las piedras rojizas que hacen de lavabo y me reclino hasta sentir el frío del espejo en la espalda. Bajamos la vista a la vez hacia el punto entre mis piernas en el que estamos conectados. Me abre más, colocándose mejor, y empieza a penetrarme, entra tan profundo como le es físicamente posible. Me cuesta respirar por la mezcla de placer y dolor al sentirlo tan dentro.

—¿Te he hecho daño? —pregunta.

—No pares.

Me doy cuenta de que mi voz sale en tono de súplica.

—No cierres los ojos —ordena—. Míranos.

Clavo los talones en la parte de atrás de sus muslos, atrayéndolo más, queriendo sentirlo más cerca. Aprieta uno de mis pechos con una mano y, con la otra, se sujeta en el espejo para no aplastarme por completo. Cada embestida es más fuerte que la anterior. Sus ojos están completamente negros; no hay ni rastro de sus iris. Gime y se clava sus propios colmillos en el labio. Me alzo lo suficiente como para pasar la punta de la lengua por la sangre que baja por su barbilla y, poco a poco, por la columna de su garganta.

Eso lo vuelve loco, verme convertida en una salvaje que adopta los comportamientos de los suyos.

—Dioses, me vuelves un puto enfermo —gruñe contra mi oído—. Quiero hacerte tantas cosas que no volverías a sentirte limpia jamás, follarte tan fuerte que no sabrás dónde empiezas tú y dónde acabo yo.

—Hazlo —suspiro.

Escucho un sonido justo en mi oído, como algo que se resquebraja; no obstante, no tengo tiempo para comprobar de qué se trata, pues Drystan vuelve a alzarme, con las manos puestas en mí, separando mis nalgas a la vez que entra y sale de mí con fuerza. Me apoya contra el marco de la puerta y el ímpetu de sus embistes hace que mis pechos boten. Captura un pezón con la boca, succiona y lame la punta, haciendo que me retuerza bajo su lengua. Nunca me he considerado de esas mujeres con pechos sensibles; de hecho, otros amantes lo han intentado y nunca han despertado nada. En cambio, Drystan parece un experto en extraer cada gota de placer de mi interior. Mordisquea con cariño el pezón que tiene en la boca y luego pasa la lengua para aliviarme. Tiro de su pelo en el momento en el que todo a mi alrededor se desmorona. Caigo en una espiral de negros y blancos. Mi cuerpo convulsiona y, al notar cómo me corro alrededor de su polla, Drystan ahoga un gemido en el hueco de mi cuello.

Sale de mí y siento las gotas de mi propia excitación cayendo por mis muslos. Pasa los dedos, empapándose, y después se los lleva a la boca para lamerlos y saborearlos como si fuese lo mejor que ha probado en su vida.

—¿Quieres saber a qué sabes?

Empiezo a asentir, casi como una desquiciada.

Vuelve a colocar la punta en mi entrada y esta vez no se desliza lenta y dolorosamente, sino que entra en mí de una vez. Recorta la distancia entre nuestros cuerpos y nuestras bocas.

—Sabes a algo que es mío, brujita —dice contra mis labios.

Después acaricia su lengua con la mía, dándome a probar mi propio sabor. Uno de sus dedos juguetea con mi culo, dibujando círculos sobre el anillo de músculos y presionando solo la yema para entrar. Clavo las uñas en sus hombros, experimentando la nueva sensación de sentirlo penetrándome como un poseído, con movimientos cortos y fuertes, y tener una pequeña parte de su dedo deslizándose dentro de mí. Es extraño, pero me gusta, y él lo sabe cuando desliza hasta la segunda falange y cierro los ojos, exponiendo mi cuello en el proceso.

Sin salir de mí nos vuelve a mover; esta vez me tumba sobre la cama y tarda solo dos segundos en cubrirme con su cuerpo. Saca el dedo de mi culo y dejo salir un sonido lastimero.

—Por favor…

Me da la vuelta entonces, dejándome bocabajo. Clava las rodillas a ambos lados de mis caderas, coloca una de las almohadas debajo de mí para alzar mi trasero y que quede a mejor altura. Me masajea las nalgas y mis mejillas se encienden al darme cuenta lo que está mirando. Lo observo por encima del hombro, reparando en las marcas y el sudor que recorre su pecho, el alboroto de su pelo y la hinchazón de sus labios, donde todavía queda un rastro de sangre. Es en ese momento donde mi cabeza llega a la conclusión de que no puedo permitir que nadie más lo vea así.

—Eres mío.

La afirmación sale de mí sin permiso; me posee algo primitivo que no puedo frenar y él sonríe complacido.

—Así es, brujita. Has tardado en darte cuenta.

Con una sonrisa en la boca, veo cómo deja salir un hilo de saliva que cae justo entre mis nalgas. Recorre el pequeño agujero con el dedo, acariciándolo y lubricándolo.

—¿Te gusta que te follen el culo, Evanora?

Su voz es un hilo seductor que tira y tira de mí.

—Antes no.

—Pero conmigo sí. —Sigue paseando el dedo desde el ano hasta los labios de mi sexo, separándolos y jugando con mi clítoris—. Voy a follártelo con el dedo, después con la lengua y, por último, con la polla. Para cuando haya terminado, te habrás sentido más cerca de los dioses que nunca.

—Palabras y más palabras… —lo tiento.

Sin aviso entra en mí por ambos orificios a la vez y creo que voy a partirme en dos. Me muelo contra la almohada, rozándome el clítoris mientras él aumenta el ritmo con el que entra en mí. El cabecero golpea contra la pared; mis gritos y sus gruñidos se mezclan. Jadeo su nombre como una súplica, mi carne golpea con fuerza contra la suya y su mano libre me da una nalgada que hace que me corra. Lo escucho volver a escupir para mantenerme húmeda por detrás. Añade un segundo dedo en el culo mientras sigue empujando dentro de mí. Me deshago en pedazos, contrayendo los músculos de mi interior y ahogando los últimos gemidos en el colchón.

Mi orgasmo lo acerca al suyo. Se impulsa agarrándome de la carne de las caderas; sus testículos se mojan con mi excitación y lo siento cada vez que me golpea y se hunde hasta el final. Pongo los ojos en blanco; lo siento todo con mucha intensidad al estar hipersensible. El ritmo de sus penetraciones se vuelve irregular y noto cómo empieza a sacudirse dentro de mí, llenándome con su semen. A la avalancha de sensaciones se une una punzada en el hueco que une mi cuello y mi hombro. Me quedo lánguida sobre el colchón, relajando las manos que sujetaban con fuerza las sábanas.

El peso del cuerpo de Drystan me cubre y lo siento respirar contra mi piel.

—Lo siento —dice y, al ver que no le sigo, añade—: Te he vuelto a morder. Debería dejar de hacerlo.

Me toco la herida y me mancho los dedos con la sangre que todavía sale de ella. Me revuelvo debajo de él para que me deje girarme y mirarlo a la cara. Cuando lo consigo, veo nerviosismo en sus ojos. Parece que cada vez que ocurre espera que cambie de opinión y me vuelva una furia. En su lugar, llevo mis dedos manchados hasta su boca y rozo sus labios. Aspira el olor de mi sangre y del sexo y entreabre los labios. Me cuelo dentro, y el hecho de que esté lamiendo mi sangre directamente de mi mano no me debería parecer tan erótico, pero lo hace.

—Toda la vida he sentido que tenía que gritar, pero contigo podría susurrar y me escucharías. Tus manos deberían darme miedo;

en cambio, me siento protegida, atesorada, como si fuese una de las maravillas del mundo y no algo que viene con desperfectos. Y estoy aterrorizada, porque toda la gente importante para mí ha desaparecido o he tenido que hacerlo yo de mi vida. No quiero echarte de menos, Drystan.

Deja de lamerme los dedos y deposita un beso en la yema antes de hablar.

—Te olvidas de que soy inmortal, cariño.

—Eso no evitó que Sierra viese morir a Viktor, aunque consiguiera traerlo de vuelta.

—Tú lo has dicho, consiguió traerlo de vuelta. No me pasará nada, Evanora. No puedes evitar sentir lo que estás sintiendo por miedo a cosas que puede que jamás ocurran.

—¿Y qué pasará después? Moriré y no nos encontraremos jamás, porque tú irás a las Tierras Venideras con los tuyos y yo pasaré la eternidad en ninguna parte.

Porque estoy convencida de que el día que él decida poner fin a su vida solo le esperarán cosas buenas. Es un buen hombre. Por mucho que haya querido pensar lo contrario. A pesar de que comparta raza con aquellos que han poblado mis pesadillas por tanto tiempo.

—Recuperaremos tu alma.

Intenta sonar convencido, aunque no es así.

Me rodea con sus brazos y me recuesto sobre su pecho. Somos un desastre sudoroso y cubierto de marcas del otro. Acaricia mi espalda con los dedos y no me costaría absolutamente nada quedarme dormida; sin embargo, todavía hay algo a lo que le doy vueltas.

—Drystan Dravenor. Me gusta.

Paso mis dedos por su esternón y observo maravillada cómo un simple roce consigue que su piel se erice. Guarda silencio durante varios minutos, en los que me dedico solo a tocarlo. No digo nada; dejo que sea él quien rompa esta calma.

—Dejé de utilizar mi apellido cuando mis padres murieron. La masacre que sufrimos hace siglos nos afectó de forma diferente a cada uno de nosotros. Viktor empezó a odiar a los humanos por lo que le hicieron a sus padres y a él; en cambio, yo empecé a odiarme a mí mismo.

Quiero preguntar los motivos, pero permanezco callada.

—No pude salvarlos. Estaba en el castillo Vitalle cuando ocurrió todo, pasándomelo bien en los jardines con alguna de las empleadas, hasta que escuché los gritos. Vi a los humanos alzarse en armas contra nosotros. Pensé que se habían vuelto locos hasta que el primero atravesó el pecho de un vampiro y este cayó al suelo, muerto. No podía creerlo. Solo las armas bañadas por lágrimas de Lilith podrían hacer eso y creíamos que era imposible que los humanos las consiguieran. Está claro que hicieron pactos con demonios o tal vez el propio Lucifer se las dio como una manera de castigar a Lilith. Al fin y al cabo, somos sus hijos. Mis padres no habían acudido en esa ocasión, pero por todos era sabido que eran una de las familias más cercanas a los líderes, los Vitalle. Corrí a casa, pero cuando llegué ya era tarde. Mamá estaba…

Se le rompe la voz y sé lo que está recordando, porque yo también lo he visto gracias al Túnel de los Perdidos.

—Tampoco pude ayudar a Viktor. Lo atraparon y durante años fue torturado, violado… nadie sabía dónde estaba para poder ir en su encuentro. Lo único que pude hacer en su ausencia fue intentar mantener las cosas bajo control, encargarme de los culpables y asegurarme de que hubiese algo que liderar cuando volviera, porque en mi interior sabía que estaba vivo. La alternativa, que mi mejor amigo también hubiese muerto, no era una opción para mí.

—No puedes culparte por eso, Drystan. Ni siquiera el poderoso Viktor pudo hacer nada.

—Sus poderes aún no se habían manifestado.

—¿Y qué? Sigue siendo un vampiro. Igual que tú. Ninguno supo qué hacer; erais mucho más jóvenes que ahora y fuisteis tomados por sorpresa.

Había escuchado la historia de aquellos tiempos en los que los vampiros no trataban a los humanos como alimento, cuando estos los adoraban y los trataban con respeto. Fueron los padres de Viktor quienes se encargaron de que así fuera, y los humanos se lo pagaron con traición.

—Tienes derecho a utilizar tu apellido. Es tuyo, de tus padres, y estoy segura de que no te culpan de absolutamente nada de lo que pasó.

—Me gustaría mucho más volver a utilizar mi apellido si tú también lo tuvieses.

Le doy un manotazo.

—Deja de decir esas cosas.

Reprime una carcajada.

—¿Y tú? ¿Cuál es tu apellido?

—Las banshees no tenemos apellido.

—Bueno, entonces tendré que darte el mío.

—¡Drystan!

Esta vez no tiene tanto éxito aguantándose la risa. Se mueve para besarme con cariño y yo me dejo sin rechistar. Comienzan a escucharse unos golpes contra nuestra pared y los dos nos miramos con los ojos bien abiertos. Al principio no sé de qué se trata, pero Drystan no tarda en adivinarlo y sonríe de forma divertida. Ahogo un sonido de sorpresa cuando caigo en la cuenta.

—¿Cómo diablos ha encontrado a alguien con quien acostarse?

—Ni idea. Es un Amery; siempre han tenido mucha suerte con las mujeres… y con los hombres.

—¿Y la mujer de la que hablaba Lucifer? ¿Quién era?

—Una antigua amante de Abraxas. Era humana. No sé mucho, solo que su muerte fue brutal para el vampiro.

—No lo parece ahora mismo.

—Han pasado siglos. No puede estar muerto en vida toda la eternidad.

Sacudo la cabeza mientras se suceden una serie de golpes y sonidos sexuales. Cuando quiero darme cuenta, Drystan me está mirando con hambre en los ojos y la sábana no oculta para nada lo que acaba de volver a despertarse.

—¿Estás muy cansada? Podemos comprobar quién hace más ruido…

34

Evanora

Mientras nos colocamos la ropa limpia que ha aparecido por arte de magia en la habitación, no puedo dejar de mirarlo. Se viste como si estuviese siguiendo un ritual largo tiempo aprendido. Abrocha cada uno de los botones sin fallar y, cuando la camisa queda pegada a su cuerpo, no puedo evitar pensar en lo que hay debajo y en las ganas que tengo de tenerlo desnudo de nuevo. Me quedo sumida en este silencio creado por los dos y pienso en todo lo que debe de ocultar en su interior. Todavía no termino de asimilar que cargue con tanta culpa a sus espaldas.

—¿No te inquieta la posibilidad de quedarte embarazada?

La pregunta, sin duda, me saca de mis ensoñaciones. Comienzo a anudarme las botas para evitar mirarlo a la cara.

—Tampoco es que tú hayas hecho nada por evitarlo.

—Me dejé llevar por el momento.

—¿Y te preocupas ahora, después de todas las veces que te has dejado llevar por el momento?

—Te aseguro que dejarte embarazada no es una preocupación.

Alzo la mirada y alcanzo a verlo sonreír con aire arrogante. Termino de apretar el nudo de mis botas y camino hacia él. Le doy una palmadita en el hombro.

—Tranquilo, semental. No puedo quedarme embarazada.

—¿Tomas un tónico?

—No. Tomé medidas más permanentes hace décadas.

El resto queda implícito, y él tiene la consideración de no seguir preguntando. Tomé la decisión para evitar vivir una situación similar a la de Faera. No quiero traer a otra criatura indefensa a este mundo y fallarle estrepitosamente.

Voy al baño para mirarme en el espejo, pero está resquebrajado después de nuestras actividades nocturnas. Hay varios artículos de aseo y algunos accesorios para el pelo. Sin duda, Lucifer es un gran anfitrión, o las ganas de tenernos aquí abajo en un futuro le han hecho duplicar sus esfuerzos. Agarro un lazo y comienzo a trenzarme la melena. Justo en ese momento aparece Drystan detrás de mí y coge el relevo. No pienso decir en voz alta los pensamientos que asaltan mi cabeza cuando veo a sus dedos trabajar diligentemente en mí. ¿Desde cuándo que un hombre me trence el pelo es algo erótico?

El efecto que tiene Drystan sobre mí es cada vez más enfermizo.

Cuando termina con mi pelo, se asegura de rozarme la espalda con los dedos, consiguiendo que un escalofrío recorra mi cuerpo de pies a cabeza. Se ríe al ser testigo de la reacción visceral y planta un beso en la curva de mi cuello. Se marcha, dejándome unos minutos a solas que aprovecho para ver el pequeño moratón que se ha formado justo ahí, donde me ha mordido. Siguen presentes las marcas de sus colmillos, y estoy segura de que es una forma de reclamo. Debería mostrarme enfadada; en cambio, siento algo cálido y placentero en el estómago.

Cuando regreso a la habitación, veo que Abraxas se ha unido a nosotros. Le doy un repaso de arriba abajo y no hay nada que delate lo que sé que hizo anoche. Si creía que Drystan y yo éramos salvajes cuando nos uníamos, estoy segura de que el menor de los Amery no se queda atrás. El despliegue de seducción y sexo que he visto en estos días me ha servido para hacerme una nueva imagen de él, que no corresponde con el hombre serio y guerrero que tenía hasta entonces.

Drystan me pilla mirando al vampiro de ojos verdes y me parece ver cómo uno de los músculos de su mandíbula se contrae al apretarla con fuerza. Junto los labios para no reírme ante sus aparentes celos.

—¿Todo listo para volver? —pregunta Abraxas.

Drystan y yo nos miramos.

—Yo diría que sí. No debe quedar mucho para que Atarothz abra el portal.

Drystan es el primero en dirigirse a la puerta, y los demás lo seguimos. No hemos dado ni tres pasos fuera cuando Lucifer aparece con un traje rojo como la sangre. Puedo ver gran parte de su pecho desnudo bajo la chaqueta. Está claro que no hace mucho que se ha dado un baño. Todavía le gotea agua de las puntas de su pelo platino. Esboza una sonrisa al vernos, y sus colmillos son tan afilados como los de un vampiro.

—¿Qué tal habéis dormido, mis queridos invitados? —Me mira y guiña un ojo—. Si es que habéis dormido algo en absoluto. Ya veo que las mujeres de mi territorio valoran mucho las habilidades de vuestro compañero de viaje.

—Quería comprobar por mí mismo si las proezas que se rumorean sobre los demonios eran reales.

—¿Y bien?

—No están mal, pero a mi raza se le da mejor.

Tengo que esforzarme por no abrir la boca con sorpresa ante la conversación que están teniendo frente a nosotros con una normalidad pasmosa. Es más, Abraxas habla sin humor, como si discutir esto fuese lo más normal del mundo, algo que hiciese habitualmente, como quien discute del tiempo.

—Hemos dormido bien —dice Drystan para interrumpir el rumbo de la conversación.

—Me alegra oír eso. —Lucifer hace uno de sus ya habituales chasquidos de dedos, y entonces aparece un reloj de arena al que apenas le quedan granos—. Yo diría que vuestro medio de transporte está a punto de aparecer.

—¿Dónde está la trampa? —pregunto.

Lucifer me mira con esos ojos verdes demasiado claros y frunce el ceño.

—¿Qué trampa, querida?

—¿Nos vas a dejar ir sin más? ¿No quieres nada?

—Haré cómo que no he escuchado tu última pregunta. —Sonríe de medio lado—. Preguntarle a Lucifer si quiere algo es muy peligroso, banshee. —Suspira—. Pero, respondiendo a tu pregunta, no hay nada que quiera. Creo que el sufrimiento y el dolor que habéis dejado aquí abajo es suficiente para alimentar esta tierra durante un tiempo, aunque no puedo asegurar que salgáis indemnes si volvéis. Aseguraos de que no haya una próxima vez.

Justo en ese momento, la magia crepita en el aire y comienza a formarse un remolino de color violeta del que salen partículas negras. La bruma de la que está formado el portal es lo suficientemente espesa como para que no se vea nada de lo que hay al otro lado, pero no cabe duda de que esto es obra de Atarothz. Abraxas es el primero en cruzar. No hace por despedirse del ángel caído antes de poner un pie dentro y desaparecer. No hace ningún sonido; se desvanece como si nunca hubiese estado aquí.

—¿Debería sentirme herido por no haber recibido ni un simple adiós?

—Es un hombre de pocas palabras —responde Drystan.

—No en la cama, por lo que he escuchado.

—¿Has estado espiándonos?

—No sois tan discretos como os creéis —dice, mordaz.

Drystan coloca una mano en la parte baja de mi espalda y me conduce hasta el portal al ver que mis piernas se han quedado congeladas en el sitio. Es como si mi cuerpo todavía se negara a marcharse. Opone resistencia porque sabe que nos vamos sin aquello que vinimos a buscar.

—Tranquila, brujita. Será solo un momento.

Entrelaza sus dedos con los míos mientras caminamos bajo la atenta mirada de Lucifer. Conforme nos acercamos, siento la vibración de la magia, una corriente que invade mi cuerpo y una familiaridad que hace que las puntas de mis dedos cosquilleen. Alzo la mano que tengo libre y acaricio la bruma violeta, sintiendo toda su energía. Sigue sin verse nada al otro lado. Consigo meter un pie dentro, aunque mi cuerpo sigue resistiendo, rechaza marcharse hasta que completemos nuestro objetivo. O tal vez sí que es miedo. Miedo a volver a esos días en los que no podía dormir pensando en lo que ocurrirá una vez muera. Evitando cogerle cariño a la gente por temor a no verlos si los pierdo para siempre. Ahogándome en la miseria de vivir una vida sin Faera, sabiendo que me espera más de lo mismo una vez fallezca.

Es Drystan quien consigue que siga avanzando; la presencia de su mano en la mía me da el coraje que necesito para avanzar, pero entonces dejo de sentir su contacto. Ya estoy prácticamente dentro del portal y una corriente tira de mi cuerpo con fuerza.

—¿Drystan?

Me giro para mirarlo y lo veo alejado varios metros de donde me encuentro. En su rostro hay una expresión rara. Una que no me gusta en absoluto. Es como si me estuviese pidiendo perdón con la mirada. Las piezas tardan en encajar y, cuando lo hacen, ya es tarde. Intento retroceder para alcanzarlo; sin embargo, la fuerza del portal es demasiado para mí. Es como caer en una espiral.

—¡Drystan, no!

Es lo último que alcanzo a decir antes de desaparecer por completo y reaparecer en un paraje donde el cielo está permanentemente nublado, no hay sol y los rostros del Dios del Medio y Abraxas me miran, preguntándose qué es lo que me sucede para estar tan alterada.

—Drystan…

—Aparecerá en un momento —me asegura Atarothz.

Niego con la cabeza.

—No, no va a volver.

Abraxas se agacha y me ayuda a ponerme de pie después de que el portal prácticamente me haya escupido.

—¿Qué estás diciendo, Evanora?

—No me lo ha dicho, pero lo he visto en su rostro. No va a volver. Va a hacer alguna locura. Tengo que regresar.

Cuando el dios ve mis intenciones de volver a cruzar, convoca lo que parecen unas cuerdas formadas de humo gris que me retienen por las muñecas y los tobillos, impidiendo que avance.

—Si lo que dices es cierto, no puedo dejarte cruzar.

—¡Tenemos que hacerle entrar en razón!

—Es un hombre adulto y tiene la libertad de tomar sus propias decisiones. No puedo dejarte ir y que Sierra pierda a alguien importante para ella.

Lo miro totalmente incrédula.

—No puedo creerme que seas tan egoísta.

—Pensaba que tú lo sabrías. —Sonríe—. Los padres somos las peores personas del mundo. Somos capaces de hacer cualquier cosa por nuestros hijos.

Para remarcar sus palabras, cierra el portal.

Y Drystan se queda atrapado en los Fosos.

Parte III

La Banshee Blanca

35

Drystan

La última mirada que he recibido de Evanora antes de que desapareciera por el portal ha hecho que mi corazón se encoja tanto que me es imposible respirar por el dolor. Era una mezcla de traición y pánico. Posiblemente no me perdone por lo que voy a hacer. Si es que vuelvo, claro. Reconozco que he actuado con impulsividad e imprudencia. Los últimos signos de la magia se disipan en el aire. Me doy media vuelta y me encuentro cara a cara con Lucifer, que todavía no se ha marchado y me observa con sumo interés.

—¿Te han seducido los encantos de este lugar? —pregunta, con ironía.

—Necesito ver a Lilith de nuevo.

Entrecierra los ojos y permanece en silencio. Comienza a caminar sin decir nada ni comprobar que lo sigo. No puedo evitar observar con asombro lo que me rodea. Las paredes siguen siendo de roca y, de alguna forma, se las ingenian para parecer lujosas. Hay algunos cuadros colgados de ellas, y las representaciones son de lo más obscenas. Comienzo a pensar que aquí se tiene una obsesión que roza lo malsano en lo que a los vicios se refiere. Y eso, viniendo de un vampiro, es mucho decir.

Entramos en lo que parecen los aposentos privados del ángel caído. Hay una pequeña estancia reservada para invitados, con unos sofás y un mueble para el alcohol. Si dejo que mis ojos curioseen un poco más, puedo ver una enorme cama con las sábanas rojas y un montón de cojines. Lo más perturbador es que hay una mujer sobre ella, en una pose sugerente, esperando a que el dueño de todo esto se una a ella. Lucifer me pilla mirando y reprime una risa al ver mi expresión de asombro.

—¿*Whisky*?

Asiento sin pensar realmente. Me sirve tres dedos en un vaso lleno de hielo, y me pregunto cómo no se derriten al instante con la temperatura que hace aquí. Me indica con la mano que ocupe el asiento frente a él, y eso hago, aunque lo que realmente quieren mis piernas es estar en constante movimiento. A ser posible, de camino a hablar con Lilith de nuevo.

—¿Eres consciente de que, si quisiera, podría retenerte aquí eternamente? Tu cuerpo no puede estar separado de su alma tanto tiempo sin morir, y una vez que este sucumba a la muerte quedarás atrapado aquí para siempre.

—No me importa. No podía marcharme sin lo que vinimos a recuperar.

—Atarothz no volverá a abrir el portal; no va a arriesgarse a que alguno de mis demonios escape y entre en su territorio.

Asiento.

—Era consciente de los riesgos, así que, ¿qué quieres tú a cambio de dejarme salir de aquí?

Sonríe antes de dar un sorbo a su bebida. Prolonga la espera todo lo que puede. Lo hace a propósito para disfrutar de mi incertidumbre. Me remuevo sobre el asiento, clavando los dedos en el cuero.

—Tu primogénito.

Lo dice con tono aburrido, como si hubiese pedido cualquier cosa sin importancia.

—No tengo hijos.

Encoge los hombros.

—En caso de que los tengas, tu primogénito será mío. Su alma descansará aquí y, teniendo en cuenta que conozco vuestro problemita para reproduciros, sé que tu prole no será inmortal, así que llegará el día en que su alma tenga que quedarse conmigo.

—¿Por qué querrías algo así?

Se inclina sobre la mesa que nos separa y agarra mi mentón con fuerza. Se relame los labios cuando ve que sus uñas se clavan en mi carne. Mi dolor le excita.

—¿Todavía no te has dado cuenta de que me alimento del sufrimiento? La posibilidad te matará lentamente. Si algún día te reproduces, sabrás lo que ocurrirá y sufrirás. Lo sentiré, me alimentaré de ello y, cuando tu vástago muera y su alma acabe aquí abajo, seguiré alimentándome de tu dolor y del suyo.

Me quedo completamente callado. El rostro de Evanora viene automáticamente a mi mente. Sé que no hay otra persona con la que me gustaría formar una familia, pero parece que la posibilidad de que tengamos hijos biológicos quedó descartada mucho antes de que nos conociéramos. Todo esto lo hago por ella, porque sé que la muerte le asusta y aún más lo que encontrará después. Le prometí que recuperaríamos su alma y pienso cumplirlo. Me cueste lo que me cueste. Puedo vivir sin unos hijos que no conozco; sin embargo, no puedo vivir sin Evanora. No soportaré que me siga alejando. La necesito.

Extiendo mi mano y Lucifer la observa unos segundos antes de deslizar la suya, repleta de anillos, sobre la mía. Su piel es tan fría como la de un vampiro. Aprieta tan fuerte que parece querer hacer alarde de su poder. Ya me había quedado claro desde un principio que no tenía nada que hacer contra él; es por eso que he decidido tomar el camino de la palabra y no el de la violencia. Sería muy estúpido por mi parte creer que puedo enfrentarme a una figura así y salir indemne. La prioridad ahora mismo es volver con Evanora.

Mi prioridad es ella.

—Está bien. Démonos prisa antes de que tu cuerpo empiece a pudrirse.

Sus palabras hacen que un escalofrío descienda por mi columna. Nos transporta con un simple chasquido de dedos, pero la sensación es muy desagradable. Mi estómago se revuelve y tengo que llevarme una mano a la boca por miedo a vomitar hasta el primer sorbo de sangre que di cuando era pequeño. Se me eriza la piel ante la sensación.

—Putos chasquidos —protesto.

El ángel caído me mira con diversión y extiende la mano frente a él, invitándome a caminar hacia adelante. Lilith sigue tal cual la dejamos, encadenada con esos grilletes al rojo vivo y el sudor perlándole la frente. Su cabello, del tono de las llamas, se le pega en las sienes y al cuello. No parece sorprendida de verme de nuevo.

—Vuelves a tener visita, querida.

Pone los ojos en blanco al escuchar el apelativo cariñoso de la boca del ángel caído. Me pregunto si perdió sus alas o las esconde. Nunca he tenido la oportunidad de ver a un ángel en persona. Caído en desgracia o no. Son criaturas que, como nosotros, todo el mundo cree que pertenecen a los antiguos libros y a los mitos contados alrededor de la hoguera. Sin embargo, ellos han sabido ocultarse del ojo humano mucho mejor que nosotros. Supongo que tiene bastante que ver el hecho de que no se tienen que alimentar de ellos. Lucifer me mira en ese momento como si leyese mis pensamientos y sonríe con suficiencia, alzando el mentón.

—¿A qué debo de nuevo el honor, Drystan Dravenor?

Me acerco más a ella. No dejo que el miedo me domine ni un solo segundo; sé bien que se aprovecharían de ello. Me muestro seguro y decidido cuando abro la boca y digo el motivo por el que me he quedado atrás. Evanora no es capaz de sacrificar un alma por la suya, pero yo sí.

—Libera el alma de Evanora.

Lilith sonríe mostrándome sus dientes afilados.

—Estabas aquí cuando le expliqué a la banshee las condiciones. Todo necesita un equilibrio. No puedo dar sin recibir algo a cambio.

Doy otro paso más al frente.

—Mi alma a cambio de la suya.

36

Evanora

Sucede sin previo aviso. Un momento estoy frente a Atarothz y, al siguiente, despierto en el suelo de la biblioteca, rodeada de decenas y decenas de velas, algunas de ellas consumidas hasta la mecha y otras que parecen recientemente encendidas. Me llevo las manos al cuello y cojo aire con fuerza, sintiendo que todo es poco para llenar mis pulmones. El aire huele a sangre, hierbas y páginas viejas de libros. Permanezco aturdida unos segundos, hasta que la realidad de todo lo que ha sucedido en los Fosos choca contra mí como un muro. Miro a mi lado buscando a Drystan, aunque ya sé lo que encontraré. Su cuerpo sigue inmóvil, con los párpados cerrados y el rostro mucho más pálido de lo que recuerdo. No puedo evitar tocarlo, buscar alguna señal de que está a punto de despertar. Al otro lado se escucha movimiento y veo cómo Abraxas se despierta tan confundido como yo. Mira a su alrededor, buscando no sé el qué. Repara en Drystan y su rostro se cubre de preocupación.

—Habéis vuelto —la voz de Sierra es suave.

La busco y, al encontrarla sentada a escasos metros de nosotros, compruebo que va vestida con un camisón. Por el aspecto cansado de su rostro, juraría que no se ha despegado ni un segundo de nosotros. A su lado hay un reloj de arena del que ya no caen granos y también un enorme libro con solapas de cuero. Viktor aparece bajando casi en estampida las escaleras de la biblioteca, seguramente después de haber oído a su compañera hablar.

Maldito sentido del oído vampírico.

No puedo evitar sentir terror ante la reacción de Viktor.

Me concentro en mi amiga, que lleva una sonrisa en los labios que poco a poco se apaga al ver mi falta de entusiasmo. Puedo sentir el temblor de mi labio inferior, mis manos aferrándose con fuerza a la camisa de Drystan, que permanece completamente inmóvil, y las lágrimas que amenazan con derramarse en cualquier momento.

—¿Qué ocurre, Evanora?

Empiezo a negar con la cabeza. Abraxas deja salir una maldición. Se lleva las manos al pelo y sale del círculo que con tanto cuidado dibujé antes de llevar a cabo todo esto, sin saber que no regresaríamos los tres. Empieza a andar de un lado a otro, maldiciendo e inquietando a nuestros amigos, que me miran con expectación. No puedo abrir la boca y decirlo en voz alta. Temo que, si lo hago, se convierta en una verdad irrefutable, y necesito aferrarme a la esperanza de que puedo encontrar la forma de deshacerlo.

Sierra es la primera en darse cuenta. No sé si es mi comportamiento o si, por fin, se da cuenta de que, de todos nosotros, el único que permanece en un apacible sueño es Drystan. Niega también con la cabeza.

—No...

Viktor se coloca a su lado y la rodea con los brazos mientras nos mira con la mandíbula apretada. Sé que se está guardando muchas cosas. La mano de Abraxas aparece en ese momento frente a mí para ayudarme a ponerme de pie. Al parecer, ni siquiera soy capaz de hacer eso por mí misma. Sacudo la cabeza y me arrastro hasta estar aún más cerca de Drystan. Paso las manos por encima de su camisa. Irradia puro frío. Su pecho no hace ningún movimiento; no obstante, sus ojos se mueven frenéticos bajo sus párpados. Es el único signo de que todavía sigue aquí, de que hay vida dentro de él y algo a lo que aferrarme.

—¿Qué diablos ha pasado? —pregunta Viktor, que todavía rodea de forma protectora a Sierra con los brazos.

—Todo parecía estar saliendo bien. Se abrió el portal y lo crucé, pero cuando quise darme cuenta solo estaba Evanora —dice Abraxas al ver que soy incapaz de hablar. Tengo los ojos clavados en Drystan y no quiero despegarlos de él ni un segundo—. Entonces Evanora empezó a gritar, diciendo que Drystan no iba a cruzar, que no iba a volver.

—¿Y no se os ocurrió regresar a por él? —pregunta con enfado el vampiro.

—Atarothz no nos dejó. Dijo que el riesgo era demasiado grande y que no iba a permitir que Sierra perdiese a nadie más.

—No tenía derecho a hacer eso —murmura Sierra.

—¿Por qué Drystan decidió no regresar? No tiene ningún sentido.

—Por mí —digo al fin—. No conseguimos recuperar mi alma. Lilith me hizo una oferta que, desde el principio, sabía que no iba a aceptar.

—¿Se puede saber qué diablos les ocurre a mis padres? —espeta Sierra.

Se libera del abrazo de su pareja y comienza a caminar de un lado a otro, uniéndose al nerviosismo de Abraxas. Pone los brazos en jarras, y solo un vistazo a su rostro es suficiente para saber que está furiosa.

—¿Cuál era la oferta?

Aunque la voz de Viktor suena serena, es obvio que está conteniendo la ira, puede que incluso el miedo. No hace falta más que ver la manera en que sus ojos parecen querer salirse de sus órbitas cada vez que reparan en el cuerpo inmóvil de su amigo. No quiero imaginar cuáles pueden estar siendo sus pensamientos. Tanto él como Drystan tuvieron que ver cosas horribles; durante muchísimo tiempo solo se han tenido el uno al otro. El pánico y el terror que debe estar padeciendo ante la posibilidad de perder a su mejor amigo, al que durante tanto tiempo ha sido su única familia, debe ser atroz. Solo espero que no se parezca al dolor agonizante que estruja mi corazón como un castigo por todas las veces que lo tuve delante, mirándome con súplica en los ojos, pidiéndome que dejara atrás el miedo y lo quisiera.

Y no pude.

O lo correcto sería decir, no quise.

Porque en ningún momento tuve una daga en el cuello que me impidiese hacerlo; solo mi mente, que me susurraba, como un diablo en mi hombro, que todo lo que quería acababa desapareciendo. A lo mejor ese diablo no estaba tan equivocado, pues solo es cuestión de tiempo que lo pierda a él también.

—Pasados los tres días, vuestro cuerpo moriría si no regresabais, ¿no es así? —el pánico llena la voz de Sierra. Asiento sin alejar mi atención de Drystan y del movimiento descontrolado de sus ojos bajo los párpados. Desde fuera parece que está dormido, sumido en un sueño—. Pero todavía nos queda algo de tiempo. ¿Hay alguna forma de mantenerlo así un poco más? Hablaré con mi padre. Tiene que volver a abriros un portal. No podemos dejar a Drystan ahí, atrapado para siempre.

A pesar de que mi cabeza parece haber caído en una espiral de pensamientos autodestructivos, la voz de Lilith, esa que he comenzado a odiar con pasión, susurra en mi oído todo el potencial que habita en mí y que yo he decidido ignorar o, según ella, desperdiciar. Levanto la mirada y observo a mi mejor amiga, que con solo mirarme adopta una actitud de alerta.

—¿Qué necesitas?

Le pido que me pase el libro del que saqué el primer hechizo y, una vez en mis manos, paso sus hojas desquiciada. Mis ojos leen mucho más rápido de lo que creo humanamente posible. Murmullo palabras sueltas y el resto me mira con preocupación. Ya no tengo claro si por Drystan o porque creen que estoy cerca de perder la cabeza. Repaso con los dedos las letras, que debieron ser escritas con demasiada fuerza, pues el papel está hundido bajo mis yemas.

Descarto hechizo tras hechizo. No encuentro nada de utilidad. El latido de mi corazón retumba en mis oídos y, durante varios minutos, no soy capaz de escuchar nada más que su ritmo desenfrenado. El pánico dibuja bordes oscuros en mi visión y me obliga a parpadear varias veces para hacerlo desaparecer. Ignoro el temblor de mis dedos, el sudor frío que empapa mi frente y la dificultad que tengo para respirar con profundidad. Siento el peso de una mano en mi hombro.

—Estás hiperventilando, Evanora.

Sierra también lo haría si supiese que la persona que le importa está a punto de sacrificar toda su eternidad en un lugar que se alimenta de tu sufrimiento.

—Si... si Drystan... si Drystan se marcha, ¿podrías traerlo de vuelta?

Dejar salir esas palabras supone todo un esfuerzo físico.

—Lo intentaría —asegura—, aunque sabes que mi poder a veces me resulta inútil.

Sierra ha heredado el poder de erradicar las almas, algo que, para cualquier ser humano o sobrenatural, es aterrador. La posibilidad de perderla para siempre y no tener jamás un lugar de descanso perturba incluso a los más fuertes. Sin embargo, también ha heredado la capacidad de devolver un alma a su cuerpo, dotándolo de una nueva vida. Es justo lo que hizo con Viktor cuando cayó en la batalla contra los metamorfos. Incluso los inmortales tienen puntos débiles. El de Viktor fueron las lágrimas de Sierra, una vez que su vínculo desapareció y dejó de ser inmune al peligro que supone ella. Las lágrimas de Lilith, que hace tanto tiempo dieron la vida a los primeros vampiros, son las únicas capaces de quitársela. Sierra, siendo hija directa, sacada de su útero a base de dolor, sangre y lágrimas, heredó esas cualidades. No obstante, la conexión entre ellos dos hacía que Viktor fuese inmune a su poder, al igual que ella lo es a los dones del Puro.

Hasta la fecha, Viktor ha sido la única persona a la que ha conseguido devolverle la vida; el resto de los intentos no han resultado fructíferos. Por eso no puede prometerme nada. Sin esa seguridad, es aún más necesario que encuentre el hechizo correcto. Los bordes oscuros retroceden, haciendo que me concentre en las palabras escritas en el libro. Sierra acaricia mi espalda de forma tranquilizadora, mientras yo siento que estoy a punto de volverme loca. Las palabras no terminan de tener sentido para mí y mi cuerpo está tan tenso que me duele.

Algo húmedo cae sobre una de las hojas, formando una mancha. Tardo en darme cuenta de que se trata de mis lágrimas. Las aparto con el dorso de la mano, furiosa.

—Piensa, Evanora, piensa… —me digo a mí misma con rabia.

Nadie se atreve a decirme nada. Tampoco levanto la mirada para mirarlos, sabiendo que solo voy a encontrar expresiones de lástima. Entre todas las palabras borrosas que mi cerebro no termina de registrar, unas cuantas empiezan a cobrar sentido. Mi estómago da un vuelco.

—Lo tengo —susurro.

—¿Qué? ¿Qué necesitas?

Viktor aparece frente a mí de un momento a otro. Me mira de forma analítica. Me agarra de los hombros y me sacude al ver que todavía me dejo arrastrar por el pánico.

—Evanora, cálmate. Dinos qué necesitas.

Como si otra persona tomase las riendas de mi ser, mi boca comienza a enumerar una serie de órdenes.

—No tenemos mucho tiempo —dice el vampiro—. Abraxas, busca todo lo que te ha dicho. Tenemos que mantener a Drystan con vida hasta que termine de hacerse el héroe.

Al mirarlo, esboza una pequeña sonrisa y mira a su amigo.

37

Drystan

La reacción de la madre de los vampiros no es para nada la que esperaba. Tampoco sabría decir qué es lo que creía que pasaría realmente. Sin duda, no que empezara a carcajearse como si acabase de contar el mejor chiste de la historia. Lucifer se encoge de hombros y desaparece con otro chasquido de sus dedos, dejándome solo con ella. A pesar de que sus piernas deben estar suplicando un descanso, Lilith se niega a sentarse en el suelo. La sangre gotea de sus muñecas y deja salir humo cuando cae al suelo hirviendo.

—¿Tu alma a cambio de la suya?

Aunque no pierde esa sonrisa de superioridad, es incapaz de esconder el asombro que le causa mi propuesta. Estoy seguro de que no está acostumbrada a presenciar gestos tan genuinos. Mucho menos en un sitio como este, al que solo viajan personas egoístas y sin un ápice de bondad en su cuerpo.

—Así es.

—¿Sabes lo que eso significa, muchacho? Por inmortal que seas, si un día la muerte te encuentra, no irás a ninguna parte.

—Bueno, hay muchas posibilidades de que los de mi especie acabemos todos aquí abajo. Creo que no ir a ninguna parte es una mejor alternativa.

Inclina la cabeza, me estudia con detenimiento y me muestra los colmillos en una sonrisa.

—¿Crees que eres una mala persona? —pregunta con incredulidad—. Creo que te infravaloras bastante, joven Dravenor.

—Permíteme que no me crea nada de lo que salga de tu boca.

—Y aun así vienes aquí a pedir mi ayuda.

—No lo haría si hubiese otra opción.

—La tienes. Dejar que la vida siga su curso. Ella sacrificó su alma por una buena causa. Era lo que más deseaba; devolverle la vida a su hija.

—No pensó en todas las repercusiones de su decisión. Lleva toda la vida alejada de su hija porque cree que su vida será mejor sin su presencia, y el único consuelo, lo que haría todo eso más fácil, sería la certeza de verla una vez su vida termine. Pero le arrebataste eso. Y yo quiero devolvérselo. Así que acepta mi oferta y llévate mi alma a cambio.

Por un momento, dejo que me llene la esperanza. Me observa como si de verdad estuviese planteándose mi petición. Su rostro se torna serio y se pierde en sus pensamientos, pero dura poco. Chasquea la lengua y niega con la cabeza, como si estuviese a punto de echarle una reprimenda a un niño pequeño. Sin embargo, cuando me mira, no veo la expresión burlona que esperaba. Esta vez parece que negar mi ruego le causa malestar.

—No puedo hacerlo.

—¿Cómo que no puedes hacerlo? Dijiste un alma por otra.

—La tuya no.

—¿Por qué no? ¿No es lo suficientemente buena?

Niega con la cabeza, descartando mis palabras.

—Si tomara tu alma, mi hija no me lo perdonaría nunca. Nuestra relación ya es lo suficientemente mala como para complicarla más.

—¿Y crees que negarle la petición a Evanora no la complicaba ya?

—La magia tiene un precio. Siempre. No puedo devolver algo sin equilibrar la balanza.

—¡Por eso tienes que tomar la mía!

Vuelve a negar.

—No voy a hacerle eso a uno de los amigos de mi hija, mucha-cho. Tú tampoco estás pensando en las consecuencias. Si te arrebato tu alma, nunca te reencontrarás con aquellos que perdiste cuando decidas que ha llegado el momento de marcharte. Tu madre, tu padre, la propia Evanora... nunca los verás de nuevo. Y sé cuánto deseas volver a ver a tus padres, Drystan Dravenor.

—No intentes ahora pretender que eres una buena persona, Lilith. Toma mi alma a cambio de la de Evanora.

—No lo hago porque sea una buena persona. Estoy teniendo en cuenta mis propios intereses, y tomar tu alma no me beneficia en abso-luto. Te recomiendo que vuelvas; tu cuerpo está a punto de morir y la banshee ha rechazado su magia demasiado tiempo como para soportar la energía que requerirá mantenerte vivo un poco más.

Probablemente tenga razón. La pócima que ha hecho posible que mi cuerpo se desconecte de mi alma debe de haber dejado de hacer efecto y, como no he vuelto, debería fallar de un momento a otro. Reconozco que no estaba pensando con total lucidez cuando decidí quedarme atrás. Solo me importaba cumplir mi promesa: devolver el brillo a los ojos de Eva-nora, los cuales nunca he tenido el placer de ver rebosantes de felicidad.

—Por favor —suplico.

Estoy a punto de postrarme de rodillas para darle más énfasis a mis palabras, pero alza la palma deteniéndome.

—Mi decisión no va a cambiar. Ahórrate la vergüenza.

—Mujer cruel —dice entonces la voz de Lucifer.

Ha vuelto a cambiarse de ropa, como si la vida fuese un desfile cons-tante para él. Lleva un traje verde botella y una camisa con volantes. Sus dedos pálidos están repletos de anillos con piedras preciosas. No entiendo cómo se las ingenia para estar impecable y perfecto en un lugar como este. Temo mirarme en el espejo por el reflejo que pueda devolverme.

—Tienes al muchacho dispuesto a rogar de rodillas. ¿En serio vas a rechazarlo?

Lilith no dice nada y el ángel caído suelta un suspiro dramático.

—Supongo que es hora de que vuelvas.

Miro de nuevo a Lilith, reticente, todavía con una pequeña esperanza de que cambie de opinión. Su expresión es firme; no deja lugar a fisuras por las que pueda colarse la lástima. Estoy seguro de que, si aspirara profundamente, podría llenarse con mi desesperación. Lucifer chasquea la lengua y me hace una señal para que me acerque. No quiero irme. Al menos no con las manos vacías, aunque, al parecer, no tengo otra opción. He intentado ignorarlo, pero las señales de que mi cuerpo se apaga están ahí para quien quiera verlas: la presión en la cabeza, el frío que avanza poco a poco por mis venas, ralentizando mis movimientos, la boca pastosa y la lengua dormida.

—De verdad que tienes que irte. No te queda tiempo.

De hecho, ya debe de haberse agotado. En el momento en el que el portal se abrió, quedaba muy poco tiempo.

Camino hacia adelante echando un último vistazo a la madre de los vampiros, que se mantiene firme en su decisión. No puedo evitar mirarla con cierto desprecio ante su negativa. Puede que lo haya arriesgado todo para salir de aquí sin nada. Lucifer nos teletransporta y, esta vez, siento que mi estómago da volteretas dentro de mi cuerpo. Caigo de rodillas y de mi boca sale un líquido asqueroso, muy parecido a la sangre. La mirada del ángel caído no podría ser más reveladora.

—¿Cómo vas a hacer que pase al otro lado? —pregunto, casi sin aire en los pulmones—. ¿No necesitas que Atarothz abra un portal?

Ahoga una carcajada arrogante.

—No es el único que sabe hacer truquitos. —Baja la mirada por mi cuerpo—. Aunque no estoy seguro de que lleguemos a tiempo.

Miro mis manos, que no dejan de temblar. El castañeo de mis dientes es incesante y, por primera vez, conozco lo que es el frío. Qué sensación tan extraña. No puedo controlar los movimientos de mis músculos y por mis venas ya no circula sangre, sino ríos de hielo. Los bordes de mi visión comienzan a ennegrecerse, como si estuviese cayendo por un pozo y la oscuridad se acercara cada vez más. Alguien toca mi espalda, pero no reacciono. La presión en mi cabeza es horrible; siento que tengo encima de mí un peso enorme que quiere aplastarme contra el suelo. Bajo la mirada una vez más a mis manos, las cuales veo borrosas mientras se sacuden sin control. Abro la boca para hablar, pero ninguna palabra sale. Mi lengua parece haber olvidado cómo hacerlo. Tengo un regusto amargo en el fondo de la garganta y la saliva amenaza con ahogarme.

—Parece que se nos ha acabado el tiempo.

No puedo responder. Estoy demasiado ocupado viendo cómo mi cuerpo no responde a mis demandas y se deja caer de bruces contra el suelo. Lucifer tiene la decencia de darme la vuelta. Miro su rostro y más allá, hacia el cielo sin sol, cubierto de tonos anaranjados en un perpetuo amanecer.

Dicen que los animales pueden saber cuándo su momento se acerca; algunos tienen sus propios rituales, otros se alejan buscando una muerte solitaria. Cuando sienten los dedos fríos de la muerte acariciándoles la nuca, las personas recuerdan. Y, milagrosamente, suelen ser todos esos momentos vividos que nos reportaron felicidad.

Así que recuerdo.

Mis broncas con Viktor que acababan en risas.

La voz suave de mamá y su sonrisa cuando tocaba el piano.

La risa grave de papá al contar alguna de mis anécdotas mientras compartíamos una copa en su despacho.

Los ojos de Evanora.

La primera vez que la vi y me tocó la frente para darme permiso para entrar en su preciado campamento.

La sensación de tenerla acurrucada entre mis brazos.

El calor en mi estómago con cada una de nuestras discusiones, por tontas que fuesen.

El hormigueo al verla sonreír.

Las ganas de poder entregarle algo más que un corazón que nunca ha sabido lo que es latir, para que ella decidiera si quiere destrozarlo o atesorarlo.

Ese es el último pensamiento que cruza mi mente antes de que todo se torne negro y mi cuerpo deje de doler.

38

𝕰𝖛𝖆𝖓𝖔𝖗𝖆

A pesar de que su corazón nunca ha latido, puedo saber cuándo se ha ido.

Una brisa fría me peina el cabello hacia atrás y me pregunto por un momento si se trata de él, si ha conseguido desafiar a la muerte y escaparse para despedirse de mí, aunque sea de forma que no pueda verlo, pero sí sentirlo. Me pican los ojos, pero algo dentro de mí me dice que no tengo derecho a llorar.

No cuando me he dedicado a huir y he tenido la osadía de mirarlo a los ojos fingiendo que no sentía nada por él, cuando la realidad es que me asfixiaba la idea de perderlo, mirar atrás y no verlo dos pasos por detrás, con una sonrisa canalla plantada en el rostro y los brazos extendidos por si me dejaba caer. Quiero echarle la culpa al pasado por no dejarme saborear el presente y tornar oscuro mi futuro; quiero culpar al miedo por enseñarme a correr y no a quedarme; quiero gritar «te quiero», pero ya es tarde para que pueda escucharme. Quiero echarme la culpa a mí por estar demasiado avergonzada de mis heridas como para ver cómo él besaba mis cicatrices en silencio.

—Evanora…

En la voz de mi amiga se aprecia lo que ya sé. Lo he perdido. No quiero apartar los ojos de su pecho inmóvil, pero lo hago para pedir lo único que se me ocurre. Mis manos se agarran con fuerza a las faldas del camisón de Sierra.

—Sálvalo. Tráelo de vuelta. Por favor.

Mira a su compañero; sin embargo, Viktor parece tan perdido en sus pensamientos como lo estaba yo hace un momento. Observa con rabia todos los utensilios dispuestos a mi alrededor, el mejunje de color extraño con el que he mojado los labios de Drystan sin resultado alguno, las velas que permanecen encendidas, manchando el suelo de la biblioteca con su cera derretida. El olor del ajenjo y la ruda flota con intensidad en el aire, recordándome mi fracaso.

Mi amiga se muerde el labio y puedo ver en su rostro que ha tomado una decisión. El cambio es inmediato. Sus ojos se vuelven opacos, más grises, y las venas de su cuerpo parecen brillar como si llevase en su interior polvo de estrellas. Contengo la respiración, preocupada por que cualquier sonido o movimiento la distraiga de su misión. Está perdida en un trance que ninguno de nosotros experimentará jamás. Sus dedos se mueven con frenesí, como si estuviese tirando de algo. Se muerde el labio por el esfuerzo, manchándose la barbilla de sangre en el proceso. Reprime un gruñido casi animal, poco propio de ella. Viktor se acerca, preocupado y tenso. Es casi como si pudiese sentir el momento en que Sierra lo va a necesitar. Y así es. Sale de su trance tambaleándose sobre las piernas y se apoya en el brazo del vampiro. Parece exhausta, a pesar de que tan solo ha estado ausente un par de minutos. Creo que incluso veo cómo la recorre un escalofrío.

Me mira, aunque no hace falta que hable para saber la respuesta. Drystan sigue inmóvil; su pecho no se levanta con ninguna respiración.

La voz de Lilith resuena en mi cabeza una vez más, recordándome mi incompetencia. El potencial que decidí no explotar. Una rabia ciega me sacude por dentro y me hace actuar de forma irracional. Busco a tientas la daga que he utilizado antes para grabar unos símbolos en las velas y, sin pensármelo dos veces, abro mis muñecas, dejando que la sangre caiga y lo empape todo. Ya no es la presencia de Drystan la que siento tras mi espalda, sino la de alguien más. Tal vez sea la madre de los vampiros tomando el control de mi cuerpo. Es la única explicación que se me ocurre para esta nueva oleada de conocimiento. Mi cuerpo se mueve sin mi permiso.

Mojo los dedos en mi sangre y dibujo un símbolo sobre la frente de Drystan, además de manchar sus labios con ella. El líquido carmesí no deja de salir de mis muñecas, derramándose sobre el suelo y mi ropa. No me siento mareada por la pérdida de sangre; supongo que es a causa de la adrenalina. Abro su camisa haciendo que salten todos los botones. Recorro su pecho con los dedos dejando marcas a su paso. Me detengo justo debajo de las costillas y agarro la daga de nuevo. Escucho el grito de sorpresa de todos cuando presiono la punta contra la carne y comienzo a hundir la hoja. Hago una herida profunda hasta quedar por encima del ombligo. Cierro los ojos y comienzo a murmurar palabras que suenan demasiado crudas en mi boca.

—Evanora… no….

—¿Qué está pasando? —pregunta Abraxas, que hasta ese momento se ha mantenido al margen.

—Está usando magia negra. Una muy potente y prohibida —responde Viktor.

Sin abrir los ojos, comienzo a colar mi mano dentro de la herida. La sensación no es agradable, pero algo me dice que es la única manera. La magia me guía en su interior; rozo sus costillas, la viscosidad de la sangre lo llena todo y no me detengo hasta dar con su corazón. Lo rodeo y lo siento frío. Congelado, igual que lleva él detenido en el tiempo desde hace siglos.

Así. Lo estás haciendo bien.

La voz femenina que suena en mi cabeza es como tener un pequeño diablo en el hombro susurrando.

Cierro los dedos en torno al órgano y aprieto con fuerza. Su sangre y la mía se entremezclan, y el poder de las palabras es tal que siento cómo mi palma se calienta, como si quisiera derretir la escarcha del corazón. Repito una y otra vez las palabras en un idioma antiguo. Nadie habla; puede que incluso no respiren por miedo a lo que ocurra a continuación. Todo el vello de mi cuerpo se eriza y el aire crepita con una energía electrizante. No dejo que el miedo me domine. No ahora.

Los muebles de la biblioteca crujen bajo el peso de la magia, que parece llenar el espacio, robando el oxígeno. Mi respiración se vuelve más dificultosa con cada segundo que pasa y, aun con los ojos cerrados, siento que la habitación no para de girar.

No tengas miedo. No dejes que ninguna de esas sensaciones te distraiga. Sigue, ya casi lo tienes.

El olor a cobre bailotea bajo mis fosas nasales. A pesar del calor que siento desprenderse de mi mano, el corazón de Drystan está duro y frío. Esa sensación me desanima tan solo un par de segundos, pues la voz, Lilith, sigue dándome coraje para continuar. No quiero detenerme a pensar qué puede sacar ella de esto, su interés en que emplee esta clase de magia. Tal vez necesita que mi alma, esa que mantiene bajo su yugo, se vuelva negra y malvada.

Todas las velas se han apagado; lo sé sin necesidad de abrir los ojos por el olor concentrado del humo. Repito las palabras una y otra vez, una y otra vez… hasta que llega un punto en el que me cuestiono si esto tiene sentido. Todo parece igual. Drystan sigue frío, inmóvil, muerto. Perdido en un lugar al que nunca podré acompañarlo, y ese pensamiento convierte todo esto en una agonía aún mayor. Me sorprendo a mí misma lamentando mi decisión de no dar un alma inocente por la mía. Seguro que nada de esto habría pasado. Él no habría sido tan imprudente como para quedarse atrás e intentar devolverme algo que podría haber recuperado si hubiese sido un poco egoísta. Si hubiese pensado en nosotros. En el después.

No sé qué estoy esperando que suceda hasta que lo hace. Es tan inesperado que creo que ha sido una imaginación, un producto de mi deseo de sentir que reacciona ante la magia. Un único latido contrae todo el músculo que rodeo con mi palma. Las palabras se quedan retenidas en mi garganta fruto de la sorpresa, y el sonido de una aspiración profunda es lo que me hace abrir los ojos.

Dos orbes oscuros, brillantes, que invitan a perderse en el infinito, me devuelven la mirada. Saco la mano de su interior y veo cómo la herida cicatriza rápidamente. No soy capaz de articular palabra. Nadie lo hace, en realidad. Contenemos el aliento, esperando a que algo se tuerza. No estoy acostumbrada a que las cosas salgan como espero. No puedo despegar los ojos de su rostro y él, a su vez, parece un poco confundido.

—Brujita.

Su voz suena ronca. Posiblemente tenga la garganta seca. Esa simple palabra, que tanto me desquiciaba en un principio, es lo que me saca de este pequeño trance. No me había dado cuenta de la presión que sentía en el pecho, como si alguien estuviese pisándome las costillas, hasta que me inclino sobre él, rodeo su cuerpo con los brazos y hundo la cara en el hueco de su cuello. Sé que lo estoy abrazando más fuerte de lo que debería, teniendo en cuenta que acaba de volver de la muerte, pero tengo miedo de que, si no lo aferro lo suficientemente fuerte, se disipe entre mis dedos.

—Si solo tenía que morirme para que me quisieras de vuelta, podrías habérmelo dicho antes.

—Cállate —murmullo.

—Es la pura verdad. —Siento cómo él también me aprieta entre sus brazos —. ¿Por qué huele tan bien aquí?

No necesita que responda. Se da cuenta enseguida de que mi sangre está en todas partes. Sujeta mi muñeca y me toma por sorpresa cuando pasa la punta de la lengua por la herida. Reprime un gemido cuando mi sangre entra en contacto con sus papilas. Las aletas de su nariz se inflan y, por algún extraño motivo, siento que mi cuerpo se calienta. Mi piel cosquillea y me doy cuenta de que las brutales heridas han comenzado a cerrarse. Alguien carraspea a nuestras espaldas y me separo rápidamente de él. Abraxas me ofrece su mano para levantarme del suelo mientras que Viktor mira a su amigo como si quisiera convertirlo en polvo ahí mismo. Este le dedica una sonrisa inocente y mi amiga observa al icónico dúo negando con la cabeza, aunque en su rostro el alivio es aparente.

—¿Se puede saber en qué diablos estabas pensando? ¿Cuándo te he dado permiso para morirte?

Ahora le toca a Abraxas sacudir la cabeza, incapaz de creer que el líder de los vampiros haya dicho algo tan egocéntrico. Una vez en pie, miro a mi alrededor y me doy cuenta del completo desastre que he creado. El mundo se mueve y mis piernas parecen haber olvidado cómo sostenerme. En lo que dura un pestañeo, Drystan está detrás de mí, con un brazo rodeando mi espalda y otro debajo de mis rodillas. Me alza como si hasta hace unos segundos no hubiese estado muerto.

Mis ojos se clavan en su perfil; me da completamente igual que todos nos estén mirando. Nadie dice nada cuando salimos de la biblioteca. Ni siquiera Viktor, quien estoy segura de que tiene mucho que reprochar. Drystan sube las escaleras hasta la planta de arriba y se mueve por el castillo con la familiaridad de alguien que lleva cientos de años viviendo entre sus paredes. No me lleva a la que, desde el primer día, ha sido mi habitación y de la que siempre le he obligado a marcharse antes de que las sábanas se enfriaran y el olor a sexo se disipara. No. Esta vez me lleva a la suya. Nunca he dormido en su cama; lo más cerca que he estado de ella fue esa vez en la que los rocié a él y a su conquista con serpientes mientras dormían juntos.

Puede que parezca infantil, pero estábamos en medio de una guerra de voluntades que no pensaba perder.

Empuja la puerta con el pie y después la cierra. Me deja sobre el colchón, manchando las sábanas con toda la sangre que empapa mi ropa. Se deshace de la camisa y deja que caiga al suelo. Actúa con frenesí, como si estuviese corriendo por miedo a que el tiempo se agote de nuevo. Supongo que no puedo juzgarlo después de lo ocurrido. Aquí, en la intimidad de la habitación, con solo nosotros dos, me siento lo más preciado para él. Acaba de renacer y estar conmigo es lo único que le importa.

—No vuelvas a darme un susto así en tu vida —digo.

Mi corazón late sumamente rápido, tanto que me duele el pecho y puedo sentir el pulso en los labios.

—¿Tenías miedo?

La calma que desprende me eriza la piel. Parece imposible estar así de tranquilo después de todo. Agarra mi tobillo y coloca mi pie contra su abdomen duro. Pasea el dedo por el arco del empeine y sigue subiendo, rozando mi pantorrilla y después mi muslo.

—Estaba aterrorizada.

—Has usado magia negra.

—Sí.

—Has arriesgado demasiado.

Ahogo un bufido y niego con la cabeza.

—Tú eres quien ha arriesgado demasiado. ¿En qué estabas pensando? Casi mueres por algo inútil.

—Tu alma no es algo inútil. —Engancha un dedo en el tirante de mi vestido y lo desliza hasta que uno de mis pechos queda libre. No me mira con deseo, sino con infinito cariño—. Solo me arrepiento de no haber conseguido devolvértela.

—No me importa. Lo que importa es que estás aquí.

Sigue deshaciéndose de mi ropa hasta dejarme completamente desnuda, con la sangre contra mi piel.

—¿De verdad?

Dilo. Joder, dilo.

«Dile lo que sientes», me grita mi subconsciente.

Sin embargo, cada vez que abro la boca, las palabras no salen, así que me limito a asentir, como una niña pequeña avergonzada. Me sonríe y juro que puedo sentir cómo nuestras mentes se comunican. Parece estar diciéndome que todo está bien, que sabe lo que guardo en mi interior y que mi boca se niega a pronunciar. Me tiende la mano y se la rodeo de inmediato.

—Vamos a lavarte. Con toda esa sangre encima me dan ganas de devorarte.

Esbozo una pequeña sonrisa, me pongo en pie y lo acompaño a la ducha, aunque creo que no hay lugar al que no lo acompañaría en este momento.

39

Drystan

Evanora es perfecta, pero lo es mucho más cuando duerme. Su rostro está relajado; el ceño que tantas veces veo fruncido ha desaparecido. Parece un ser angelical y no una mensajera de la muerte. Hay tanta calma en ella que nunca imaginarías los horrores por los que ha pasado. Le rozo la mejilla con los dedos, con miedo a que mi contacto la saque del sueño, pero está demasiado cansada como para notarlo. Su respiración es profunda y solo suelta un pequeño sonido antes de abrazar la almohada. Me pregunto si se imagina que soy yo, si su cuerpo me está buscando como hace el mío a cada rato. El corte de su brazo ha desaparecido sin dejar señal y solo puedo agradecer que así sea. No quiero más cicatrices en su piel. No porque piense que la hacen menos perfecta, sino porque ella sí lo cree.

Tengo una sensación extraña mientras la miro; sin embargo, no me quedo aquí para reflexionar sobre el significado de mis sentimientos. Alzo la mirada hacia la ventana, donde el cielo empieza a teñirse de naranjas, rosas y amarillos. Contengo el aliento mientras salgo de la habitación y solo vuelvo a respirar cuando pasa un minuto completo sin que aparezca Evanora hecha una furia. Tengo la impresión de que ya sospecha algo sobre lo que quiero hacer. Es una mujer lista. Demasiado para mi propio bien.

Camino por el castillo sin saber realmente si encontraré despierta a esta hora a Sierra o si seguirá dormida. Porque las otras actividades que pueden tenerla retenida en una cama no es algo en lo que quiera pensar en este momento. Bajo las escaleras hacia la planta baja y, aunque lo lógico sería buscarla en su sitio favorito, la biblioteca, decido echar un vistazo en la cocina primero. Salvo una taza todavía humeante sobre la mesa, no hay ni rastro de ella. No obstante, la puerta que conecta la cocina con la parte de atrás de los jardines está entreabierta, dejando que se cuele la brisa mañanera. Me deslizo por ella y no tardo en encontrar a Sierra sentada en un banco bajo el gran árbol de las glicinias. La imagen me hace recordar sus primeros paseos por aquí, siempre con un libro bajo el brazo. Hoy no lleva ninguno; solo tiene los ojos cerrados y una sonrisa en el rostro mientras disfruta de los primeros minutos del día.

Nota mi presencia en cuanto estoy lo suficientemente cerca. No hace mucho, solo mira por encima del hombro y sonríe sin mostrar los dientes.

—¿No puedes dormir? —pregunta, echando el cuello hacia atrás para que los rayos le acaricien la piel.

—En realidad, te estaba buscando.

Mis palabras no parecen sorprenderla. Solo se limita a asentir y a hacerme un hueco en el banco, junto a ella. Me siento y, al principio, ninguno de los dos habla. Los pájaros pían mientras que yo parezco estar estrangulándome con las palabras.

—¿Cómo está Evanora?

—Cansada. No creo que vaya a despertarse pronto.

La magia que ha utilizado ha sido demasiado para su cuerpo y ahora requiere mucho más descanso del habitual. He pasado parte de esas horas mirándola, preguntándome cómo es posible que haya hecho algo así, algo tan poderoso como traerme de vuelta cuando todo parecía estar perdido. Ya no lo siento, pero el frío en los Fosos era muy real. Creía que nunca experimentaría lo que se siente al morir. Siempre he vivido con la promesa de la inmortalidad.

—Lo que ha hecho ha sido extraordinario —dice Sierra—. Nunca le he visto usar su magia así. Tienes que importarle mucho.

La miro, buscando humor en su rostro o algo similar, pero parece decirlo totalmente en serio.

—No quería que se arriesgase así por mí —respondo bajito—. Las consecuencias podrían haber sido fatales.

—¿No has sido tú el que casi muere quedándose atrás para recuperar su alma? Deberías entender la clase de sacrificios que se está dispuesto a hacer cuando se quiere a alguien.

Me atraganto con mi propia saliva y ella se da cuenta, y se muestra divertida.

—No sé yo si…

—Que ella no sea capaz de decirlo en voz alta no significa que no sea así. Hace tiempo que entendí que Evanora demuestra sus sentimientos con acciones. Tal vez crea que, si no dice las palabras en voz alta, será menos real y el universo no le quitará a esas personas a las que quiere.

—Es una prisionera del miedo —coincido.

—Le han pasado demasiadas cosas como para que no lo sea, pero poco a poco se liberará de él. Ya lo está haciendo.

—No he conseguido devolverle su alma.

—Lo sé.

Asiente.

—Y no parece que haya otra forma que no sea entregando un alma inocente por la suya. He intentado intercambiarla por la mía y Lilith se ha negado. —Me mira con los ojos bien abiertos, al parecer tan sorprendida como yo por las acciones de su madre—. Según ella, nunca le hubieses perdonado que aceptase mi oferta.

Se queda reflexiva.

—Tiene razón, aunque me sigue sorprendiendo que me haya tenido en cuenta.

—A lo mejor sí que quiere mejorar vuestra relación —aventuro—. He tenido otra idea…

Escruta mi rostro y parece que llevara la idea escrita por toda la cara. Ni siquiera he abierto la boca cuando ella ya ha comenzado a negar con vehemencia.

—Ni hablar, Drystan.

—No lo entiendes —protesto—. No eres consciente de lo que le atormenta la idea de estar sola cuando muera, de no reencontrarse con ninguno de vosotros algún día, con su hija, con su madre...

—Si hago lo que me pides, no verás a Viktor, a tus padres, a ninguno de nosotros en el otro lado.

—Sierra, cielo, llevo siglos compartiendo vida con ese cavernícola.

Consigo arrancarle una sonrisa, aunque no le llega a los ojos. Tanto ella como yo sabemos que mis palabras no son del todo verdad. La idea de no volver a ver a mi mejor amigo algún día es un puño estrangulando mi corazón. Llevo gran parte de mi vida a su lado; a veces me pregunto si sé ser alguien sin Viktor. Hemos sido un dúo indivisible durante demasiado tiempo. No contaba con que el amor entraría en mi vida con tanta fuerza. Me doy cuenta de la palabra que acaba de cruzar mis pensamientos. Es cierto, lo que siento por la banshee no es un encaprichamiento propio de mi especie, no es simplemente lujuria; es más. Mucho más. Y esperaré pacientemente a que ella también se dé cuenta; mientras tanto, haré todo lo posible por eliminar esos miedos, por hacerla sentir segura y tranquila.

—Es demasiado, Drystan. Estoy segura de que ella no querría que renunciaras a algo así por ella.

—Es lo que quiero yo. Quiero estar con ella, ahora y siempre.

Sierra traga con fuerza. Puedo verla luchar con sus propias emociones. El brillo de sus ojos la delata. Parpadea varias veces y aleja su rostro para que no la vea contener las lágrimas.

—Podría matarte. Si no sale bien...

—Has trabajado mucho todo este tiempo. Sé que tienes un mejor control sobre tus poderes.

No lo digo solo para darle el coraje necesario. Es la pura verdad. Durante meses y meses la he visto ejercitar sus dones. Atarothz viene cuando cree que nadie los ve y mantienen sesiones largas e intensas en las que le enseña todo lo que sabe. El simple hecho de que fuese capaz de devolverle la vida a Viktor es señal suficiente de lo poderosa que es. Se aferró a lo poco que quedaba de su alma y la unió a él de nuevo.

—Todavía queda la posibilidad de que me lleve algo más que tu alma. Ya ha pasado otras veces.

—Eras inexperta. No sabías lo que estabas haciendo.

Cuando la verdadera naturaleza de Sierra comenzó a manifestarse poco a poco, era temible. No tenía control sobre lo que hacía. Simplemente en situaciones de peligro, sin saber cómo, robaba almas y vidas, convirtiendo a sus enemigos en montones de ceniza que el viento se llevaba. Aún sigue haciéndolo, más por decisión propia que por casualidad: sin embargo, entiendo que no quiera correr el riesgo conmigo. No solo porque soy la mano derecha y amigo de Viktor, sino porque, con el paso del tiempo, entre nosotros también se ha forjado una amistad.

Suspira, sabiendo que nada de lo que diga conseguirá disuadirme.

—¿Cuándo?

—En el momento en el que creas que estás lista. No voy a echarme atrás, pase lo que pase. La decisión está tomada.

—Entonces supongo que ahora es tan buen momento como cualquier otro.

Como si estuviese de acuerdo, la brisa se sacude a nuestro alrededor, haciendo que un escalofrío recorra a Sierra. Todavía conserva algo de humanidad, cosa que nosotros no. Me remuevo en el banco junto a ella, escuchando a lo lejos un sonido similar al de pequeñas campanillas. Seguro que proviene de alguna de las exóticas y extrañas flores que se esconden en el Jardín de Lilith, un lugar prohibido para todos salvo para Viktor y Sierra.

Tomo una respiración profunda y aguardo en silencio. Por el rabillo del ojo la observo. Tiene los ojos cerrados y el ceño fruncido a causa de la concentración. Espero que un dolor atroz me recorra de pies a cabeza; no obstante, lo único que noto diferente es un calorcito en el pecho.

Todo parece demasiado normal y estoy a punto de preguntarle si ya ha comenzado o si solo está preparándose mentalmente, hasta que siento ganas de vomitar. Pongo una mano sobre mi estómago, como si eso fuese a hacer que la sensación se calmara. Parece inevitable. Hundo la cabeza entre mis rodillas y abro la boca, preparado para ver una imagen asquerosa de lo que sea que haya en mi estómago. Sin embargo, lo que sale de mí es una bruma de color azul cielo que se desplaza lentamente hasta las palmas de Sierra. En cuanto está ahí, ella lo acuna como si fuese una posesión preciada.

—¿Es…?

—Es tu alma, Drystan.

No sé qué esperaba, tal vez que fuera de color negro.

—Ha sido… rápido—digo con vacilación.

—Sí.

—Pensaba que te llevaría un poco más de tiempo.

—Tengo práctica.

—Entonces ¿por qué me has metido tanto miedo?

—Esperaba poder disuadirte.

—¿Te piensas que soy un miedica?

—Por supuesto que no —no suena muy convincente. Al ver mi rostro, estalla en una carcajada que muere lentamente al ver que no la acompaño—. Me preocupa que algún día te arrepientas de esta decisión.

—¿Te arrepientes tú de algo de lo que has tenido que pasar para estar junto a Viktor?

—Por supuesto que no.

—Pues siento exactamente lo mismo que vosotros dos, aunque ella no sea capaz de aceptarlo todavía. —El momento podría ser precioso si no fuese por el gesto constante de la mano de Sierra. Acaricia con los dedos la bruma azul como si fuese un ser vivo—. ¿Podrías dejar de tratar a mi alma como si fuese tu nueva mascota?

—Perdona —dice, a la vez que se le colorean las mejillas.

—¿Qué va a pasar ahora con ella?

—Teniendo en cuenta que normalmente suelen pertenecer a enemigos…, las extermino —Un escalofrío baja por mi columna—. Pero, como se trata de la tuya, la guardaré. Hablaré con mi padre para saber cómo mantenerla a salvo, por si…

—No —digo con contundencia—. Si quieres guardarla, hazlo, pero no pienses que voy a pedírtela algún día.

Hay algo más que quiere decir, pero no lo hace. Aprieta los labios y asiente. Se levanta del banco con mi alma todavía entre sus manos y se marcha sin despedirse. Yo, en cambio, me quedo un rato más. Me froto el pecho; no me siento diferente. También ha desaparecido la herida causada por Evanora para traerme de vuelta: no ha quedado ni una sola cicatriz y, dentro de mí, nada me indica que hace tan solo unas horas estuviese prácticamente muerto.

A pesar de que no me arrepiento de lo que he hecho, me concedo este rato a solas para hacer las paces con la idea de que el día en que mi vida llegue a su final será definitivo. No habrá un lugar glorioso esperándome para reencontrarme con los míos. Tampoco la hostilidad ni el infierno desatado de los Fosos. No es que me importe demasiado que esta última posibilidad haya dejado de existir. La sensación dentro de mí es extraña; me pregunto si es así como se siente Evanora todo el tiempo. Antes, la posibilidad de un nuevo encuentro con mis padres el día en que todo dejara de tener sentido y seguir aquí fuese demasiado pesado me hacía feliz. Ahora siento la urgencia de arañar cualquier recuerdo de sus rostros con la esperanza de preservarlos en mi memoria un poco más. Es como si el hecho de haber cedido mi alma viniese unido a una pérdida inmediata de recuerdos. Tal vez sean solo imaginaciones mías o el miedo jugando con mi cabeza, pero creo que me he olvidado de la forma del rostro de mamá.

La idea me aterroriza.

Pero no tanto como la idea de que Evanora se marche de un momento a otro y no pueda volver a verla nunca más, aunque la siga poco después renunciando a la vida. Nunca nos encontraríamos.

Ahora eso ya no es un problema.

Levanto el rostro hacia el sol y, aunque los rayos del nuevo día no consiguen calentar este cuerpo congelado en el tiempo, resultan agradables. Suelto una bocanada de aire y me levanto del banco. Me froto las manos contra la tela del pantalón y las cierro en dos puños mientras camino de regreso al interior. En la cocina ya hay miembros del personal preparando un desayuno que ni Viktor ni yo probaremos. En mi camino de vuelta a mi habitación me cruzo con Naida, la doncella de Sierra y aquella muchacha a la que salvé hace años sin ninguna explicación. Sus ojos se cruzan con los míos y, aunque antes siempre había un rubor en sus mejillas, hoy solo me encuentro con una tímida sonrisa y una inclinación de cabeza a modo de saludo. Le correspondo y sigo caminando. Abro la puerta con cuidado de no despertar a Evanora, pero me sorprendo al encontrarla ya despierta.

—Ey, buenos…

—¿Qué has hecho?

La sonrisa que estaba esbozando se queda congelada en mi cara y la dejo morir poco a poco. Cierro, apoyando la espalda en la puerta. El clic que hace al cerrarse es el único sonido en la habitación por mucho tiempo.

La banshee tiene los ojos hinchados después de horas durmiendo; su pelo blanco cae despeinado por sus hombros y las sábanas de mi cama están aferradas a su pecho, ocultando su desnudez. La mirada que me lanza está llena de miedo y preocupación. Doy pasos lentos hacia ella, como si fuese un animal salvaje al que cualquiera de mis movimientos pudiera asustar. Incluso levanto un poco las palmas.

—He hecho lo que debía hacer.

—¿Por qué?

No puede esconder el temblor de su labio inferior y eso me hace sonreír con ternura.

—Pensaba que ya lo sabrías.

Niega con la cabeza, no porque no lo sepa, sino porque no quiere creerlo. Me acerco hasta sentarme junto a ella en la cama y, sin que me lo pida, la rodeo con los brazos y la atraigo hasta mi pecho.

Evanora se rompe.

O, tal vez, lo correcto sería decir que se libera.

Puedo sentirlo en la forma en que su cuerpo se vuelve más ligero contra el mío. Las cadenas del pasado se desenredan de su piel y caer, esfumándose por completo. El miedo afloja las garras de su cuello y la deja llorar hasta desgarrarse la garganta. Todo el rato permanezco a su lado, acariciando su espalda y susurrándole palabras de consuelo. Pasa lo que probablemente sea una hora hasta que deja de sollozar y se queda sin lágrimas. La obligo a mirarme, borrando el rastro húmedo de sus mejillas con los pulgares.

—Lo siento mucho —dice con voz cansada.

—No tienes nada de lo que lamentarte.

—No quería que sufrieras el mismo destino que yo.

Intenta zafarse de mí, pero yo soy más fuerte.

—¿Qué destino? ¿El de saber que el día que tu corazón deje de latir podré seguirte a donde sea que vayas, sin miedo a equivocarme?

—No soy nadie, Drystan. Tu familia, tus amigos…

—Lo entenderían —le aseguro—. Si ellos estuviesen en mi posición, harían lo mismo. Para nosotros, los vampiros, encontrar a alguien con quien querer pasar la eternidad es extraño. Y, si encuentras lo encuentras, no lo dejas escapar, aunque sea una banshee testaruda.

—Tú lo has dicho. Pasar la eternidad con alguien. Conmigo no habrá nada parecido.

—He vivido suficiente, brujita. Y planeo vivir el resto de tu vida contigo. Cuando llegue la hora de que te marches, lo haremos juntos.

—¿Por qué? Casi no me conoces. ¿Cómo puedes estar tan seguro de que es lo que quieres?

—¿Cómo puedes hacerme esa pregunta cuando, hace apenas unas horas, tenías la mano dentro de mi pecho y estabas dispuesta a hacer lo que fuese necesario para traerme de vuelta? Sabes la respuesta, Evanora. —Me acerco más a ella hasta que su nariz y la mía se rozan—. No necesito mil años ni un vínculo especial que te una a mí para saber que eres lo que quiero. Lo llevo sabiendo desde el día en que puse un pie en el campamento y me miraste con desprecio.

—¿Desde entonces?

—No sabes lo irresistible que estás cuando me miras así, brujita.

Sonríe como una niña pequeña y siento el impulso de abrazarla con más fuerza, de enterrar el rostro en el hueco de su cuello y aspirar su aroma hasta que se me quede grabado en las fosas nasales. No sé cuánto tiempo me quedo ahí escondido ni cuánto tiempo me deja sostenerla así.

—¿De verdad me quieres?

Mi hombro ahoga gran parte de sus palabras, así que tengo que apartarme para escucharla bien.

—¿Qué has dicho?

—Has dicho que me quieres. —El rubor de sus mejillas crea un gran contraste con la palidez de su piel. Casi resulta cómico de ver—. ¿Lo has dicho en serio?

—Lo dices como si fuese algo imposible. —Mi mano se entierra en su pelo—. Quiero llevarte a mi antigua casa. Quiero que sea nuestro hogar. Quiero que tú seas mi hogar. Entrar por la puerta y que lo primero que hagas sea soltar alguno de tus ingeniosos comentarios para que yo te lo devuelva. Sabes que me encanta esa cara que pones cuando finges que algo de lo que he dicho te molesta, aunque en realidad te encanta. Quiero perseguirte por los pasillos y que la recompensa sea escucharte reír. Encontrarte en los jardines hablando con esa curiosa mascota tuya y que en tu frente no haya ni una sola arruga de preocupación. Que tus hombros no se encorven por ese peso invisible que llevas cargando desde hace tanto tiempo. Quiero que seas libre de tu pasado y que me dejes quererte. Porque sí, Evanora, te quiero. Y ojalá tú me quieras de vuelta.

—Eres un idiota.

Me golpea el hombro con un manotazo y se tapa la cara con las manos.

—¿Y ahora por qué? —pregunto.

—Podías limitarte a decirme que sí y punto. Tenías que hacer un gran discurso y convertirme en un desastre.

O eso es lo que creo entender a través de sus palabras amortiguadas.

—Un gran discurso, ¿eh?

Le aparto las manos y descubro que tiene las mejillas húmedas y una sonrisa pequeña y avergonzada en los labios. No puedo resistirme a besarlos, saboreando la sal de las lágrimas que han muerto en su boca. La habitación no se llena de una respuesta solemne a mi confesión, sino que comenzamos una batalla de cosquillas en la que su risa retumba entre las cuatro paredes. A pesar de que deberíamos bajar a desayunar, optamos por quedarnos retozando en la cama. Cierro los ojos disfrutando de la tranquilidad y de tenerla junto a mí.

Supongo que ella cree que me he quedado dormido, porque siento cómo se acerca a mi rostro y, a escasos centímetros de mis labios, susurra un «te quiero».

No hago ademán de sacarla de su error. Permanezco inmóvil y saboreo esas palabras.

El primer «te quiero» de muchos, espero.

40

Drystan

Desde el balcón veo a Sierra y Evanora aplaudir como locas cada vez que Elowen hace un intento por ponerse de pie y falla estrepitosamente, cayendo de culo. Llega un momento en que la pequeña parece cansarse de ser el monito de feria de esas dos y opta por gatear. Las tres parecen estar pasándoselo en grande en esa especie de fiesta del té que han organizado sobre una manta en los jardines. No puedo evitar sentir un pinchazo en el pecho cada vez que veo la manera en que el rostro de la banshee se ilumina cuando escucha los gorjeos sin sentido de la bebé.

Antes de que mi cabeza pueda transitar una línea de pensamiento peligrosa, alguien golpea mi cabeza desde atrás.

—Eres un imbécil.

Dejo salir un resoplido a la vez que me doy la vuelta para mirar a mi amigo, quien no tarda en ocupar un sitio junto a mí. Tiene el rostro serio, aunque lo conozco demasiado bien para saber que es pura fachada. El ligero temblor en sus labios, amenazando con romperse en una sonrisa, lo delata.

—Creo que no eres el más indicado para hablar —respondo.

—¿Tu alma? ¿En serio? —Me mira de reojo—. No sé qué me enfada más. Si esa decisión imprudente o que hayas arrastrado a Sierra a hacer algo así.

—No hables como si tú no hubieses hecho lo mismo estando en mi lugar.

Guarda silencio y estoy casi seguro de que busca la forma de contradecirme, como le encanta hacer. Sin embargo, su respuesta me sorprende.

—Yo lo hubiese hecho mucho antes. —Sonríe de medio lado, con esa arrogancia que lo caracteriza—. Todo eso del viajecito a los Fosos, morirte y demás... ha sido un poco dramático para mi gusto.

No puedo contener la carcajada. Golpeo su espalda con la mano y me lanza una mirada mortífera.

—Amigo, nos llevaste a una guerra, rogaste de rodillas y moriste por Sierra. Ambos estamos muy jodidos por esas mujeres. —Señalo a la zona del jardín donde siguen jugando con Elowen—. Nadie mejor que tú puede entenderme. Cuando se trata de ellas, seríamos capaces de cualquier cosa.

—Así que es la elegida, ¿eh?

—Sinceramente, no esperaba encontrarme a alguien como Evanora.

—Supongo que ninguno de los dos pensaba que podría querer con tanta intensidad. No somos nuestros padres.

—Lo que ellos tuvieron, dentro de nuestro mundo, fue extraordinario. No, no somos nuestros padres, pero tal vez la forma en que se amaron nos demostró que un amor así era posible y hayamos estado buscándolo todos estos siglos.

Viktor no dice nada, como si se hubiese quedado dándole vueltas a mis palabras. Estoy seguro de que se marchará de un momento a otro para unirse a Sierra y a la pequeña Elowen. Todo el castillo sabe que esas dos lo tienen comiendo de la palma de su mano. Sin embargo, se queda y vuelve a hablar.

Ojalá se hubiese ido, porque sus palabras me forman un nudo en la garganta.

—No sé qué voy a hacer el día que ella se marche y tú la sigas.

No puedo responder de inmediato. Trago saliva, luchando contra las emociones que se agolpan en mi garganta.

—Vivir.

—Siempre he vivido contigo a mi lado.

—El día que me vaya, lo haré feliz y tranquilo porque sé que tienes todo aquello que te quitaron y que, en el fondo deseabas. Una familia. Y, joder, qué puto honor formar parte de ella, Viktor.

—Dioses, te odio tanto ahora mismo. Supe desde el primer momento en que vi a la banshee que me traería problemas.

No puedo contener la risa y me acerco a él, atrayéndolo hacia mí y rodeándolo con un brazo. Se queda inmóvil ante mi inesperada muestra de cariño. La sonrisa no se borra de mi boca. Le palmeo la espalda y pasan varios los minutos hasta que su coraza se rompe y me abraza de vuelta.

—Te quiero. Eres el hermano que nunca tuve.

Sus dedos se clavan con más fuerza en mi espalda.

—Estos mil años no han sido una tortura porque los he vivido contigo. Yo también te quiero. —Su voz se quiebra en las últimas palabras—. Y el honor es mío por tenerte como amigo, consejero, hermano, familia. Así que más te vale que cuides bien de esa mujer y que viva muchos años. Tardaré mucho en estar listo para perderte.

—¿Por qué no admites que también le has cogido un poco de cariño a Evanora?

—Jamás. Solo me importa porque a ti y a Sierra os importa.

—Mentiroso.

Podríamos romper el abrazo y seguir hablando como si nada hubiese pasado; en cambio, ninguno parece querer separarse todavía. Han pasado siglos, tal vez desde que éramos unos simples críos, desde nuestro último abrazo. Puede que sea la nostalgia lo que nos invita a quedarnos aquí o que ninguno de los dos quiera que el otro vea sus lágrimas.

Siempre hemos sido unos capullos orgullosos.

Pero hoy creo que un poco menos.

41

Evanora

Los días se han convertido en una rutina plácida en la que Drystan y yo nos dedicamos a adorarnos sobre las sábanas durante horas, interrumpidas por paseos por los jardines, por la risa de Elowen acompañando al piar de los pájaros, y por desayunos en los que solo comemos Sierra y yo, y no los dos vampiros que parecen haber encomendado sus vidas a observarnos como si fuésemos una de las maravillas del mundo. Sospecho que ambas los mantenemos bien alimentados en la privacidad de nuestras habitaciones, aunque, si alguien me pregunta, lo negaré rotundamente. Todavía hay días en los que me miro en el espejo y espero ver reproche en mi reflejo; sin embargo, solo veo un brillo nuevo en mis ojos por el que nadie puede juzgarme. Es normal que lo persiga, que quiera seguir manteniendo ese brillo. Y me temo que el motivo principal es ese mosquito molesto que llegó a mi vida lanzando sonrisas burlonas, comentarios fuera de lugar y miradas que prometían derribar todo aquello que estaba construyendo para mantenerme a salvo de los demás.

Pero, como toda rutina, llega un momento en el que te cansas de ella. O puede que esta calma nos sea desconocida a ambos y todavía nos encontremos incómodos en ella.

—Quiero llevarte a un sitio.

Me sobresalto al escuchar su voz justo detrás de mi espalda; no obstante, no hago ningún comentario para negarme. No cuando puedo vislumbrar en su rostro cierta vulnerabilidad. No es que me sorprenda del todo. Drystan siempre se ha postrado frente a mí desnudo, no solo física, sino emocionalmente. Es aterrador y alucinante que alguien confíe tanto en ti como para mostrarse vulnerable contigo, sin miedo a que utilices esos momentos para dañarlo irremediablemente. Así que mantengo mis labios apretados y acepto la mano que me tiende. Abandonamos nuestra habitación —qué raro se me hace pensar en ella como algo de los dos— y bajamos hasta la planta inferior. Rápidamente y sin previo aviso, me alza en brazos y me aprieta contra su pecho. Rodeo su cuello con mis brazos y entierro el rostro en su camisa.

—Te prometo que no nos llevará mucho tiempo.

Asiento y cierro los ojos, preparándome para la velocidad. Debo reconocer que a veces encuentro esto algo exasperante. Ser la única incapaz de correr como lo hacen ellos. Siento que soy la que no encaja en el grupo, aunque él y Sierra se encargan de recordarme una y otra vez lo importante que soy para nuestra pequeña familia. Drystan no vuelve a decir nada; tampoco es que el rugido del viento me permitiera escucharlo. Me aprovecho de este pequeño ratito para aspirar su olor y dejar mi mente completamente tranquila. Sospecho que él ya lo sabe, pero, a veces, en mis sueños me persiguen pesadillas de los últimos acontecimientos. Lo veo tendido en el suelo, con la piel cenicienta, y nunca consigo despertarlo. Sus ojos dejan de ser negros y brillantes para pasar a ser unos sin vida, lechosos, que miran más allá de mí.

Nos detenemos frente a una villa de proporciones más humildes que el castillo de Viktor, pero cuya elegancia y belleza no tienen nada que envidiarle. Solo con mirarla puedes apreciar que sus muros son robustos y, aunque empiezo a hacerme una idea de dónde nos encontramos, me sorprende ver que los jardines no muestran seña alguna de abandono. El césped está perfectamente cuidado y hay flores de todos los colores floreciendo aquí y allá. Algunas incluso han logrado trepar por la fachada. La verja se abre sin esfuerzo y Drystan recorre el camino hasta la puerta principal conmigo en brazos.

Sigue avanzando sin decir nada cuando abre la puerta con una sola mano y entra hasta quedarse parado en medio del recibidor. Hay pequeñas partículas de polvo danzando frente a mis ojos y la temperatura parece haber descendido varios grados aquí dentro. Todas las cortinas están corridas, dejando el espacio casi sumido en las tinieblas, aunque puedo distinguir lo que parecen muebles cubiertos por sábanas. Caigo entonces en la cuenta de que ya he estado aquí. No físicamente, pero sí cuando descendimos por el Túnel de los Perdidos.

Me deja en el suelo y doy una vuelta sobre mí misma, reparando en los techos altos y las lámparas de araña.

—Es…—dudo—. ¿Es tu casa?

Su respuesta viene en forma de una suave caricia de sus labios en mi hombro. Camino al frente, permitiendo que mi curiosidad me guíe. Los jarrones están vacíos, pero, si cerrara los ojos, no me costaría verlos repletos de flores y, a su alrededor, un Drystan correteando y una madre gritando que tenga cuidado. Mis pies me llevan a lo que un día debió de ser un salón acogedor, con una chimenea encendida y una pareja que se reunía junto al fuego a contarse su día. Ahora lo llenan las sombras y sus muebles están escondidos bajo sábanas blancas. Me acerco hasta lo que parece un gran ventanal y, sin permiso, descorro las cortinas dejando que la luz del día lo llene todo. Contengo el aliento mientras doy media vuelta y encuentro un Drystan con los ojos brillantes y una sonrisa nostálgica en el rostro.

—Está bastante bien para llevar tanto tiempo abandonada —me aventuro a decir.

—Me he encargado de que estuviese lo mejor posible. Sin motivo alguno, supongo que simplemente por sentimentalismo, ya que nunca pensé volver a vivir aquí. Siendo sincero, detestaba la idea. Volver aquí sin ellos… Si cierro los ojos, creo que todavía puedo ver a la perfección sus cuerpos inertes y sus ojos mirándome, perdidos.

—No tenemos que estar aquí si no quieres.

—No —niega—. Te he traído aquí porque quiero que veas dónde me crie, donde crecí. Y tal vez... tal vez así... —Aparta la mirada varias veces y creo que jamás lo había sentido más inseguro que ahora—. Tal vez quieras que sea nuestro hogar.

Por un momento creo haberme quedado sin respiración y sin la habilidad de hablar.

—Por supuesto, no tienes que sentirte en la obligación de nada. Olvídalo, ha sido una tontería. ¿Por qué querrías vivir en esta casa vieja teniendo el castillo de Viktor? Lo más probable es que quieras una casa propia, algo mucho mejor que esto.

Me acerco a él antes de que siga divagando y rodeo su mano con la mía. Se calla de inmediato y baja la mirada hacia nuestras manos. Poco a poco, su cuerpo se relaja y entrelaza nuestros dedos. Suspira.

—Claro que me gustaría vivir aquí. Tú mismo lo has dicho. Esta casa también guarda muy buenos recuerdos. Es la que te vio crecer y donde viste el amor de tus padres crecer cada día. Me encantaría ayudarte a escribir nuevos recuerdos y, si es posible, borrar o sanar aquellos que no te dejan mirar este sitio como se debe.

Y, para demostrarle que hablo totalmente en serio, me acerco hasta uno de los muebles cubiertos y doy un tirón a la sábana. Repito la acción con cada uno de ellos hasta que la sala queda totalmente descubierta, con muebles elegantes y que parecen impolutos. Paso por su lado y no tarda en adivinar cuál será mi siguiente movimiento. Empiezo a moverme por la casa, levantando cada una de las sábanas, dejando a mi paso, poco a poco, el hogar que él recuerda. No sé cuánto tiempo transcurre hasta que se une a mí y, sin previo aviso, esto se convierte en un juego en el que parece perseguirme mientras yo descubro cada estancia de la casa.

Del salón llego a una cocina en la que podrían trabajar más de doce personas sin problema alguno. Después, decido subir a la planta superior, donde encuentro un despacho, varias habitaciones de invitados, el antiguo dormitorio de Drystan y el principal. Vuelvo a bajar con su risa a mis espaldas. Cruzo el amplio pasillo hasta llegar a una biblioteca. No dejo que su belleza me despiste demasiado, pues tengo a un vampiro acechándome. Esta conecta con una sala de música presidida por un elegante piano de cola. Me acerco a él y, al destaparlo, paso las yemas de los dedos por la brillante cubierta. Drystan no tarda en alcanzarme. Se queda muy quieto detrás de mí. Su presencia calienta mi espalda. Cubre mi mano con la suya y ambos nos quedamos con la palma presionando el piano.

—Este era el sitio favorito de mi madre —dice.

—La echas mucho de menos.

—Así es.

—Podemos irnos de aquí si es demasiado para ti.

Lo noto negar detrás de mí.

—No. Está bien. Me gusta sentirme cerca de ella, aunque no esté.

Sé que él dice que no tengo nada de qué disculparme, pero me siento en la obligación de volver a hacerlo. No soy capaz de ignorar el sacrificio que ha hecho por mí. ¿Me lo merezco? ¿Seré capaz de honrar tal sacrificio? ¿Soy suficiente?

—Drystan... yo... lo siento. Siento que hayas renunciado a volver a verla.

—No, no, no, Evanora. Ya lo hemos hablado. No tienes que disculparte por nada. Todo lo que he hecho ha sido siendo plenamente consciente de las consecuencias y, aun así, te elegí a ti. Cariño, llevo mil años caminando esta tierra, ¿crees que renunciaría a ti ahora que te he encontrado? Unos cientos de años no son suficientes contigo. Quiero toda la eternidad, a cualquier precio.

—El precio no debería ser tan alto.

—Pagaría mucho más, brujita.

Alza mi mentón con el pulgar y el índice y captura mi labio inferior con los dientes. Acaricia mis costados hasta llegar a mis caderas y las agarra hasta sentarme encima del piano. Le dejo hueco a su cuerpo entre mis piernas y acuno entre mis manos su rostro. El mordisco de sus dientes se convierte rápidamente en pequeñas lamidas que pretenden aliviar el escozor producido por el filo de sus colmillos. Abro la boca y dejo que el propio sabor de mi sangre bañe mis papilas. Su mano sube lentamente por mi pantorrilla y me hace cosquillas justo detrás de la rodilla. Me río en mitad del beso. Siento cómo mi cuerpo arde y estoy a tan solo unos segundos de arrancarme mi propia ropa, buscando alivio, cuando decide romper el beso con la respiración acelerada. El brillo de mi sangre y mi saliva resplandece en su boca. Hago ademán de agarrarle de la pechera de la camisa y reanudar nuestro beso; sin embargo, sonríe y niega con la cabeza.

—Hay algo más que tengo que decirte.

—Si me vas a decir que quieres esperar al matrimonio… ya es tarde.

Consigo arrancarle una carcajada y me mira como pensaba que nadie me miraría jamás.

—No, no es eso. —Desliza la mirada de mi rostro al ventanal y espera lo que, a mi parecer, es una eternidad antes de volver a mirarme y hablar—. Cuando decidí quedarme atrás para hablar con Lilith, sabía que no tenía mucho tiempo. Podía sentir frío, estaba muriendo y yo solo quería volver contigo. Hice un trato con Lucifer.

—¿Qué clase de trato?

—Mi primogénito por su ayuda.

No dejo que la sorpresa me sobrepase demasiado. Suelto una respiración entre dientes y una risa nerviosa.

—Bueno, a no ser que tengas planeado engendrar con otra que no sea yo, no hay ningún problema. Sabes que no puedo quedarme encinta. Nunca.

—Lo sé, pero quería que lo supieses por si…

—¿Por si sucede un milagro? —Sonrío con tristeza—. No soy Sierra, un milagro así no va a suceder. Además, ya soy madre; aunque solo pudiese sostenerla por unas semanas en mis brazos y la haya visto una única vez desde entonces, siempre seré su madre. No tendré una vida después de la muerte, pero nada me arrebatará ese título.

—Lo sé.

—Pero si tú quieres tener hijos, no te detendré en tu deseo.

—¿Insinúas que me dejarías engendrar con otra mujer estando contigo? —pregunta, horrorizado.

—Por supuesto que no, tonto. —Pellizco su mejilla—. Me marcharía de tu vida y nunca más volverías a verme.

—Puedo vivir sin niños correteando por esta casa; en cambio… —Rodea mi torso con las manos, posando sus pulgares encima de mis pezones, cada vez más erizados—. Sin ti no podría respirar.

Me acaricia fingiendo que no pretende volverme loca con sus manos. Baja por mi costado hasta llegar a mi muslo. Aprieta la carne y mete la mano debajo de la falda del vestido hasta agarrarme del culo. Me atrae más hacia él y me aseguro de hacerle hueco entre mis piernas. Las enredo alrededor de su cintura y me restriego contra él desvergonzadamente. Sus labios rozan mi barbilla y bajan por mi cuello, asegurándose de erizarme toda la piel.

—Deja de jugar conmigo y fóllame —suspiro.

La necesidad de más me está matando. Me muevo y mi mano golpea las teclas del piano, produciendo un sonido estridente que retumba por las paredes desnudas de la sala de música. A él no parece importarle. Está demasiado ocupado torturándome, lamiendo la curva de mi cuello y dejando besos tan suaves como el aleteo de una mariposa. Sin embargo, mi cuerpo no actúa con la misma delicadeza. Mi ropa interior está empapada, colándose entre mis labios y separándolos. El roce con el frontal de su pantalón me tiene moviendo las caderas como si llevara una eternidad sin sexo. La realidad es que no hace tanto que me hizo gritar.

Lo siento sonreír contra mi piel.

—Brujita pervertida. —Me levanta por el culo. Dejo de estar sentada sobre el piano para estar simplemente a su merced—. ¿Quieres que te folle? —Asiento como una loca—. Bien, empecemos por esta boquita insolente.

Deposita un pequeño beso en mis labios, tan rápido que podría prácticamente habérmelo imaginado. Me deja en el suelo y, por un momento, tengo la tentación de llevar la mano entre mis piernas y aliviarme. No obstante, sus ojos me lo prohíben. Enreda mi melena en un puño y me obliga a ponerme de rodillas. Me relamo los labios y observo con anticipación cómo se deshace del nudo de sus pantalones. Con un solo movimiento, su erección queda frente a mi cara. Hago ademán de agarrarla con la mano, pero Drystan comienza a chistarme.

—No, brujita. Quieres que te folle y follarte es lo que voy a hacer. Abre la boca.

No obedezco de inmediato, sino que intento torturarlo de la misma forma que él. Saco la lengua, la dejo plana y lamo desde la base a la punta, donde dejo un beso que roza lo tierno.

Gruñe y se sujeta el miembro con fuerza, pasando el pulgar por la punta para limpiar la pequeña gota brillante que la recubre. Me mancha los labios con ella y cuela el dedo dentro de mi boca, abriéndola de par en par en el proceso.

—Golpéame el muslo si quieres que pare.

No espera a que le suelte uno de mis comentarios mordaces. Da igual que haya reconocido mis sentimientos por él; nunca me cansaré de plantarle cara y replicarle.

No la mete en mi boca con delicadeza, la cuela hasta el fondo. Tanto, que todo mi cuerpo se encoge en una arcada. Cada vez que intento sujetarla con mi mano y marcar el ritmo, me castiga tirándome del pelo, así que decido apoyar las manos en sus muslos. Ahueco las mejillas y respiro por la nariz con cada embestida. La saliva baja por mi barbilla y, poco a poco, me acostumbro a sus movimientos. Decido mirarlo a la cara y él se muerde el labio al verme. Me pasa el pulgar, limpiando lágrimas que él mismo ha puesto en mi rostro.

Rodeo el glande con la lengua y me aseguro de pasarla por su pequeña ranura. Siento cómo se estremece cuando llevo una mano hasta sus testículos, tiembla de pies a cabeza.

—Joder, brujita. Si sigues así, voy a correrme.

Eso es lo que quiero.

Quiero que se rompa gracias a mí.

Los sonidos que hace mi boca cada vez que succiono su polla y los gruñidos que escapan de su garganta tienen mi sangre hirviendo.

Separo más las rodillas y estoy a punto de tocarme cuando siento su bota presionando contra mi ropa interior. Suelto un gemido que queda amortiguado por su erección.

—Frótate, córrete conmigo.

Lo habría hecho, aunque no me lo hubiese pedido. Mis caderas se mueven contra la punta de su bota, a la vez que mi mano sostiene sus testículos y mi boca intenta llevarlo hasta el fondo. Mi garganta se contrae con una arcada y nuevas lágrimas calientes bajan por mi cara.

—Voy a correrme, ¿vas a tragártelo todo como una buena chica?

Me froto el clítoris con más vehemencia contra él a modo de respuesta. Me sujeta ambos lados de la cara y los jadeos se vuelven gemidos roncos cuando se corre en mi boca. Me lo trago todo y me aseguro de no dejar ni una sola gota, recorriendo toda su longitud con la lengua. Puedo sentir mi propio orgasmo abalanzarse sobre mí. Cuando creo que voy a ser completamente arrasada, Drystan se mueve con rapidez sobrenatural. Me mueve entre sus manos como si no pesara absolutamente nada. Agarra mi culo con las manos, pasa mis piernas por sus hombros y apoya mi espalda contra la pared más próxima.

El impacto me roba el aliento unos segundos, aunque el sobresalto se me pasa tan pronto como siento sus dientes apartar mi ropa interior empapada. Su aliento hace cosquillas contra mi piel y su lengua, al entrar en contacto con mi clítoris, me hace poner los ojos en blanco. Enredo los dedos en su pelo y tiro con fuerza cuando golpea con la punta repetidas veces en el punto exacto.

—Joder, joder, joder…

—Córrete y déjame probarte, brujita.

Sus palabras son lo último que necesito para deshacerme por completo. Convulsiono contra la pared, con sus manos agarrando mi culo como única manera de no caer de bruces contra el suelo. Siento como si la vida me estuviese abandonando en este preciso momento. Mi pecho sube y baja acelerado.

Drystan no se sacia; pasa la lengua entre mis labios, succiona mi clítoris y hace lo que ningún otro macho ha conseguido antes de él. Me vuelvo a correr, tan rápido e intenso que me asusta a mí misma. Grito su nombre y el gruñido que escala por su garganta reverbera contra mí.

Ralentiza el ritmo dejando besos salpicados en mi clítoris, mi pubis y mis muslos mientras que yo aterrizo de la vorágine de sensaciones. El latido de mi corazón es tan fuerte que puedo sentirlo golpeando en mis labios. El vampiro alza la mirada y me observa desde el hueco de mis piernas, con una sonrisilla burlona, el brillo de mi orgasmo manchándole la barbilla y la promesa en la mirada de que esta solo será una de tantas veces en las que me tendrá en esta casa.

Una risa nerviosa sale de mí.

Arquea una ceja.

—¿Qué te parece tan gracioso, brujita?

Jugueteo con su pelo, todavía con los pies a varios centímetros del suelo.

—Acabamos de escribir el primer recuerdo feliz entre estas paredes.

Sus ojos se suavizan y sonríe de oreja a oreja. Me ayuda a bajar de sus hombros, pero no me suelta, me sujeta por los antebrazos, como si pudiera sentir que mis piernas cederán si me deja por mi cuenta.

—Habrá muchos recuerdos felices, brujita.

—Contigo, siempre.

EPÍLOGO
Drystan

Dentro del mundo de los vampiros no existe lo que los humanos llaman matrimonio y, dado que Evanora y yo somos de razas diferentes, no experimentaremos algo como la unión que tienen Viktor y Sierra. Las banshees tampoco tienen este ritual, ya que los hombres nunca han estado permitidos dentro de su campamento y, aparentemente, todas ellas sienten la necesidad de reproducirse, pero no la de compartir su vida con otro. Tampoco necesitaba algo especial para saber que siempre sería suyo. Una noche, solos, bajo la luz de la luna, había grabado en su piel, con las yemas de los dedos, todas las promesas que quería hacerle. Ella también. Nos habíamos mirado con tanto amor en los ojos que había comprendido por qué alguna gente decía sentir un amor tan intenso que parecía que se les iba a romper el pecho. Sin embargo, en una de las tardes en las que mi preciosa banshee decidió perderse entre libros, descubrió un rito entre las brujas que une a dos personas de una manera que va más allá de las palabras.

Así que aquí estamos.

En el borde del campamento, donde tanto nuestros amigos como las banshees han podido asistir a este momento. Naja es quien ha realizado la ceremonia. Sinceramente, no sabría describir ni uno de los pasos que he tenido que seguir. Estaba demasiado distraído mirando a la que ahora, oficialmente, es mi mujer. Lleva un vestido blanco, suelto, con unos pequeños tirantes que dejan la piel pálida de sus brazos completamente expuesta. Al igual que todas las cicatrices que poco a poco ha aprendido a querer como lo hago yo. Tiene el pelo completamente suelto, sin trenzas, solo una pequeña corona de flores secas sobre la cabeza. Su rostro no ha perdido la sonrisa ni un solo momento. Las que fueron sus compañeras de vida durante tanto tiempo han salido del campamento y celebran su felicidad bailando con ella. Nuestros amigos también se han unido. Abraxas baila despreocupado, recibiendo miradas de algunas de las banshees. Supongo que ni siquiera ellas se pueden resistir al aura misteriosa del vampiro. Ciro, a pesar de no ser el mismo de siempre, se muestra risueño e incluso baila. Todavía sigo dándole vueltas al hecho de que mandara a su hermano en busca del alma de Blyanna. La curiosidad a veces me puede, pero su mirada triste es lo que me frena de hacer todas las preguntas que me rondan. Sospecho que es algo mucho más delicado que lo que mi cabeza pueda llegar a imaginarse. Me pregunto si Viktor sabe algo que yo no.

Sierra baila con Elowen mientras mi amigo las mira con una especie de nostalgia recorriéndole la mirada. Seguro que está pensando en que falta alguien más con nosotros. No puedo imaginarme su dolor. No obstante, ese aire sombrío dura poco, pues su rostro se transforma en cuanto Sierra empieza a hacerle gestos para que se una.

—Se le ve feliz.

Naja me sorprende por detrás. Sonríe con cariño mientras observa a Evanora dar vueltas sin parar, con el pelo despeinado, las mejillas sonrojadas y el bajo del vestido ennegrecido por moverse despreocupadamente. La serpiente está enredada en su brazo y no parece inquietar a nadie. La mirada de cariño en los ojos de la bruja solo puede describirse como aquella que una madre dedicaría a una hija. Supongo que es lo más parecido que tiene a una.

—Debo admitir que al principio no estaba muy convencida. Tu raza no es que sea muy querida aquí. —Ninguno de los dos mira a la cara al otro—. Pero sé lo que has hecho, a lo que has renunciado para estar con ella y cómo poco a poco la has ayudado a salir de esos muros que ella misma había construido. Así que supongo que debo darte las gracias. Esa niña es como una hija para mí.

—No hay nada que agradecer. De verdad.

Nuestra conversación se ve abruptamente interrumpida por Elowen y Khaos, el hijo del líder de los Diluidos, que corretean sin parar, a pesar de la mirada desaprobatoria de su padre. Tengo la sensación de que, en unos años, cierto vampiro de ojos azules va a sufrir severos dolores de cabeza. Me pongo en marcha en busca de Evanora, pero parece imposible dar más de un par de pasos sin que nadie me interrumpa para darme la enhorabuena y para observar la marca sangrante de mi dedo con curiosidad.

Esta sí que dejará una cicatriz.

Y la llevaré con orgullo. Es el símbolo que me marca como suyo. Para siempre.

Consigo alcanzarla al fin, en pleno ataque de risa con su amiga.

—¡Ey, Drystan! ¿Echando de menos a tu pareja?

—Sí, así que te recomiendo que vayas a buscar a la tuya.

Rodeo el cuerpo de Evanora con los brazos desde detrás y, rápidamente, ella se deja caer contra mi pecho. Nos movemos muy lentamente al son de la música que un pequeño grupo de mujeres toca desde un rinconcito. La melodía es casi tan mágica como la mujer que tengo entre mis brazos. La excitación por enseñarle el pequeño regalo que le tengo preparado me hace imposible concentrarme. O tal vez sea el nerviosismo a su reacción. Como esas parejas que llevan décadas juntas y conocen cada pequeño gesto de la otra persona, Evanora me lee al instante. Se vuelve entre mis brazos y me mira con una ceja arqueada.

—¿Por qué no dejas de moverte como si tuvieses algo metido dentro de los pantalones?

—Tengo algo que enseñarte.

—Espero que no sea una broma sobre enseñarme lo que tienes entre las piernas.

—¿Por quién me tomas? —pregunto, fingiendo estar ofendido. La farsa dura poco, porque una sonrisa maliciosa se abre camino—. ¿Acaso quieres que te lo enseñe? ¿Aquí? ¿Con toda nuestra familia? Qué pequeña pervertida...

Le doy un toquecito en la nariz.

—Me temo que la he visto las veces suficientes como para que pierda su impacto.

—Pues creo que la manera en que gritas por las noches es muestra de lo contrario.

El color le sube rápidamente a las mejillas. Echa un vistazo a ambos lados, comprobando que nadie me ha escuchado. Como si alguien estuviese pendiente de nosotros. Están demasiado ocupados disfrutando de la fiesta y de todo el alcohol que las banshees han traído. ¿Quién iba a decir que podían ser tan hospitalarias, aunque sea fuera de su adorado campamento?

—Nadie nos está prestando atención.

Bufa.

—Venga, muéstrame eso que dices que tienes que enseñarme.

Pone los ojos en blanco cuando ve mi sonrisa ensancharse. Me temo que hay cosas que nunca cambian y mi actitud todavía consigue sacarla de quicio. Rodeo su muñeca con mi mano y la conduzco hasta la linde del campamento. Abre la boca para decir algo, pero la cierra rápidamente en cuanto ve la marca en mi frente reluciendo. Pongo un pie en su territorio y la arrastro conmigo. Se podría decir que las mensajeras de la muerte me han hecho un pequeño favor permitiéndome la entrada, todo por ver feliz a su compañera. A pesar de no haber estado aquí dentro muchas veces, me sé el camino hacia su pequeña choza a la perfección. Por fuera es tan simple como su interior, donde no hay casi objetos personales y mucho menos lujos. Los abalorios que cuelgan encima de la puerta suenan cuando entramos. Solo unas cuantas velas iluminan la estancia. Evanora gira sobre sí misma, esperando ver algo diferente, cuando la verdad es que todo está tal y como lo dejó la última vez. Solo hay una pequeña diferencia. Sobre el baúl, a los pies de la que era su cama, se encuentra una pequeña bola de cristal. Me acerco, la sujeto entre mis manos y la coloco a escasos centímetros de su rostro, bañado por las pequeñas llamas.

—¿Qué es esto?

Me aseguro de depositar el objeto entre sus manos como si fuese la cosa más delicada y frágil del mundo. Me rasco la nuca, nervioso.

—Agítala.

Espera unos segundos; seguro que está dando mil vueltas a qué puede ser antes de hacerme caso y agitar la bola. Una bruma violeta se mueve en el interior del cristal y, poco a poco, se dispersa hasta formar una imagen. La única explicación para lo que tiene entre las manos es la magia. Cuando me presenté ante Naja con mi propuesta, no tardó en aceptar mi petición y trabajar en una forma de hacerla realidad.

—¿Qué es esto? —pregunta con la voz rota.

Me aclaro la garganta.

—Naja me ha dicho que se llama el Orbe de los Queridos. Siempre que las sostengas entre tus manos podrás ver a esa persona que tanto quieres. También los recuerdos que guardas con ella. —Me humedezco los labios antes de seguir hablando; noto un sudor helado en las palmas—. No puedes estar junto a Faera por miedo a que tu mundo destruya el suyo, así que he creado un pequeño mundo donde puedas verla sin temor. También sé que te preocupa olvidarla con el paso de los años, cuando ya no forme parte de este mundo y sus huesos se hayan unido al polvo. Nunca tendrás que olvidarla, porque ahí dentro están atrapados tus recuerdos. Y los suyos.

No es capaz de camuflar el jadeo de sorpresa y emoción que le sacude la garganta. Intenta taparse los labios, pero es tarde. Ya he visto cómo tiemblan. Me acerco muy despacio y la sostengo entre mis brazos mientras ambos miramos lo que se muestra en el interior de la esfera. Es el rostro de Evanora visto desde otros ojos. Unos que no tienen una visión del todo clara. Aparecen en escena dos pequeños puños que intentan alcanzar el rostro de la banshee. Ella sonríe, atrapa una de esas pequeñas manos y besa cada uno de sus deditos.

—¿Cómo?

—Digamos que de una forma poco ética. Naja me dijo que tenía que acercarla a vosotras cuando dormíais. Es cuando la mente se encuentra más vulnerable.

—¿La viste?

—Me colé en la casa y sí, la vi dormida junto a su marido.

—Dioses, no sé si besarte o estrangularte.

—Estoy abierto a las dos opciones. Ya sabes que me gusta lo duro.

Mi broma aligera un poco el ambiente, aunque no lo suficiente. Evanora sigue observando, embelesada, cada uno de los recuerdos atrapados ahí dentro y que nadie podrá arrebatarle, ni siquiera el tiempo. Me he encargado de que así sea. Yo también me quedo completamente cautivado viendo a una Evanora más joven, despreocupada, con un aura de paz rodeándola que se parece mucho a la que tiene ahora y nada tiene que ver con la melancolía que la abrigaba no hace tanto. No sé cuánto tiempo pasamos dentro de la cabaña. Tampoco parece que a nadie le importe. No vienen a buscarnos ni a interrumpir este momento. Rozo con los labios la curva de su cuello y beso su hombro, sintiendo que el órgano dentro de mi pecho se expande hasta llegar el límite que le permiten mis costillas. Ver esa sonrisa dulce en sus labios es el mayor logro que llegaré a alcanzar.

Por fin, después de ver todos sus recuerdos más de una vez, se gira entre mis brazos con lágrimas en los ojos, pero estas no son de tristeza, sino de una alegría genuina. Se pone de puntillas y se mantiene firme, sujetándose en mis hombros.

—Gracias. Por esto y por todo lo que has hecho. —Parpadea y las lágrimas caen por sus mejillas, aunque no tardo en capturarlas con mis pulgares—. Gracias por entrar ese día en el campamento, por no alejarte cuando no dejaba de darte motivos para hacerlo, por perseguirme cada vez que he intentado huir, por esperar a que estuviese lista para quererte, por elegirme, aunque estuviese rota, por no rendirte conmigo cuando he sido difícil. Gracias por dar lo más precioso que cualquier criatura posee. La muerte ya no me asusta; una eternidad en el Medio ya no me resulta aterradora, porque sé que tendré tu mano entrelazada con la mía. Ojalá no hubieses tenido que hacerlo; ojalá las Tierras Venideras te recibieran con los brazos abiertos, al igual que a todas esas personas que amas y has dejado atrás. Pero me elegiste y pienso honrar esa decisión cada uno de mis días.

—Nunca tuve que elegir. No había más opciones. Una vez que apareciste en mi vida, ya está. Sabía que haría todo lo que fuese necesario para estar a tu lado.

—No tiene sentido —dice, reprimiendo una risa contra mi pecho.

—Nada lo tiene, salvo tú.

Pasamos mucho más tiempo en la cabaña. Sospecho que se está despidiendo de ella. Esta vez, para siempre. Aquí vivió tal vez algunos de los años más felices de su vida con su madre, pero también guarda la incertidumbre, el miedo de una niña que ha perdido a su pilar fundamental y no sabe qué es de ella, si volverá. La agonía lenta de una mujer que ha sobrevivido a un infierno, sacrificando partes de ella misma, su alma. Sin embargo, siempre ha habido un brillo en ella que nadie ha podido matar.

Porque mujeres como ella no se pueden marchitar.

—Estoy lista.

Paso el brazo por encima de sus hombros y caminamos hacia la salida, con la bola de cristal bien apretada contra su pecho y una calma que me hace cosquillas en el pecho.

—¿A casa?

—A donde tú vayas, brujita.

AGRADECIMIENTOS

Volver a Drystia siempre es difícil y apasionante a partes iguales. Espero que eso se haya visto reflejado en las páginas de *Inmarcesible*, una historia que no estaba destinada a ocurrir. Jamás. De hecho, que esto quede solo aquí: mi idea inicial era emparejar a la doncella de Sierra con Drystan. Ya está, ya lo he dicho. ¿Qué me hizo cambiar de opinión? Evanora. Por supuesto. Nació de mis dedos sin permiso al igual que la química inmediata entre ellos dos. Sé que suena cliché eso de que los personajes a veces hacen lo que quieren y sus creadores pasamos a un segundo plano en el que nos dedicamos simplemente a transmitir la historia que nos susurran al oído. Creedme, es cierto. He sido víctima de mis personajes secundarios en numerosas ocasiones. Hacen conmigo lo que quieren, se roban todo el espectáculo y no me queda otra que darles lo que quieren: una historia propia.

Ha sido difícil, no os voy a engañar. Puede que más que pronunciar el título del libro que no podría ser más acertado para una protagonista como la que tenemos aquí. Soy una amante de las palabras y puede que Inmarcesible se haya convertido en una de mis favoritas gracias a ella. He querido mostraros la historia oculta detrás de nuestra querida banshee con todas —que no son pocas— sus sombras. Puede que se te haya quedado un sabor agridulce en la boca, es normal. Nunca estuvieron destinados a un amor corriente. No, el suyo es un amor que no conoce de vida o muerte, un amor con sacrificios, un amor que te sacude como una catástrofe natural.

Espero que lo hayas disfrutado, sea como sea, gracias. Los lectores habéis conseguido que lo que parecía un sueño inalcanzable ahora parezca mucho más posible. Vuestro amor por mis libros me ha cambiado.

Mi familia, en especial mis padres, mi hermana y mis abuelos. Gracias por creer en el sueño de una niña, por loco que pareciera. Abuela, gracias por leerte absolutamente todos mis libros. Sí, estáis leyendo bien. Se los ha leído todos. Aquí tienes uno nuevo para que te lo acabes en un día y medio.

Por supuesto, gracias a mis amigas: Isabel, Ane, María, Carmen, Fátima, Saray. Siempre son las primerísimas en leerse todo lo que escribo, menos Auxi, que sufre las consecuencias de que su amiga no sepa guardarse las tramas y la acabe spoileando, gracias por escuchar mis crisis existenciales que no son pocas. Mención especial a Lucía, ¿qué haría yo sin nuestros piques escribiendo? Bueno, y sin tantas otras cosas.

Por último, pero no menos importante: el trío de Patris, mi correctora Ana y todas las personas implicadas en que este libro esté hoy en librerías. Gracias por tratar con tanto cariño a mis libros y a mí. No sois solo una editorial que decidió apostar por mis vampiros.

Bueno, ¿he sido ya lo suficientemente pastelosa? Creo que sí. Esta vez creo que no he matado a nadie, así que no hace falta que os recuerde que no pago terapias. Me he portado bien, ¿no?

Nos vemos pronto, no sé si en Drystia, en algún pueblecito lleno de ricos con dos enemigos que se amaron una vez o a lo mejor en un nuevo mundo de fantasía donde la sangre y los besos matan.